KB253094

THE RECORD OF
RETURNER
현중 귀환록

FUSION FANTASTIC STORY
푸른 하늘 장편 소설

천중 귀환록 5

푸른 하늘 장편 소설

초판 1쇄 찍은 날 § 2012년 2월 17일
초판 1쇄 펴낸 날 § 2012년 2월 24일

지은이 § 푸른 하늘
펴낸이 § 서경석

편집부장 § 권태완
편집책임 § 박우진

펴낸곳 § 도서출판 청어람
등록번호 § 제1081-1-89호
등록일자 § 1999. 5. 31
어람번호 § 제1-1336호

주소 § 경기도 부천시 원미구 심곡2동 163-2 서경B/D 3F (우) 420-822
전화 § 032-656-4452 팩스 § 032-656-4453
http://www.chungeoram.com
E-mail § chungeoram@chungeoram.com

ⓒ 푸른 하늘, 2011

ISBN 978-89-251-2777-4 04810
ISBN 978-89-251-2696-8 (세트)

THE RECORD OF RETURNER

현중 귀환록

푸른 하늘 장편 소설

FUSION FANTASTIC STORY

5

오리하르콘

CONTENTS

Chapter 1 오리하르콘　　　7

Chapter 2 카이쇼 무사시　　43

Chapter 3 메로우　　　79

Chapter 4 납치　　　109

Chapter 5 프리미어리그　　145

Chapter 6 대동그룹의 몰락　　169

Chapter 7 바람의 기사　　211

Chapter 8 데이비스　　243

Chapter 9 하주혁의 몰락　　269

Chapter 10 베컴의 제의　　299

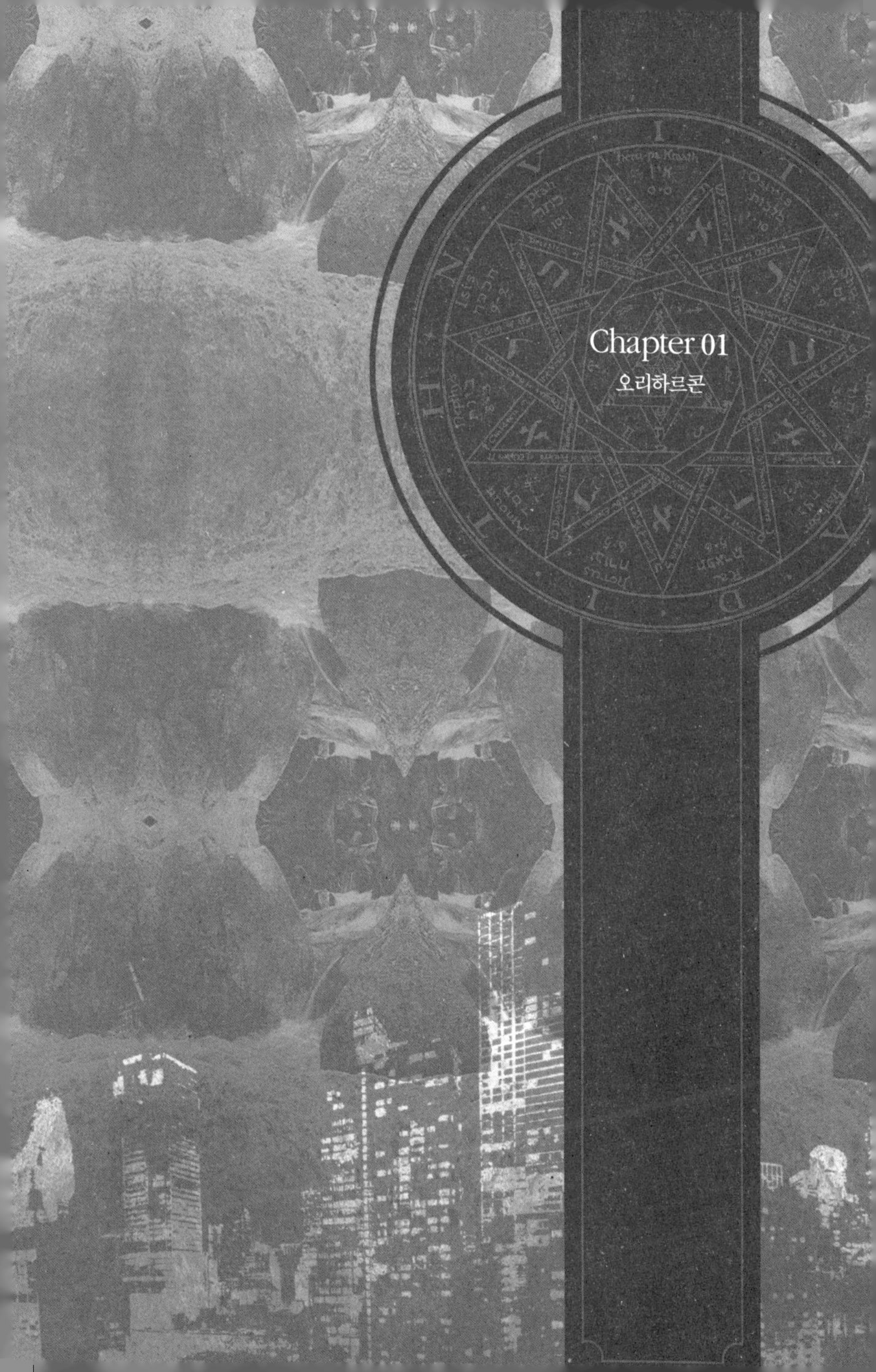

Chapter 01

오리하르콘

한국행 비행기가 높이 떠오르고, 퍼스트석에 40대 후반으로 보이는 남자가 앉은 채 뭔가 고민하는 모습이었다.

"복잡해. 잘못하면 세계 3차대전이 벌어질 수도 있겠어."

고민 중인 남자는 바로 베이스퍼였다.

러시아에서의 일 이후 베이스퍼는 곧장 미국 백악관으로 가서 현직 대통령과 만났고, 이번 작전에 대해서 상세하면서도 단호하게 유감을 표했다. 하지만 대통령도 베이스퍼의 사정을 이미 알고 있었다.

그 이유는 바로,

"이곳에서 또 뵙는군요. 저 때문에 고생이 많으셨습니다, 베이스퍼님."

님이라는 존칭까지 붙이면서 공손하게 베이스퍼에게 고개를 숙이는 그레이 파든은 사과하는 것과 달리 입가에 미소를 짓고 있었다. 그 모습을 본 베이스퍼는 속으로 울분을 삼킬 뿐이었다.

"신수가 훤해지셨습니다. 누가 봐도 이제는 중년으로 보이는군요."

베이스퍼가 대꾸를 해주지 않자 다시 말을 하지만 역시나 비꼬는 듯한 말투였다.

획!

베이스퍼는 그대로 고개를 돌려 버리고는 대통령을 보면서,

"설명을 들을 자격은 있는 것 같습니다. 안 그런가요, 대.통.령. 각.하?"

말을 끊어 강조하며 베이스퍼가 말하자 대통령도 난감한 듯 잠깐 헛기침을 했다. 물론 현재 최강국이라는 미국의 대통령에게 베이스퍼가 이렇게 막나가는 것에는 다 이유가 있었다.

국가 공인 마스터는 인정을 받는 순간 그 대우와 등급이 달라진다. S급 비밀로 등급이 오르면서 국가에서 정말 어렵고

힘들며 꼭 국익에 도움이 되는 일에만 지원 요청을 할 수 있다.

솔직히 싫다고 숨어버리면 아무리 뛰어난 특수부대를 풀어봐야 찾을 방법도 없고, 총알도 아무렇지도 않게 처리하는 마스터를 상대로 배짱 부려봐야 서로 손해이기 때문이다.

그리고 무엇보다 속이거나 개인적인 이유로 거짓 요청을 하는 순간 베이스퍼가 원할 경우 소속된 국가를 떠날 수도 있다. 마스터 또한 마나를 다루는 자로 약속이 얼마나 소중한지 잘 알고 있고, 미국만 그런 게 아니라 다른 국가들도 똑같이 대우를 해주고 있었다.

마스터가 있고 없고의 전투력 차이는 실로 상상을 초월했다. 마스터 한 명이 전술적으로 따지면 핵폭탄 100개도 무시할 정도로 무서운 존재인 것이다.

그런데 그레이 파든이 그런 베이스퍼를 이용하고 습격까지 했다는 것은 심각한 문제였다.

"설명이 없는 건가요?"

대통령이 아무 말이 없자 베이스퍼는 재촉하듯 물었다. 그러자 옆에 있던 그레이 파든이 다가오면서,

"제가 사정 설명을……."

스르릉!

그레이 파든이 베이스퍼의 옆으로 다가왔을 때 순간 베이

스퍼는 카타나를 발검했다. 검은 정확하게 그레이 파든의 목 앞에 멈췄다.

"이렇게 흥분하실 문제가 아니라… 하하하, 굳이 싫으시다면… 빠지겠습니다."

살기가 번뜩이는 베이스퍼의 눈빛에 그레이 파든은 웃는 얼굴로 물러섰다. 그러자 베이스퍼도 천천히 카타나를 검집에 다시 집어넣고는 대통령을 보면서 마지막으로 물었다.

"제게 설명하지 않는다면 배신에 대한 대가를 치르셔야 합니다."

단호하게 베이스퍼가 말하자 결국 대통령도 입을 열었다.

"신에너지 때문이네."

"……?"

갑자기 신에너지라니? 이해가 되지 않았다. 베이스퍼는 인어의 존재를 직접 확인한 장본인이다.

"저를 끝까지 농락하려 하시는군요. 러시아에서 탈취한 목표물이 뭔지 전 알고 있습니다만."

"인어였겠지. 안 그런가?"

베이스퍼는 대답 대신 고개만 끄덕였다. 현재 베이스퍼는 기분이 더럽다 못해 역겨울 지경이었다. 솔직히 국가 공인 마스터가 되면 여러 모로 도움도 받고 편한 것이 많기에 적당한 선에서 눈을 감아주긴 했지만 자신을 향한 배신은 그 종류가 달랐다.

"사실 인어가 목표물인 것은 맞네. 하지만 최종 목표는 인어가 아니야. 바로 이것이지."

대통령은 자신의 서랍에서 손가락 크기의 금속 조각 하나를 꺼내서 베이스퍼에게 보여주었다. 은색에 얼핏 보면 스테인리스 종류로 생각할 만큼 특징은 없었다. 아니, 단 한 가지, 작은 금속에 그림 하나가 각인되어 있는데 그건 베이스퍼도 잘 아는 인어의 모습이었다.

"베이스퍼 자네는 이게 뭔지 알아보겠는가?"

생전 처음 보는 금속 조각 하나를 꺼내놓고 뭔지 물어보는 모습에 베이스퍼는 고개를 저었다.

"오리하르콘이네."

"오리하르콘? 설마 전설의 금속을 말하시는 겁니까?"

베이스퍼도 오리하르콘이 뭔지는 알고 있었다. 다만 실존한다는 증거가 없기에 그냥 이름만 알고 있을 뿐이다. 자신의 카타나를 만들 때 어떤 금속이 가장 좋을지 알아보는 과정에서 알게 된 것일 뿐 직접 본 적은 없다.

"그렇다네. 1년 전 버뮤다 삼각지대를 탐사하던 보물 인양선이 있었네. 그리고 그들은 우연히 이걸 물속에서 건졌지. 그런데 얼마나 오랫동안 바다 속에 있었는지는 모르지만 전혀 부식되지 않아 신기해서 근처 대학연구소에 성분 분석을 의뢰했네. 그리고 밝혀진 것이 지금까지 전혀 본 적 없는 새로운 금속의 성분 구조를 가지고 있다는 사실이었네.”

“…그게 지금 무슨 상관이라고 말씀하시는 겁니까?”

여전히 불만이 남아 있는 베이스퍼의 목소리에 대통령은 다시 서랍에서 CD 한 장을 꺼내 자신의 노트북에 넣어 동영상 하나를 보여주었다.

대략 10분 정도의 동영상이지만 그걸 보고 난 후 베이스퍼는 놀란 눈으로 대통령을 바라보면서,

“이게… 사실입니까?”

“사실이네.”

대통령은 오리하르콘 조각을 집어 들었다.

“겨우 이 손가락 크기밖에 되지 않는 오리하르콘이 미국 동부 지역의 전력을 100년간 유지시킬 수 있는 엄청난 에너지원이라는 것이지.”

“……”

동영상은 원자력 발전을 실험하는 동영상이었다. 하지만 우라늄 대신 지금 눈앞에 있는 오리하르콘 조각 하나를 사용해서 전력 생산에 성공한 실험 영상이었다.

“방사능 걱정도 없고, 기존의 원자력 발전 설비를 그대로 사용할 수 있고, 폭발의 위험도 없고, 태양에너지처럼 새롭게 설비를 할 필요도 없는 완전 차원이 다른 신에너지원이지.”

"……"

베이스퍼는 설마 오리하르콘이 갑자기 튀어나올 줄은 예상도 못했다. 거기다 우라늄을 대체할 수 있는 에너지원이라니? 상상조차 못했다. 그렇게 놀라고 있는 베이스퍼의 모습을 가만히 지켜보던 그레이 파든은 슬그머니 가까이 다가오면서 입을 열었다.

"사실 본래 저희 스페셜포스 부대원들만 투입해서 회수할 작정이었습니다. 하지만 중국이 어떻게 알았는지 먼저 선수를 치려고 하는 바람에 별수 없이 베이스퍼님께 도움을 요청한 것입니다."

베이스퍼는 그레이 파든은 쳐다보지도 않았다.

"인어와 오리하르콘이 무슨 관계인지 아직 설명하지 않으셨습니다."

여전히 사무적인 딱딱한 음성으로 물어보는 베이스퍼의 모습에 대통령도 결국 두 손을 들고는 체념한 듯 입을 열었다.

"오리하르콘에 새겨진 그림이 뭔지 자네도 알지 않는가?"

"물론 알고 있습니다. 인어죠."

"그렇다네. 인어지. 그런데 혹시 자네는 아틀란티스 대륙을 알고 있는가?"

계속 고대 미스터리에나 나올 법한 내용을 말하자 베이스퍼는 쉽게 대답하지 않았다. 생각을 정리할 필요를 느낀 것이다. 하지만 대통령은 계속 말을 이었다.

"아틀란티스 대륙은 실제로 존재했네. 그건 이미 CIA와 영국의 MI−6의 자료를 검토했으니 의심할 것도 없지. 그런데 다른 것은 다 버리고서라도, 아틀란티스의 주요 생산 금속이 바로 오리하르콘이었네. 물론 다른 금속도 생산했고 금속 무역으로 엄청난 부를 쌓았던 대륙이 바로 아틀란티스 대륙이긴 하지만 세계 어디에서도 생산하지 못하는 오리하르콘을 아틀란티스 대륙에서는 생산했지. 물론 오리하르콘을 팔거나 하지 않고 자체적으로 소비했다고 하더군. 그리고 아틀란티스 대륙에서 섬기던 신이 바로 포세이돈이고, 바다의 길흉(吉凶)을 인어에게 물어봤다는 전설이 있지."

"……"

베이스퍼가 여전히 대답이 없자 대통령은 자리에서 일어나 베이스퍼의 곁으로 다가갔다.

"자네가 믿을지 안 믿을지 모르지만, 봤지 않는가? 인어를."

"흠……."

솔직히 대통령이 자신을 설득하려고 한다는 것은 알고 있지만 마냥 자신의 기분만 내세울 수 없는 상황이 되어버렸다. 새로운 신에너지가 걸린 문제인 것이다.

"인어를 통해서 아틀란티스 대륙을 찾으려고 하네. 그리고 아틀란티스 대륙과 함께 잠들어 버린 오리하르콘도 함께 찾아야 하고."

주목적은 100% 오리하르콘을 찾는 것이 분명했다.

그렇게 생각을 마친 베이스퍼는 골치가 아파오는 것을 느꼈다. 이미 중국과 영국, 일본이 알고 있다고 했다. 먼저 선수를 치기 위해서 그레이 파든이 독단적으로 움직인 것은 있지만 결과적으로 국익을 위함이었으니 그걸 가지고 계속 뭐라고 하기도 이상한 상황이 되어버린 것이다.

그리고 결국 베이스퍼는 마리아에게 연락을 했고, 오리하르콘에 대해서 아느냐고 하자 뒤늦게 마리아도 오리하르콘의 존재를 알게 되었다. 한마디로 MI—6에서도 탬플재단 몰래 인어를 확보하려고 했던 것이다.

즉, MI—6와 탬플재단이 삐거덕거리고 있는 중이었다.

"휴, 일이 커졌군."

퍼스트석에 몸을 기대며 베이스퍼는 크게 한숨을 내뱉었다.

그냥 단순한 작전에서 세계 3차대전이 벌어질 수도 있는 문제로까지 커진 것이다.

현재 지구는 석유에 절대적으로 의존하고 있다. 자동차부터 비행기까지 모두 석유로 움직이고 있다. 석유도 곧 바닥을 보일 것이다. 길어봐야 100년이라는 평가가 나왔지만 그보다 빨리 사라지고 있는 중이다.

과거의 세계 1, 2차대전이 정복전쟁이었다면 3차대전은 누구라도 말할 것이다, 자원전쟁이라고. 손가락만 한 작은 조각 하나로 미국 동부 지역에 100년 동안 전력을 공급할 수 있는 오리하르콘이 존재한다면, 안 봐도 결과는 뻔했다.

대통령의 말에 따르면 높이 100미터 정도의 커다란 포세이돈 동상을 만들 때 오리하르콘이 쓰였을 것이라고 했다. 오리하르콘으로 만들고 겉에 금으로 덧입혀서 완성했다고 전해지는 포세이돈 동상이 조사의 목표였다.

높이 100미터의 동상이라면 그 무게만도 엄청날 것이다. 손가락만 한 크기로도 엄청난 에너지를 만들어내는데 커다란 동상을 전부 회수만 한다면 더 이상 미국은 석유에 목을 맬 필요가 없었다. 그 에너지만으로도 자급자족이 되는 것이다.

아니, 동상은 그저 옵션에 불과했다. 정말 노리는 것은 바로 오리하르콘의 제조 공식이었다.

오직 아틀란티스 대륙에서만 만들었다고 전해지고 있는 오리하르콘의 제조 공식만 알게 된다면 미래에 지구를 손에 쥐고 흔들 수도 있는 막강한 자원이라는 무기를 가지게 되는 셈이다.

생각해 보라. 연료 공급이 필요없는 전투기, 탱크, 항공모

함을 만들어낸다는 것을 말이다. 거기다 기존의 원자력 시스템에 우라늄 대신 오리하르콘만 넣으면 된다. 물론 전설이라면 그냥 웃어넘기겠지만 실제로 오리하르콘이 세상에 나왔다. 그러니 지금 미친 듯이 첩보원을 풀고 있는 중이었다.

그런데 베이스퍼는 이런 국제 정세보다도 다른 걱정이 있었다.

"하필이면… 현중 군이 연관될 게 뭐란 말인가. 하아……."

베이스퍼조차도 측정이 불가능한 능력을 가진 현중이 가장 먼저 걸렸다. 개인적인 생각이지만 절대로 적으로 만들어서는 안 되는 사람 중 0순위가 바로 현중인 것이다.

그런 현중이 이미 러시아의 일로 인하여 인어를 알게 되었다. 그 말은 결국 세계를 뒤흔들지도 모르는 신에너지 자원 전쟁에 그가 관련되어 버렸다는 것과 같았다.

이렇게 원하든 원하지 않든 이미 빠르게 변화하려고 하는 세계의 중심에 현중은 이미 다가가고 있는 중이었다.

*   *   *

한편 일본의 마스터가 현중을 찾아다니고 있고, 베이스퍼도 현중을 찾아 한국으로 날아오는 이 시간에 정작 주인공인 현중은 아직도 뮤직비디오 촬영 현장에 있었다.

물론 촬영론 끝난 상황이었는데 일이 이상하게 되어서 재촬영에 들어간 것이다.

본래의 여주인공이 뒤늦게 나타나는 바람에 지금까지의 촬영을 모두 버리고 새로 촬영하는 중이었다.

물론 재촬영을 하기 위해서 현중은 과대표로부터 않는 소리를 들어야 했고, 그게 듣기 싫어서 얼른 허락해 버렸다.

"아, 결국 또 오리알 신세네. 쩝."

"이런 일 자주 있나 보군요."

정말 효성의 말대로, 본래 주인공으로 섭외되었던 여배우가 오자 효성이 몇 시간 동안 촬영한 분량을 모조리 폐기해 버리고 새로 촬영하는 것이다.

"인지도 없는 신인이니까요."

"인지도 없는 신인이니까요."

효성과 현중이 동시에 똑같은 말을 하곤 서로 얼굴을 바라보더니 효성이 먼저 웃었다.

"후후훗, 오랜만이네요 이렇게 편한 사람 옆에 있는 건."

"그런가요?"

현중은 지금까지 자신의 옆에서 누가 편하다는 소리를 하는 것을 들은 적이 없었다. 옛날부터 누군가가 가까이 하기 힘든 성격이긴 했다. 특히나 대륙을 다녀오고 난 뒤에는 더욱

그런 현상이 심해져서 현중을 옆에 두고 효성처럼 편하다는
말을 한 사람은 단 한 명도 없었다.

"네. 현중 씨는 뭐랄까, 모든 걸 말하면 받아줄 것 같은 그
런 느낌이에요. 물론 저만의 느낌이기는 하지만. 후후훗."

"후후훗, 그거 지금 저에게 작업 거는 건가요?"

현중이 웃으면서 효성을 향해 농담조로 말하자 효성도 웃
으면서,

"네, 아까 제게 한 것 그대로 돌려주는 거예요. 아무리 인
지도 없는 신인이지만 아직 클럽에 가면 제법 인기 많은 편이
에요."

씨익~

현중은 효성의 말에 대답 대신 웃어 보였다.

"왜요? 안 믿어요? 봐요. 몸매 이 정도면 훌륭하고, 얼굴도
전혀 칼 댄 적 없고, 키도 이 정도면 아담하면서 귀엽지 않아
요?"

활기차게 자신의 몸매와 얼굴에 대해 부끄럼 없이 말하는
효성의 모습을 가만히 바라보던 현중은 그녀의 눈동자와 눈
을 마주쳤다. 그리고 입가에 미소를 머금고는,

"원래 성격이 그렇게 낙천적인가 보죠?"

현중은 이미 효성이 속으로 울고 있는 모습을 보았다. 천심
통은 진실과 거짓 외에도 기쁨과 슬픔도 알 수 있었다. 다만

현중이 굳이 그런 감정을 알 필요가 없기에 무시했을 뿐이다. 하지만 지금 효성의 모습은 슬픔을 억지로 웃는 얼굴로 감추고는 미래를 위해 자신을 다독이고 있었다.

"후후훗, 그런 말 많이 들어요. 뭐 저도 처음에는 기획사와 계약하면 바로 스타가 되는 줄 알았죠. 그래서 무명으로 단역 출연 한 컷을 위해 하루 종일 기다리는 일에 울기도 했고 화도 냈지만…… 그냥 좋아요. 카메라 앞에서 웃으면서 움직이는 내 모습이… 그냥 좋아요."

슬픈 듯 웃으면서 말하는 효성의 모습에 현중은 촬영장으로 시선을 돌렸다.

"저런 주연급 여배우가 되면 돈도 많이 벌겠죠?"

"돈이요? 후후훗, 현중 씨는 모르나 보네요. 예를 들어 만 명이 넘는 신인 중에서 스타라고 불리면서 대중의 인기를 먹고사는 사람은 50명도 되지 않아요. 그리고 그렇게 스타라고 불린 사람도 몇 년만 지나면 사람들의 기억에서 잊히는 경우가 대부분이구요. 정말 기억에 오래 남는 사람은 몇 명 안 되죠."

"그런가요?"

현중이 건성으로 대답하자 효성은 살짝 표정을 찡그리고 그를 보았다.

"잘 들어보세요. 세금도 못 낼 정도로 힘들게 사는 연예인이 수천 명에서 수만 명이에요. 단역으로만 평생을 살다가 쓸쓸히 방송가를 떠나는 사람이 대부분이구요. 그리고 저도 현재 그렇게 단역으로 월 20만 원 겨우 버는 사람입니다."

"20만 원?"

현중이 설마 그 정도일 줄은 몰랐다는 듯 되묻자,

"한 달에 0원 벌 때도 있어요. 촬영이나 스케줄이 없으면."

그걸 알고 지금 겪고 있으면서도 오히려 효성은 밝게 웃고 있었다.

"차라리 다른 일을 하는 게 낫지 않나요?"

현중은 그렇게 힘들게 살 거면 차라리 다른 일을 하는 게 더 나을 것이라 생각되었다. 아니, 현중의 시선에서는 그렇게 힘들게 생활하면서도 방송을 계속 하는 이유를 이해할 수 없었다.

하지만 효성의 대답은 간단했다.

"제가 하고 싶으니까요."

1초의 망설임도 없이 대답이 튀어나오는 모습에 어지간히도 배우라는 일이 좋은가 보다 싶었다. 물론 현중은 그런 효성의 마음을 모두 이해할 수는 없었다. 태생적으로 남 앞에 나서는 것을 그리 좋아하지 않는 것도 있고 카메라와 여러 명의 스텝 앞에서 우는 연기를 태연하게 하는 배우들은 현중에게는 어떤 면에서는 대단하기까지 했으니 말이다.

"현중 씨도 저 사람 알죠?"

끄덕.

효성이 원래 주연 여배우였던 여자를 향해 말하자 현중은 고개를 끄덕였다. 심심치 않게 자주 보는 여자다. 요즘 유행하는 미팅 프로그램에 단골로 나오기도 하고 해서 낯선 얼굴은 아니었다. 들리는 말로는 최근에 대박 난 드라마에 출연하면서 인기가 급상승한 배우라고 했다.

"나도 미팅 프로그램에 나가면 잘할 자신 있는데……."

자신의 자리를 차지한 여주인공을 보면서 효성은 못내 아쉬운 듯 중얼거리며 촬영장 하나하나를 눈에 담기 시작했다. 그리고 현중은 조용히 옆에 앉은 채 그런 촬영장과 효성을 번갈아 보다가 그냥 웃어버렸다.

'연기… 배우라……. 한번 그 맛을 알면 빠져나올 수 없다는 말은 들었지만…….'

현중은 오히려 효성이 약간은 부러웠다. 뭔가 해야 한다는 목표가 있으니 말이다.

물론 현중도 치우천왕을 찾아야 한다는 목표는 있었다. 하지만 상대는 신급에 달하는 존재다. 숨으려고 하면 그 누구도 찾을 수 없는 존재이기에 치우천왕을 어떻게 찾아야 한다는 계획조차도 없는 상황이다. 그저 모든 인류의 머릿속에 김현중이라는 이름을 새겨 넣는 게 그나마 가장 가망성이 높아 보여서 움직일 뿐이다.

오빠, 전화 받아~ 오빠, 전화 받아~

"잠시 실례."

현중은 자신을 찾을 사람이 눈에 보일 만큼 너무나 뻔하기에 슬쩍 일어서서 옆으로 자리를 옮겼다.

[현중 씨.]

마리아의 목소리였다.

"네, 무슨 일이죠?"

[언제 다시 영국으로 오실 건가요?]

이미 마리아는 현중이 한국에 돌아와 있다는 것을 알고 있었고, 현중도 그 정도는 예상했다.

"잠시 약속한 일이 있어서 왔을 뿐, 곧 짐 챙겨서 영국으로 갈 생각입니다."

[그래요? 이왕이면 빨리 와주셨으면 하네요.]

"……?"

[그게 말로는 설명이 좀 그렇고… 인어에 관한 거예요. 그리고 일본의 마스터가 조금 전에 한국으로 입국했다는 정보를 받았어요.]

"일본의 마스터라……. 카이쇼 무사시로군요."

이야기는 전에 들은 적이 있으니 대충 짐작은 되었지만 일본의 마스터가 왜 한국으로 왔단 말인가?

[인어 때문이죠. 그리고 현중 씨도 이미 연관이 되어 있으니 나중에 영국으로 돌아오면 자세하게 설명할게요. 우선 가능하면 일본의 마스터와 만나지 말았으면 해요.]

"흠……."

[마스터를 상대로 현중 씨가 절대로 봐주면서 상대하지 않을 테니까요. 아시다시피 국가 공인 마스터를 실수로라도 죽이는 날에는 외교 문제가 생기게 돼요. 더군다나 한국과 일본 사이라면… 아시죠?]

"후훗, 외교라……."

현중은 마리아의 말을 듣고는 코웃음을 쳤다. 지금 이 나라의 외교를 자신이 걱정해야 할 만큼 능력이 생겼다는 것을 간접적으로 듣게 되었으니 말이다.

하지만 현중이 마리아의 말을 따를 것인가? 그건 아니다.

"생각해 보죠."

[에휴… 알았어요. 한국과 일본의 역사를 생각하면 뭐, 이해는 해요.]

마리아는 대충 알고 있는 지식으로 한국과 일본의 관계를 생각하는 것 같은데 그건 마리아 혼자만의 판단이다. 현중은 일본에 전혀 개인적인 감정이 없었다. 살면서 일본 사람을 본 적도 없는데 안 좋은 감정이 있을 리가 없었다.

다만 현중은 잘났다면서 덤비면 그대로 돌려줄 뿐이다. 덤

비지도 않는 녀석을 찾아가서 때려잡을 만큼 일본에 악감정
이 있는 것은 아니다.

"그럼 영국으로 가서 보죠."

딸각.

자기 할 만만 하고 바로 전화를 끊어버린 현중은 희미하게
입가에 미소를 지으면서,

"일본의 마스터라……. 제발 자존심이 하늘을 찌르는 녀석
이면 좋겠어. 크크큭."

정부의 공인 마스터이면서도 자기 입맛에 맞는 일을 골라
처리할 정도로 콧대가 높다고 했다. 그런데 그런 성격인데도
일본 정부는 오히려 사무라이의 표상이라는 식으로 대놓고
마스터의 말에 순종한다면 그의 성격은 직접 보지 않아도 뻔
했다.

"덤비면 처리할 뿐."

간단하게 통화를 마치고 다시 자리로 돌아가자 뜻밖의 사
람이 현중이 있던 자리에 와 있었다.

"안녕하세요?"

어깨까지 내려오는 단발머리에 상큼하게 웃는 얼굴. 뒤늦
게 왔다는 주연 여배우였다. 상큼하게 웃으면서 나름 매력적
인 미소를 지어 보였지만,

"네."

간단하게 대답만 한 현중은 조용히 자신의 자리로 가서 다시 앉았다.

"혹시… 저 몰라요?"

너무나 무덤덤한 반응에 주연 여배우가 물어보자 현중은 고개만 슬쩍 돌리고는,

"압니다."

"그래요?"

"배수지 씨 아닌가요?"

"맞아요."

배수지는 자신의 이름 석 자를 알고 있다는 것에 나름 만족하면서도 현중을 보고는 고개를 갸웃거렸다.

나름 20대 사이에서는 애인으로 삼고 싶은 여자 연예인 1위, 결혼하고 싶은 여자 1위를 기록하면서 한참 주가를 올리고 있고 국민 애인이라는 별명을 듣고 있었다.

그런 자신을 철저하게 무심한 눈으로 자신을 보는 현중을 보고 배수지는 호기심이 생긴 것이다.

"정말 듣던 대로네."

배수지가 현중에게 흥미를 가진 이유는 첫 번째가 바로 맥라렌 때문이었다.

처음에 배수지도 스케줄 때문에 어쩔 수 없이 늦은 상황이라 사과를 하면서 급히 촬영에 들어갔는데, 그녀의 눈을 가장

처음 사로잡은 것은 남자 배우가 아니었다. 바로 맥라렌이었다.

검은 형체에 미려한 곡선, 그리고 바닥에 깔릴 듯 낮은 차체에서 느껴지는 날카로움까지 정말 생전 처음 보는 차였다.

그 후에 차 주인에 대해서 듣게 되었고, 곧 차 값도 알게 되었다.

시세는 25억이지만 실제로 사려면 27~28억을 호가한다는 슈퍼카라는 것이다.

그 주인이 겨우 대학생이라는 것을 듣고는 당연히 호기심이 생겼다. 촬영하면서 틈틈이 현중을 살펴보면서 배수지는 단번에 합격점을 내렸다.

국내 한 대뿐인 슈퍼카를 소유하고 국내에서 내로라하는 N대 학생에다가, 얼굴을 보는 순간 그녀는 단 한 마디를 속으로 외쳤다.

'럭키~!'

현중은 모르고 있지만 이 모든 정보를 배수지에게 알려준 사람이 바로 과대표였다.

어차피 앞으로 자신이 할 일이기에 나름 틈틈이 옆에서 거들던 과대표는 배수지가 맥라렌에 흥미를 보이자 배수지와 약간의 인연이라도 만들어볼 생각으로 다가가서 현중에 대해서 자신이 알고 있는 것과 약간의 소문 등을 모조리 털어놔

버렸다.

물론 현중의 동의나 허락은 전혀 없었다.

그리고 잠시 촬영 휴식 시간에 배수지는 현중을 찾아갔다. 그래서 전화를 받고 돌아온 현중에게 인사를 했고, 결국 효성과 함께 셋이서 모여 있는 이상한 광경이 연출되었다.

오전에 촬영까지 했으나 배수지에게 밀린 효성은 약간 주눅이 들어 살짝 물러나 있는 모습이었고, 배수지는 멀리서 느꼈던 느낌보다 실제로 가까이서 본 현중의 모습에 더욱 만족했다.

'얼굴부터… 분위기까지 장난 아니네.'

방송 일을 하면서 국내에서 내로라하는 잘생긴 남자들을 모두 보아온 배수지의 눈에도 현중은 잘생겨 보였다. 하지만 그보다 더욱 배수지를 매료시킨 것은 바로 현중의 분위기였다.

여자들은 남자와 달리 직감이랄까? 뭔가 말로는 표현할 수 없는 느낌이란 것을 캐치하는 본능이 있었다. 배수지는 그게 제법 날카로운 편이었다. 지금까지 그 직감 덕분에 이렇게 성공한 것이다.

그런 배수지의 직감이 현중을 가까이에서 마주한 순간 그녀에게 알려주었다. 소위 말하는 필(Feel)이 왔다.

"같이 식사 안 할래요? 지금 저녁 식사 시간이라 다들 쉬고 있는데."

벌써 저녁 시간이 된 것이다. 촬영을 두 번 하는 것도 이유지만 한 번만 대여 가능한 현중의 맥라렌을 최대한 많이 찍어 두기 위해서 촬영 분량이 많다 보니 아직 끝나려면 많이 남은 상태였다.

"배 안 고파요?"

배수지로서는 먼저 애프터를 신청한 셈이었다. 거기다 그런 배수지의 노골적인 접근을 옆에서 바라보던 효성은 얼굴빛이 어두워졌다. 자신이 봐도 배수지는 정말 매력적으로 보였기 때문이다.

"저기 후배가 식사 챙겨오는군요."

현중의 무심한 말에 배슬기가 돌아보니 과대표가 현중과 효성 몫의 식사를 챙겨서 오는 중이었다. 그러다 배수지가 있는 것을 보더니,

"배수지 씨도 이곳에 있었네요. 감독님이 찾으시던데……."

"감독님이요?"

"네. 촬영 콘티 부분 때문에 수정할 게 있다면서요."

"흠, 별수 없죠. 그럼 현중 씨, 나중에 봐요."

슬쩍 웃음까지 흘리면서 촬영장으로 돌아가는 배수지의 모습을 본 현중은 표정의 변화가 없었다. 하지만 과대표는 대

경실색하면서 급히 다가오더니,

"선배, 도대체 어떻게 작업하신 거예요?"

배수지면 현재 가장 잘나가는 젊은 연예인 중 톱클래스에 들어가는 여자다. 당연히 과대표도 배수지의 팬이기도 했다.

"자기 발로 왔다."

"네?"

뭔가 영문을 모를 듯한 현중의 간단한 한마디가 끝이었다. 그 뒤로 현중은 아예 배수지는 안중에도 없는 듯 무심하게 밥만 먹고는,

"촬영 언제 끝나냐?"

"아, 그게… 주연 여배우가 오는 바람에 촬영을 다시 해서 어림잡아 세 시간은 더 걸릴 것 같은데요. 하하하, 죄송해요. 저도 이렇게 오래 걸릴 줄은 몰랐는데. 혹시 바쁜 일이라도 있어요?"

미안한지 어색하게 웃으면서 현중에게 말하는 과대표였지만 현중은 그저 대충 끝나는 시간이 궁금했기에 물어봤을 뿐이다.

"아니."

"그럼… 가실 때 저도 같이 데려가 주시는 거죠? 그냥 학교 앞에 저 떨어뜨려 주시면 되는데."

혹시나 현중이 촬영이 길어져서 화가 났다면 차마 갈 때도

태워달라는 말을 할 수 없을 것이다. 그럼 당연히 스텝들 차를 얻어 타고 가야 하는 과대표로서는 매우 불편했다. 이미 올 때 맥라렌을 타고 편하게 온 과대표가 트럭으로 만들어진 스텝 차보다는 현중의 맥라렌을 타고 돌아가고 싶은 건 당연했다.

"알았다."

"땡큐~ 선배, 그럼 전 가서 촬영 빨리 마칠 수 있게 열심히 일하고 오겠습니다."

그렇게 밥만 주고 그대로 과대표는 사라져 버렸다.

"저기……."

"……?"

"혹시 집이 어디세요?"

효성은 배수지와 과대표가 모두 사라지고 나서야 슬그머니 질문을 했다.

"N대 부근입니다."

"그럼 혹시… 저도 좀 태워주시면 안 되나요?"

현중은 효성의 말을 듣고서야 가만히 생각해 보았다. 효성은 이제 더 이상 이곳에 필요한 인물이 아니었다. 그런데 아직 돌아가지 않고 있는 것이다. 거기다 이곳은 버스나 대중교통이 다니지 않는 곳이다. 택시도 콜택시를 불러야 겨우 탈 수 있는 곳이기도 했다.

현중은 그저 촬영장의 분위기나 앞으로 자신이 해야 할 일이라 배우기 위해서 이곳에 남아 있는 줄 알았다. 그런데 효성을 보니 그게 아니었다.

"뭐… 그러죠."

천심통으로 효성을 보니 정말 너무나 단순한 문제 때문에 효성이 아직 이곳에 남아 있었던 것이다.

본래대로라면 촬영을 마치고 스텝 차를 얻어 타고 돌아갈 계획이었다. 하지만 효성은 아직 신인이었다. 돈이 부족하다 못해 언제나 모자란 생활을 하는 완전 무명의 연기자인 것이다. 오죽하면 기획사에서도 별 신경을 쓰지 않겠는가? 그러다 보니 자신이 벌어서 움직이는 일이 대부분이었는데, 하필 이번 촬영장이 외곽이라 교통비가 생각 이상으로 많이 나와버린 것이다.

하지만 대타이긴 하지만 뮤직 비디오 주연 여배우였다. 당연히 촬영을 마치면 같이 퇴근할 계획이었던 것이다. 그게 오히려 스텝들에게 자신을 어필할 수도 있고 여러 가지로 플러스 요인이 되었기에 그럴 작정이었는데, 어중간한 시간에 배수지가 와버린 것이다.

거기다 뮤직비디오를 의뢰했던 오너는 곧바로 효성이 촬영했던 부분을 모조리 폐기하고 배수지로 새로 찍으라고 명령을 내렸다. 감독도 별수 없었다. 돈 주는 사람이 그러라는

데 무슨 힘이 있겠는가?

그러다 보니 효성은 오도 가도 못하는 상황에 그나마 안면이 생긴 현중의 곁으로 왔던 것이다. 물론 모두 현중의 차를 얻어 타기 위해서였다. 자신이 촬영을 했기에 몇 시간 뒤면 맥라렌 촬영 분이 모두 끝난다는 것을 알고 있었기에 가능한 꼼수였다.

씨익~

이 모든 것을 천심통으로 알고 있는 현중은 그냥 넘겼다. 돈이 없는 것은 누구의 잘못도 아니다. 그렇다고 게으른 것도 아니다. 효성은 자신의 꿈을 향해 열심히 걸어가는 사람이니 차를 태워주는 정도는 현중에게도 별로 어려울 게 없었다. 거기다 이제 곧 짐 챙겨서 영국으로 갈 것이기에 그냥 선심 쓰는 셈 쳤다.

그렇게 밥 먹고 다시 촬영이 시작되었고, 과대표가 말한 것보다는 약간 일찍 촬영이 끝났다.

"선배, 촬영 끝났어요. 이제 차 빼주세요."

운전석이 중앙에 있는 탓도 있지만 차 값이 몇 십억 하다 보니 스텝 모두가 맥라렌을 신주단지 모시듯 했다. 당연히 차를 움직이는 것은 현중의 몫이었다.

그렇게 현중이 맥라렌을 빼기 위해 촬영장으로 들어가자 배수지가 다가오더니,

“집에 가시는 건가요?”

“네.”

“현중 씨, 연락처 저에게 주실래요?”

“……?”

현중은 대놓고 전화번호를 달라는 배수지를 한번 물끄러미 바라보다가 씨익 웃으면서,

“내일 영국으로 떠납니다.”

“네?”

배수지는 현중의 말에 심하게 놀랐다. 당장 내일 영국으로 간다니 말이다. 배수지의 머리에 바로 떠오른 것은 유학이었다.

“유학 가시는 건가요?”

“유학은 아니고, 교환학생으로 갑니다.”

“그… 래요.”

많이 아쉽다는 듯 실망한 표정이 드러난 배수지이다. 하지만 그런 모습을 본 현중은 그대로 맥라렌을 몰고 촬영장을 나가 버렸다. 아무런 관심도 없다는 듯 말이다.

“아, 괜찮았는데……. 간만에 정말 멋진 남자라는 필이 왔는데, 쩝.”

촬영장을 벗어난 맥라렌을 바라본 배수지는 처음으로 느낌이 온 남자가 현중이었기에 많이 아쉬웠다.

"아, 영국에서 화보 촬영이나 했으면 좋겠다."

배수지는 자신이 처음 본 현중에게 이 정도로 관심이 갈 줄은 몰랐다. 하지만 남녀 사이에서 느낌이란 것을 가장 중요하게 생각하는 배수지의 성격상 처음으로 이 남자라는 느낌이 왔다는 것이 중요했다. 만난 횟수는 그 뒤의 문제인 것이다.

그런데 배수지는 생각하고 있지 않았지만, 정작 중요한 것은 바로 현중이었다. 현중은 애초부터 배수지에게 전혀 관심도 없었다.

"어리군."

현중이 배수지를 보고 느낀 것은 딱 한 가지였다. 어린애 같다는 것이다. 뭐랄까, 대륙의 귀족 영애를 본 것 같은 느낌이랄까? 아무튼 딱 그런 느낌이었다.

현중도 미인을 좋아했다. 다만 좋으면 사귀고 싫으면 헤어지고 그런 인스턴트 연애는 자신이 별로 좋아하지 않았기에 무심할 뿐이다. 자기 여자가 아니라면 애초에 그냥 소 닭 보듯 하는 게 현중의 성격이었다.

이건 대륙으로 가기 전에도 그랬고 돌아와서도 크게 변하지 않았다. 본질적으로 개인의 취향인 연애관이 쉽게 변할 리가 없었다.

물론 이런 연애관을 가진 젊은 사람이 요즘은 별로 없다는 것이 다를 뿐이다. 그리고 126살 먹은 현중의 눈에 배수지의 행동은 그저 철없는 어린애로만 보였다. 특히나 대륙에서 귀족의 영애들에게 시달린 적이 있던 현중은 본능적으로 철없고 애교로만 모든 것을 무마하려는 성격의 여자를 별로 좋아하지 않았다.

그렇게 현중의 무심한 생각 속에 배수지는 곧 잊혔고, 과대표와 효성을 태우고는 촬영장을 벗어났다.

"이런 행운이 있다니 잘 부탁합니다. 앞으로 저도 촬영 스텝을 할 생각이라 자주 마주치겠네요."

내심 과대표도 효성에게 마음이 있었는지 친근하게 굴면서 말했고, 효성도 과대표가 실제로 촬영장에서 작지만 스텝일을 한 것을 알고 있었다. 직업의 특성상 자연스럽게 웃으면서 고개를 끄덕였다.

하지만 그것도 잠시뿐.

"……."

"……."

"……."

집으로 돌아오는 동안 차 안에는 침묵만이 흘렀다. 물론 그 이유는 유일하게 말을 하면서 분위기를 이끌던 과대표가 졸기 시작하면서부터다. 현중은 원래 그런 성격이었고 효성은 얻어 타는 처지라 뭐라 말하기도 그래서 조용히 있었다.

스르륵.

그때 너무나 부드럽게 맥라렌이 멈추자,

"어?"

잠결에 차가 멈췄다는 것을 귀신같이 알아챈 과대표가 눈을 뜨더니 주변을 두리번거렸다.

"선배, 벌써 도착한 거예요?"

"그래."

"고맙습니다, 선배."

과대표가 서둘러 내리자 효성도 설마 이곳일 줄은 몰랐던지 급하게 허둥지둥하면서 과대표를 따라 내리려고 했다.

"집이 어디죠?"

대충 효성의 처지를 알고 있기에 물어본 것이다. 주머니에 있는 500원짜리 동전 하나가 전부라는 것은 이미 천심통으로 알고 있었다. 시간도 이미 12시를 넘어가고 있었다.

완전 모르는 사이면 그냥 무시하겠지만 그래도 이야기를 나누면서 나름 현중에게 인생의 목표가 뭔지 고민하는 계기를 만들어준 것도 있기에 물어본 것이다.

"아니에요. 여기서 조금만 걸으면 돼요."

조금만 걸어도 된다는 말에 현중은 웃어버렸다. N대는 신촌 한복판에 있는 학교다. 그리고 천심통으로 알게 된 효성의 집은 인천이었다. 그 거리를 조금만 걸어서 간다는 말에 그냥 웃어버린 것이다.

"하이힐 신고 걷기에는 무리이지 않나요?"

"괜찮아요. 여자는 원래 하이힐을 신고도 뛰어다닐 수 있거든요."

웃으면서 말하는 모습에 현중은 예전에 그런 모습을 몇 번 본 것 같을 기억해 내고는 고개를 돌리면서,

"어차피 전 내일 영국으로 떠납니다. 부담스러워할 필요 없어요."

"네?"

현중의 말에 효성은 내리려고 엉거주춤하게 일어서던 자세에서 멈추고 현중을 바라보았다. 현중은 무심한 표정으로 정면을 바라보고 있었다.

"그냥 열심히 하는 모습이 보기 좋아서 변덕을 부리는 겁니다."

현중답지 않게 효성에서 말을 붙이는 모습이었다. 만약에 과대표가 봤다면 정말 효성을 좋아하는 줄 알고 학교에 소문을 퍼뜨리겠지만 이미 과대표는 사라지고 없었다.

"그… 럼……."

슬그머니 재차 말하자 억지로 앉는다는 듯 다시 뒷좌석에 앉는 모습에 효성 모르게 현중은 미소를 지었다.

'순진하군.'

솔직히 현중의 신상에 대해서는 이미 그렇게 걱정한 정도

는 아니었다. 효성도 나름 현중과 이야기해 보고 말만 번지르르한 성격이 아니라는 것을 알고 있기에 다시 앉은 것이다. 물론 현중에게 호감이 있기도 했다. 다만 자신의 처지를 생각할 때 언감생심이라 일찌감치 포기했을 뿐이다.

“기획사가 어디라고 했죠?”

“누구요? 저요?”

“네.”

차를 몰고 인천 방향으로 가면서 차 안에서 현중이 처음으로 질문을 하자 효성은 미처 대처하지 못해 당황하여 횡설수설했다. 차 안에 단둘뿐인데 누구겠는가, 당연히 효성 자신인 것을.

“샛별기획사예요. 1년 전에 새로 생긴 곳이라 아는 사람이 없어요. 아직 대표 연예인도 없는 곳이거든요 연습생도 저를 포함해서 겨우 다섯 명뿐인 작은 곳이에요.”

“그래요.”

그렇게 대화는 끝이 났다. 그리고 인천에 도착할 때까지 현중이 단 한 마디도 하지 않자 효성도 자신이 뭔가 물어보기도 뭣해서 같이 입을 다물고 있었다. 거기다 내일 영국으로 떠난다는 말 때문에 더더욱 친해지기가 어색하기도 했다.

솔직히 지금까지 그 어떤 여자에게도 현중은 이렇게 먼저 질문하거나 선의를 베푼 적이 없었다. 물론 효성은 그걸 알

리가 없었다.

스르륵.

부드럽게 현중의 맥라렌이 멈추자 효성은 그제야 자신이 살고 있는 원룸 앞이라는 것을 알았다.

"고마워요."

조용한 차 안의 분위기와 현중의 알 수 없는 분위기까지 겹쳐져 효성은 솔직히 불편했기에 서둘러 일어서서 맥라렌에서 내렸다. 그리고 다시 한 번 현중을 향해 90도로 고개를 숙이면서 인사했다.

"정말 고마워요."

"아니에요. 그보다 혹시 지금 기획사에서 나오게 되면 엔젤 엔터테인먼트로 가보세요. 최소한 도움은 될 겁니다. 그곳에 가서 김현중의 소개로 왔다고 하면 내쫓지는 않을 테니까요."

"네? 엔젤 엔터테인먼트… 라니요?"

"그럼 이만."

현중은 그렇게 조용히 사라져 버렸다.

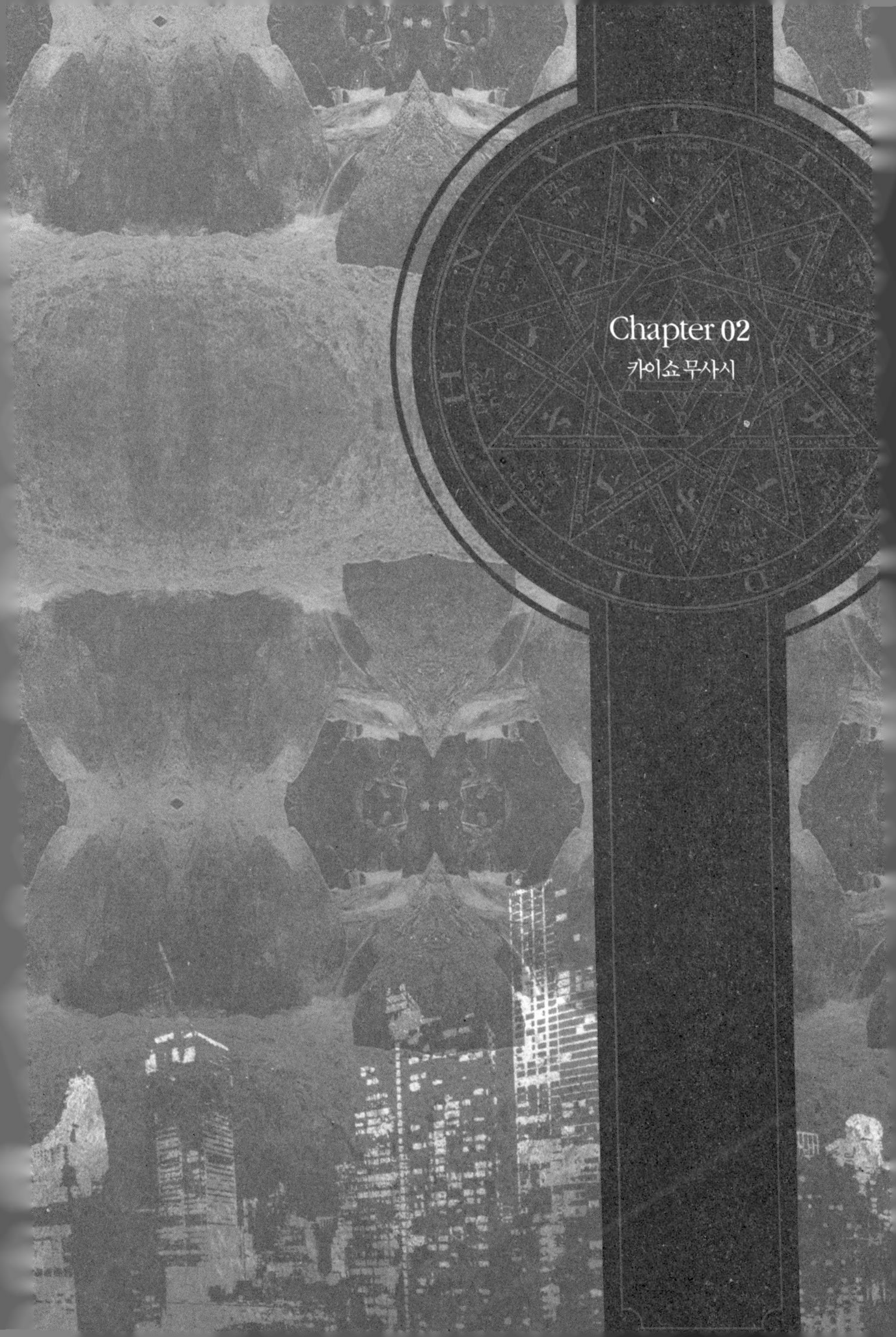
Chapter 02
카이쇼 무사시

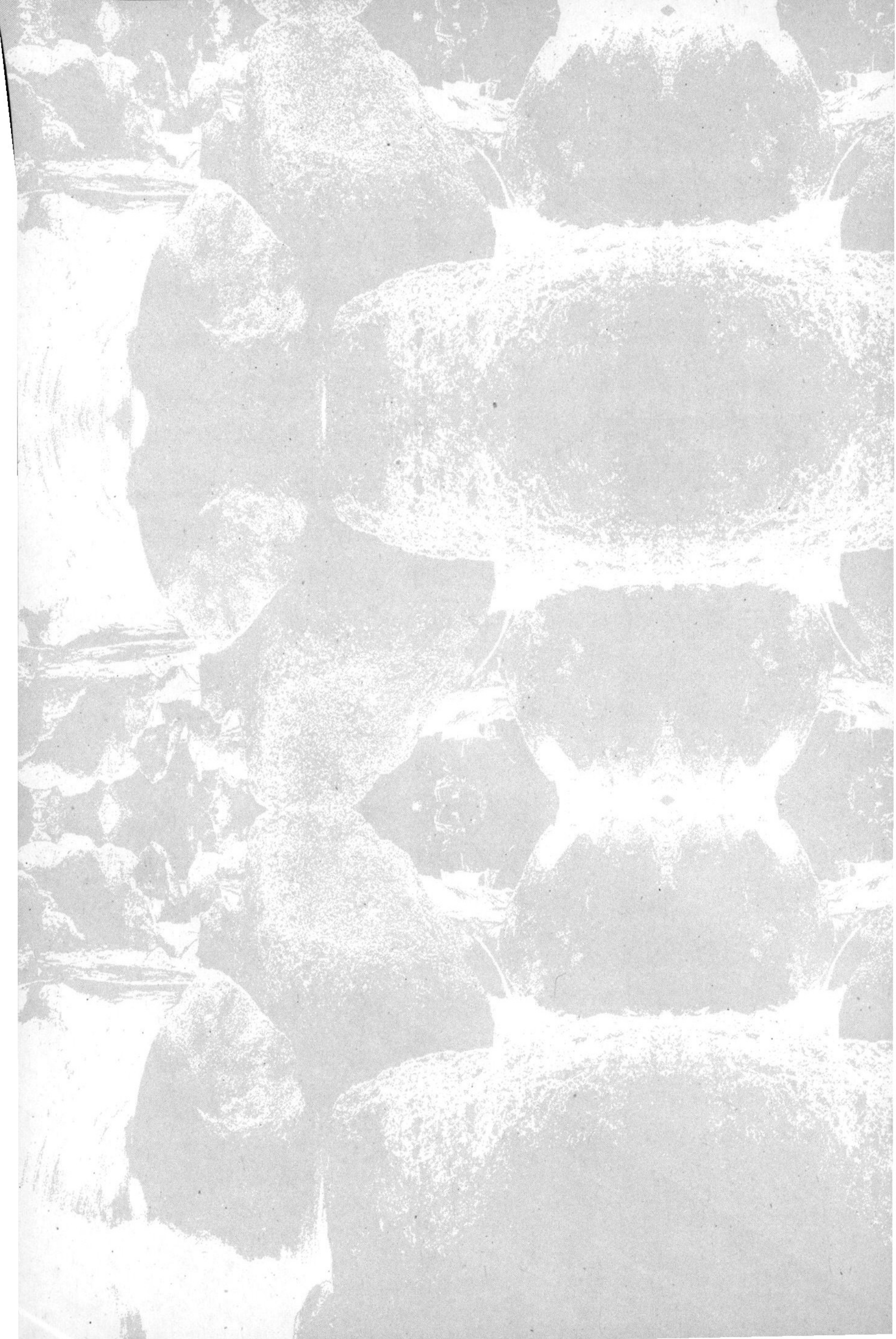

　현중이 남긴 말 한마디가 효성의 마음을 흔들기에 충분했다.

　"엔젤 엔터테인먼트면… 팅클이… 있는 소속사인데?"

　연예인을 지망했던 효성이 모를 리가 없었다. 가장 처음 연예인의 꿈을 가지고 오디션을 본 곳이 바로 엔젤 엔터테인먼트였다. 하지만 너무나 긴장한 나머지 뭔가 해보지도 못하고 떨어져 버렸고, 그 후로 두 번 다시 엔젤 엔터테인먼트 오디션을 보지 않았던 것이다.

　그리고 현중에 왜 자신에게 이렇게 해주는 것인지도 이해가 되지 않았다. 혹시 돈 많은 남자의 변덕이거나 자신을 노리개로 삼을 생각인가 하는 상상의 나래를 펼쳤다.

하지만 그런 망상은 곧 머릿속에서 지워 버렸다. 그러기에는 현중이 너무나도 무심했던 것이다. 방금 전에 한 말도 부드럽거나 친근한 것이 아니었다. 그저 지나가는 말투로 툭 던지고는 그대로 가버렸다.

"그냥… 내가 민감한 거겠지."

결국 현중이 왜 자신에게 그런 말을 했는지 생각하다가는 머리가 터질 것 같아서 그만두고 원룸으로 들어가려고 몇 걸음 걷던 효성은 곧 걸음을 멈췄다.

"…내가… 집 위치를 이야기했었나?"

그렇다. 효성은 단 한 번도 자신이 사는 원룸의 위치와 사는 곳이 인천이라는 이야기를 하지 않았던 것이다. 그런데 현중은 너무나도 정확하게 자신이 사는 인천의 원룸 앞에 데려다 주고는 가버렸다.

횤!

순간 효성은 본능적으로 고개를 돌려 주변을 살펴봤지만 인기척이나 별다른 특이한 점이 없었다.

"…아니겠지."

현중에게서 받았던 좋은 인상이 지금 한순간 모두 사라지고 등골이 시원해지는 느낌만 남아버렸다. 혹시나 해서 원룸으로 올라가서도 몇 시간이나 창문으로 주변을 살펴봤지만 유기견과 들고양이만 몇 마리 돌아다닐 뿐 인기척은 느낄 수가 없었다.

"괜한 걱정인가?"

처음엔 그냥 말하지도 않은 자신의 집 앞까지 태워준 현중이 무서웠다. 하지만 시간이 지나고 차츰 머리가 차가워지자 효성은 지금 자신의 행동에 절로 웃음이 나왔다.

현중은 잘나가는 명문대에 국내 한 대뿐인 슈퍼카를 몰고 다니는 남자다. 뮤직비디오 촬영 섭외까지 받을 정도다.

자신이 뮤직비디오 출연이 확정된 것은 바로 어제였다. 배수지가 갑자기 촬영이 겹치게 되어서 아무래도 못할 것 같다고 했던 것이다. 그러자 오너는 곧바로 감독이 알아서 적당한 배우를 뽑아서 하라고 했고, 뮤직비디오 감독과 안면이 있던 기획사 사장의 입김으로 갑자기 효성의 출연이 결정되었던 것이다.

즉, 현중을 순간 스토커라고 생각했던 효성은 웃으면서 창문에서 떨어졌다.

노골적으로 접근하던 배수지보다 예쁘지도 않고 인지도도 없고 신인인데 뭐 하나 아쉬울 것 없는 현중이 자신을 스토킹해서 집을 미리 알고 있었다는 생각을 했던 것 자체가 우스워진 것이다.

하지만 한편으로는 가슴 한구석이 이상하게 허전했다.

"차라리 스토커라도 해주지. 헛!! 내가 무슨 말을 하는 거야?"

자신도 모르게 현실을 깨닫자 오히려 현중이 스토커가 아니라는 것에 실망한 자신을 본 것이다.

콩, 콩.

자신의 머리를 쥐어박으면서 효성은 곧장 이불 속으로 들어가 버렸다. 하지만 한참이나 잠을 이룰 수가 없었다. 그리고 효성의 머릿속에는 현중이 말했던 엔젤 엔터테인먼트가 선명하게 각인되고 있었다.

*　　　*　　　*

—마스터.

"왜 그러냐?"

—효성이라는 여자에게 관심이 있으십니까?

지금 벌려 놓은 일의 경과 보고를 위해 현중이 몰고 있는 맥라렌 뒤에 나타난 테른이 진중하게 물었다.

"왜? 관심 있어 보이나?"

—대륙에서도… 이곳에서도 효성이라는 인간 여자에게 베푼 정도의 친절을 보인 적이 없으십니다, 마스터.

"그냥 내 변덕이다."

—마스터의 변덕입니까?

"그래."

—알겠습니다.

현중의 말에 테른은 조용히 입을 다물었지만 이상하게 테른은 입가에 미소를 짓고 있었다. 테른이 알기로 대륙에서도, 돌아온 지구에서도 효성에게만큼 현중이 관심을 보인 여자는 없었다.

물론 테른이 보기에도 효성이 미모가 뛰어나다거나 몸매가 멋지다거나 매력이 있어 보이는 건 아니다. 어차피 마족의 시선에서 보는 것이라 객관적일 수밖에 없었다.

테른은 현중 몰래 뭔가 계획을 꾸미는 듯 입가의 미소를 지우고는 경과 보고를 시작했다.

크게 별다를 것은 없었다. 석유회사의 수입, 지출과 주식으로 돈이 얼마나 불어났다는 것, 그리고 대동그룹이 지금 사면초가에 놓여 있다는 것이었다.

"일정이 생각보다 빠를 수도 있겠군."

—그렇습니다. 후니전자에서 생각 이상으로 빠르게 자금과 인력을 회수해 가버렸고, 중국 쪽도 후니전자가 자금 회수에 속도를 올리자 본격적으로 움직이기 시작했습니다. 이미 증권가에는 대동그룹이 흔들리다 못해 무너지기 일보 직전이

라는 소문까지 떠돌고 있습니다.

"대동그룹의 주식을 얼마나 가지고 있지?"

―일본과 중국에서 처분한 주식을 전량 사들였습니다. 그리고 다른 투자자들의 주식까지 매입 중입니다. 하지만 이미 은행들로부터 신용을 잃어버린 상황이라 회복이 어렵다는 판단이 섰는지 팔려는 사람만 늘어가고 있습니다.

"모조리 사들여라. 그것보다 어째 사이언톨로지 녀석들이 조용하군."

대동그룹을 이용해서 사이언톨로지의 꼬리라도 잡아낼 계획을 실행한 것치고는 너무 조용했기 때문에 현중이 슬쩍 한마디 했다.

―그게… 실패인 것 같습니다.

"실패?"

현중은 테른의 입에서 실패라는 말이 나오자 눈빛에 이채를 띠었다. 철두철미하고 모든 계산 안에서 움직이는 테른의 입에서 나올 단어가 아니었기 때문이다.

―사이언톨로지 쪽에서 꼬리를 감춰 버렸습니다.

"꼬리를 감춰? 확실한 건가?"

―네, 마스터.

사이언톨로지가 쉽게 포기할 것 같지 않았는데 갑자기 꼬리를 감춰 버렸다는 말은 한국에 없다는 말도 되었다. 현중 때문에 입은 손해를 생각하면 쉽게 물러날 것 같지 않았는데 의외의 전개가 벌어진 것이다.

"의외군."

―알아보니 일본의 마스터가 움직이자 사이언톨로지가 한국을 벗어난 듯합니다.

"흠."

현중은 곰곰히 생각해 봤다. 사이언톨로지는 현중으로 인해 석유회사 하나를 그대로 털린 셈이다. 그런데도 조용히 물러났다는 것은 단 한 가지뿐이다.

"석유보다 더 큰 건수가 있다는 말이군."

의외로 세상일이라는 게 복잡할 수도 있지만 단순하게 생각하면 한없이 단순하기도 했다. 석유회사로 입은 손해는 천문학적이었다. 그런데 사이언톨로지가 그걸 포기했다는 것은 그것보다 더욱 돈이 되는 일이 생겼다는 것이다.

―저도 그렇게 생각해 조사 중입니다. 다만 녀석들은 종교단체라는 것을 표면에 내세워서 움직이고 있기에 확실한 증거를 잡기에는 시간이 조금 걸릴 것 같습니다.

"그렇겠지, 혼자 움직이니……. 시리는 어떻지?"

현중은 시리를 조수로서 데리고 다니는 것을 물어본 것이다.

―아직 적응 단계라서 조금 더 시간이 필요합니다. 제 봉인

이 풀리면서 오히려 너무 빠르게 혈족으로 다시 태어나 약간
의 부작용으로 적응 기간이 오래 걸리는 듯합니다.

"천천히 해. 서둘러 봐야 결국 똑같은 결과만 나오니까."

―네, 마스터.

현중은 빠르게 맥라렌을 몰아 오피스텔로 돌아왔다.

그런데 평상시처럼 주차장으로 들어가려던 현중은 돌연
입구에서 차를 멈췄다.

"손님이 왔군."

―모두 카타나를 소지하고 있습니다.

테른은 곧바로 오피스텔에 설치되어 있는 패밀리어를 확
인하고 대답했다. 곧 영국으로 떠날 것이라 패밀리어를 한 마
리만 남기고 모두 회수한 것이 실수였던 것이다.

"카타나라……. 일본이군."

마리아의 전화도 있고 해서 대충 짐작은 했지만 생각보다
현중이 사는 곳을 빨리 찾은 듯했다. 템플재단에서 정보를 막
고 있는데 이 정도로 빨리 찾았다면 간단히 결론이 나왔다.
템플재단에 일본과 내통하는 스파이가 있거나 일본의 기술력
이 영국의 MI―6를 능가한다는 것이다.

하지만 일본이 오랜 시간 동안 영국 왕실을 지키기 위해
MI―6를 운영해 온 템플재단보다 정보력이 앞선다고는 생각
할 수 없었다. 그럼 단 하나다.

스파이가 있다는 것이다.

씨익~

현중은 상황이 이상하지만 재미있게 돌아간다고 생각했다. 물론 현중이 원해서 벌어지는 일은 아니지만 무료한 일상에 소소한 재미를 주는 것은 확실했으니까 말이다.

스르럭.

부드럽게 맥라렌의 날개 같은 차문이 열리고 현중이 내렸다.

"테른."

ㅡ네, 마스터.

자세한 설명은 필요없었다. 테른은 곧바로 아공간을 열어서 맥라렌을 집어넣고는 조용히 현중의 그림자 속으로 숨어들었다.

"칼 든 놈들을 상대로 맨손은 좀… 그렇겠지?"

현중이 오른손을 옆으로 뻗자 그림자에서 붉은 검신을 가진 파쇄가 불쑥 솟아오르더니 현중의 손에 잡혔다.

"테른."

ㅡ네, 마스터.

"나서지 마라."

ㅡ알겠습니다.

"간만에 검을 써보는군."

대륙에서 황제로 취임하고 나서 지구로 넘어와서까지 현중이 검을 잡고 싸운 적이 없었다. 더 이상 상대도 없지만 굳이 주먹으로 덤비는데 검을 들 필요가 없기 때문이기도 했다.

하지만 지금 카타나를 들고 현중을 기다리는 일본 놈들을 상대로 맨손으로 때려잡을 생각은 눈곱만큼도 없었다. 거기다 마리아가 했던, 가능하면 부딪치지 말라는 말도 현중의 머릿속에는 있지도 않았다.

"적은 적일 뿐, 그 이상도 그 이하도 아니지."

붉은 검신을 번뜩이는 파쇄를 들고 천천히 걸어서 주차장 안으로 현중이 발을 들였다.

탁, 탁, 탁, 탁.

마치 현중이 주차장으로 들어오기를 기다렸다는 듯 지하 주차장을 환하게 밝히고 있던 전등이 꺼져 버렸다.

"허튼수작."

현중은 곧바로 마나 영역과 기감 영역을 동시에 퍼뜨렸다. 0.001초도 걸리지 않는 시간에 현중은 지하 주차장을 자신의 공간으로 만들어 버린 것이다.

싸움이든 전쟁이든 서로 죽고 죽이는 일에서 자신의 공간을 만드는 것은 대단히 중요했다. 자신의 공간 안에서는 그 어떤 적도 현중을 이기지 못했다.

마왕도 별다른 힘을 쓰지 못하고 소멸했는데 현대 일본인이라면 어른이 유치원생을 상대로 노는 것과 다를 바 없는 것이다.

팍팍팍!

완전히 어둠이 깔린 공간에 현중의 귀를 자극하는 소리가 들렸다.

벽을 타는 소리도 들렸고 천장으로 이동하는 소리도 들렸다. 하지만 무엇보다 현중은 이 모든 것을 두 눈으로 보고 있었다. 너무나 선명하게 말이다.

"닌자라……. 제국주의에 젖어 있는 녀석이었나, 카이쇼 무사시."

마스터는 보통 홀로 움직이기를 좋아했다. 오히려 능력도 안 되는 녀석들이 따라다녀 봐야 거추장스럽기 때문이다. 영국의 마스터인 마리아도, 중국의 마스터도, 베이스퍼도 거의 혼자 움직이거나 아주 소수의 인원만 데리고 움직였다.

하지만 카이쇼는 완전히 달랐다. 총 서른 명에 달하는, 온몸을 검은 천으로 감싸고 눈은 검은 고글로 눈동자에서 나오는 아주 미세한 빛도 막아버린 닌자들이 현중이 서 있는 주차장 입구를 향해 몰려오고 있었다. 마치 개미 떼가 사탕을 향해 달려드는 착각을 일으킬 정도로 말이다.

스르륵.

하지만 중간쯤에서 일제히 멈추더니 몸을 숨겼다.

닌자들의 행동에 현중은 오히려 웃으면서 천천히 어둠 속으로 발걸음을 옮기기 시작했다. 입구에 서 있는 자신이 안으로 들어와야 보다 확실하게 잡을 수 있다고 생각한 것을 한눈에 알아본 현중은 스스로 들어가기로 한 것이다.

빠르지도, 그렇다고 느리지도 않는 걸음으로.

파쇄를 늘어뜨린 오른손을 제외하고는 무기조차 없었고 완전 무방비 상태였다.

휙!

어둠 속에서 바람을 가르는 소리가 들리더니 현중이 슬쩍 고개를 비틀었다.

팍!

그러자 정확하게 현중이 비튼 만큼의 공간을 가르며 날카로운 수리검이 콘크리트 벽에 반 이상 박혔다.

휙휙휙휙휙휙!!

마치 그 첫 번째 수리검이 신호탄이라도 된 듯 무수히 쏟아지는 수리검은 모두 현중을 노렸다. 그 어디도 피할 곳이 없게 완벽하게 사방에서 쏟아지는 수리검. 어둠 속이지만 바람을 가르는 소리가 요란했다.

하지만,

파파파파파파파파파팍!!

수십 개의 수리검은 현중의 옷자락 하나 건드리지 못한 채 모두 콘크리트 벽과 바닥에 박혀 버렸다. 현중은 오히려 느긋하게 걸어서 닌자들이 기다리고 있는 곳, 정확하게 중심부에 걸음을 멈춰 섰다.

"뒤에 다섯, 오른쪽에 다섯, 왼쪽에 다섯, 정면에 열, 그리고 전등 위에 다섯."

조용히 읊조리는 듯했지만 현중의 말이 끝나자마자 갑자기 사방에서 살기가 쏟아져 나오기 시작했다. 닌자는 은밀하게 움직이고 적에게 자신의 위치를 들키면 안 되는 존재다. 그런데 현중은 정확하게 손가락으로 가리키면서 닌자들이 숨어 있는 위치를 모조리 말해 버린 것이다.

씨익~

"내가 갈까, 아니면… 네놈들이 올 테냐?"

능숙한 일본어로 현중이 물어보자 사방에서 쏟아지던 살기가 순식간에 사라졌다. 살기를 스스로 제어할 만큼의 실력이 된다는 것이다. 그 모습에 현중은 나름 칭찬을 해주고 싶었지만 적은 적일 뿐이다. 현중에게 적은 죽어야 되는 존재, 방해만 되는 존재, 건드리면 부숴 버리는 존재일 뿐이다.

무엇보다 현중과 일면식도 없는 카이쇼 무사시는 현중을 향해 이빨을 들이밀었다. 이건 생각하고 말 것도 없는 것이다. 특히나 현중은 건드리지 않으면 몰라도 한 번 적으로 단정하고 움직이면 용서나 자비가 없었다. 철저하게 부숴 버려

서 다시는 덤빌 수 없도록 해야 한다.

자비? 용서? 그딴 것은 망상에 젖어 있는 녀석들의 헛짓에 불과했다. 적은 죽을 때까지 적이다. 그리고 언제든지 등 뒤를 노릴 수 있는 존재가 바로 적인 것이다.

대륙에서 이미 지겹도록 암살의 위협도 당해봤고, 마족에 붙은 귀족들부터 현중의 힘을 두려워해서 적대하는 녀석들까지 수도 없는 경험을 쌓으면서 깨달은 것이 그것이다.

영원한 적도 영원한 아군도 없다는 말이 있다. 하지만 그건 말하기 좋아하는 호사가들의 말이고 실제로 현중이 겪은 것은 한 번 적은 영원히 적이라는 것이다. 힘이 약하고 능력이 부족하기에 적과 손을 잡을 뿐이다. 결국 한 번 적대한 적은 적으로 남을 뿐이다.

저벅.

현중이 한 걸음 내디뎠다. 도발하는 것이다. 숨어 있는 녀석들을 찾아다니면서 처리하는 것보다는 한꺼번에 덤벼주는 게 현중에게는 이득이고 덜 귀찮기 때문이다.

팟! 파파팟!

현중의 도발이 통했는지 아니면 자신들의 위치가 노출되었다는 사실에 성급해진 것인지 닌자들이 움직였다.

날카로운 소태도를 뽑아 들고 사방에서 현중을 향해 쏟아져 들어가는 닌자들의 모습은 마치 어둠 속에서 그림자가 날아드는 것 같았다. 하지만 현중은 태연히 파쇄를 늘어뜨린 오른손조차 움직이지 않고 있었다.

"문곡(文曲)."

서른 개나 되는 날카로운 카타나의 칼날이 현중의 몸에 닿기 직전 현중은 작게 중얼거렸고, 이내 그 자리에서 사라져버렸다.

챙챙챙!

몇 자루의 소태도가 서로 부딪쳤다. 금속음을 내면서 살짝 불꽃이 튀었다. 그 작은 불빛에도 닌자들은 현중이 사라졌다는 것을 알아챘다.

"흩어져라!"

재빨리 닌자들 중 두령으로 보이는 녀석이 명령했다. 하지만 그 누구도 움직이질 않았다.

"이건……!!"

몸이 말을 듣지 않았다.

"이건!"

"당황하지 마라!!"

서른 명이나 되는 닌자 모두 석고상이 된 듯 엉거주춤한 자세를 유지한 채 꼼짝도 못하고 있었다. 당연히 어떻게든지 몸을 움직여 보려고 노력했다. 어릴 때부터 닌자 수련을 한 녀석들이 이렇게 허무하게 제압될 줄은 본인들도 몰랐던 것이다.

30초.

30초라면 일반인들에게는 찰나의 순간이겠지만 특수 훈련을 받은 닌자들에게는 엄청나게 긴 시간이다. 당연히 자신들이 할 수 있는 모든 수단을 동원해서 굳어버린 몸을 풀기 위해 노력했지만 아무 소용이 없었다.

"칫, 어떻게 이런……."

닌자들의 두령은 자신마저 어떻게 몸이 굳어버렸는지 영문을 몰랐기에 더욱 답답했다.

그때 두령의 뒤에서 들리는 목소리.

"고리타분하게 닌자라니……."

흠칫!

두령은 너무나 가까이에서 들리는 목소리에 등을 타고 흐르는 전율을 느끼면서 얼굴에 식은땀이 맺혔다. 전혀 느낄 수 없었던 것이다.

"쪽발이들은 아무튼 음흉하다니까."

존재감을 지우고 있던 현중이 말을 하면서 존재감을 드러내자 닌자들은 깜짝 놀랐다. 현중이 너무 가까이에 있었던 것이다. 마음만 먹으면 드래곤도 눈앞에서 현중의 존재를 느끼지 못하는데 겨우 닌자들 따위가 알아챌 리 없었다.

"답답하지?"

현중은 너무나 편안한 걸음으로 석고처럼 굳어버린 닌자
들 사이를 걸어 다니면서 하나하나 머리의 두건을 벗기기 시
작했다. 그때마다,

"크윽!"

신음 소리와 같은 것이 들렸지만 눈동자와 목소리를 낼 정
도의 여유를 빼고는 모두 굳어버린 닌자들은 속수무책이었
다.

"다 비슷비슷하게 생겼군."

닌자들의 두건을 다 벗기고 마지막으로 두령이라는 녀석
의 두건까지 없애고 나서야 현중은 잠시 주변을 둘러보더니
한숨을 쉬었다.

"뭔가 좀 기대를 했건만……."

실망이었다. 특수 훈련을 받은 닌자들이기에 좀 더 자신을
긴장시킬 뭔가가 있을 줄로 생각했다. 하지만 닌자들이 현중
을 향해 찔러들어 올 때 현중이 움직이면서 녀석들의 몸속에
마나를 심어 움직이지 못하게 했는데도 전혀 모르고 있는 것
이다. 심지어 닌자들의 두령이라는 녀석도 현중을 보면서 내
보이는 감정은 두려움, 놀람, 공포가 전부였다.

"하지만 저 녀석은 좀 다르겠지?"

현중은 닌자들에게 완전히 흥미를 잃어버렸는지 그대로
지나쳤고, 불이 꺼진 주차장을 자연스럽게 걸어서 엘리베이

터 근처까지 갔다.

"나오시지."

엘리베이터를 타지 않고 딱 몇 걸음 뒤에서 멈춰 선 현중이 한마디 하자 엘리베이터 옆의 작은 공간에서 검은 인영이 걸어나왔다.

"내가 있는 걸 어떻게 알았지?"

천천히 걸어나온 검은 인영은 보기에는 사오십 대로 보이지만 실제로는 90이 넘은, 일본이 자랑하는 이도류의 달인 카이쇼 무사시였다. 거의 사라졌다고 전해지던 미야모토 무사시의 이도류를 100% 복원했다고 자랑스럽게 떠드는 인물인 것이다.

그런데 카이쇼 무사시를 본 현중은 고개를 갸웃거렸다.

"그대가 김현중인가?"

중후하지만 뭔가 위엄이 있어 보이는 카이쇼의 목소리다. 하지만 현중은 대답도 하지 않고 카이쇼 무사시를 가만히 바라보더니 고개를 갸웃거렸다.

그리고 중얼거리기를,

"이상하게 낯익네. 느껴지는 마나의 향기와… 마나의 흐름이."

처음 카이쇼 무사시를 보고 현중이 갸웃거린 것은 바로 현중의 코를 자극하는 마나의 향기 때문이었다. 사람마다 개개인의 특색이 있듯 마나의 향기도 개개인마다 향기가 조금씩 달랐다. 그런데 카이쇼 무사시의 몸에서 풍기는 마나의 향기는 낯익었다. 일란성 쌍둥이라도 마나의 향기가 다른데 어디선가 맡아본 마나의 향기가 느껴지는 게 이상했던 것이다.

그리고 두 번째 이유는 마나의 흐름이었다. 마나를 보는 눈을 각성한 현중의 눈에는 카이쇼 무사시의 몸을 휘감고 있는 마나의 흐름이 너무나 선명하게 보였다. 이건 마나의 눈을 각성하고 난 후 처음으로 보는 것이었지만 대충 무엇인지는 알 수 있었다.

"건방지군!"

현중이 대답은커녕 딴소리를 하자 카이쇼 무사시는 인상을 찡그리면서 왼쪽의 카타나에 오른손을 가져갔다. 하지만 여전히 현중은 어디서 맡은 적이 있는 마나의 향기인지 기억이 나질 않아 기억해 내는 것에 집중했다.

챙!

두 번이나 자신을 무시한 현중의 행동에 카이쇼 무사시는 곧바로 카타나를 발검해 현중을 향해 세워 잡았다.

"묻는 말에 대답해라! 네놈이 김현중인가?"

주차장이 떠나가라 쩌렁쩌렁하게 큰소리치는 카이쇼 무사시의 모습과 달리 현중은 고개만 슬쩍 들어 쳐다보고는,

"응."

빠직!

너무나 허무한 대답이었다. 카이쇼 무사시의 인상이 심하게 일그러졌다. 이마에 핏줄이 솟아나면서 온몸의 근육이 팽창하고, 더불어 카이쇼 무사시의 몸에서 폭발적으로 마나의 향기가 퍼져 나왔다. 마나를 다루는 자라면 누구나 하는 준비인 것이다.

그런데 방금 온몸에 마나를 퍼뜨리는 카이쇼 무사시의 모습을 보더니 현중은 손뼉을 쳤다.

짝!

"그래, 그 녀석이구나. 제이슨."

폭발적으로 마나의 향기가 늘어나면서 드디어 기억이 난 것이다. 바로 처음에 인공적으로 만들어진 마나석의 존재를 현중에게 알려준 녀석인 제이슨과 같은 마나의 향기였다. 물론 카이쇼 무사시에 비하면 제이슨은 조족지혈에 불과했지만 향기만큼은 너무나 똑같았다.

즉, 인공적으로 만들어진 마나석은 마나의 향기도 똑같은 특징이 있는 것이다.

생각지 못한 정보를 얻었기에 현중은 입가에 미소를 지으면서 카이쇼를 바라봤다. 그런데 카이쇼는 그런 현중의 웃음이 기분 좋을 리가 없었다. 일본에서 총리조차도 카이쇼 무사시의 말에 함부로 대꾸조차 못한다. 일본에서는 거의 왕이나 다름없는 존재다. 그런데 그런 카이쇼가 몸소 움직이기까지 한 한국에서 겨우 젊은 녀석한테 대놓고 무시를 당한 것도 모자라 비웃음까지 당한 것이다.

빠드득!

카이쇼 무사시는 부서지지 않을까 걱정될 정도로 강하게 이를 악물었다. 마음으로야 당장 자신의 특기인 발검으로 현중의 목을 쳐 버리고 싶었다. 하지만 그렇게 하면 안 되었다. 인어에 대한 정보를 얻어야 하기 때문이다. 가장 마지막으로 인어와 접촉한 인물이 베이스퍼와 마리아 스핀 바로슈 백작, 그리고 평범하지만 템플재단이 정보를 보호하고 있는 김현중이었다.

베이스퍼가 마스터를 넘어서 마이스터에 올랐다는 것은 이미 전 세계의 마스터들이 알고 있는 사실이다. 당연히 카이쇼도 알고 있었다. 솔직히 베이스퍼가 마스터에 오른 지 20년이 흘렀고 카이쇼 무사시 자신은 겨우 10년밖에 흐르지 않았기에 그를 상대할 자신은 없었다.

마리아 스핀 바로슈 백작은 쉽게 건드릴 수가 없었다. 왕실의 검이라는 배경도 있고 껄끄러운 상대다.

하지만 김현중은 달랐다. 어째서 템플재단이 현중을 보호하는지는 모르지만 자신이 알아본 정보로는 겨우 평범한 대학생일 뿐이었다. 나름 돈을 좀 벌긴 했지만 특별할 게 없어

보였던 것이다.

"너, 마스터 맞냐?"

빠직!

또다시 현중의 말에 카이쇼 무사시는 이마의 혈관이 터져 나갈 정도로 부풀어 올랐다.

"인어에 대한 정보를 믿고 오만하구나, 조센징 녀석이!"

씨익~

어둠 속이지만 마나를 다룰 줄 안다면 당연히 현중의 미소가 보일 것이다. 현중도 그걸 알고 일부러 미소를 지은 것이다.

"인어? 아, 그 가방 안에 있던 거 말이지?"

"……!!"

너무나 순순히 현중이 인어에 대한 사실을 말하자 카이쇼의 눈빛이 반짝였다. 본래 카이쇼는 팔다리를 잘라놓고 나서 인어에 대해서 물어볼 생각이었는데 현중은 별 대수롭지 않게 말하고 있는 것이다.

"그거 없는데……."

"뭣이라!! 이 조센징이!!"

얼굴에 웃음기를 머금고 태연하게 말하는 현중의 모습에 결국 인내력이 바닥난 카이쇼는 재빨리 카타나를 검집에 넣었다. 그리고 허리를 숙이면서 마치 겨울잠 자는 곰처럼 몸을 둥글게 말았다. 카이쇼 무사시의 몸에서 풍기는 마나의 향기는 폭발적으로 늘어났다. 마나의 향기만 보면 마리아보다 두 배는 진하고 강했다.

하지만 현중은 웃으면서 파쇄를 슬쩍 들어 올리더니 카이쇼 무사시와 같은 자세를 취했다.

"건방진!!"

일본 검술에서 발검은 몇 단계가 있었다. 신속, 참, 점이라는 단계로 나뉘는데, 실제로 이야기 속에서나 참이나 점이라는 단계가 나오지 신속의 경지에만 올라도 실제로 발검을 막아낼 수 있는 방법은 거의 없었다. 물론 보통의 인간의 몸으로는 그렇다.

하지만 마나를 다루게 되면 이야기는 달라진다. 발검을 하면 검을 따라 빛의 길이 보인다는 참의 단계도 가능했다. 그리고 발검의 속도가 너무 빨라서 언제 검을 뽑았는지도 알 수 없고, 발검에 당한 사람은 손가락만 한 점과 같은 흔적을 남긴다고 해서 불리는 점의 단계도 할 수 있는 것이다.

이미 카이쇼 무사시는 신속의 단계를 넘어섰다. 그건 벽을 깨 마스터에 오르면서 가장 먼저 이룩한 것이다. 그리고 참의 단계를 수련해 지금은 거의 완숙에 이르렀다.

발검과 동시에 번쩍이는 빛이 보인다 하여 붙여진 참의 단계. 카이쇼 무사시는 일생을 쏟아 부어 이룩한 경지인 것이다.

그런데 현중이 엉성하지만 자신과 비슷한 발검 단계를 취하자 자존심에 상처를 입은 것이다.

검술에서는 전 세계적으로 일본이 최고라는 자존심이 유독 강했다. 특히나 일본 특유의 성격상 사무라이 정신이라는 것 때문인지 검술에서는 절대로 굽히고 들어가는 경우가 없었다. 그중에서도 발검은 특히나 심했다.

그런데 현중은 그 모든 것을 무시하고 건방지게 발검으로 카이쇼 무사시를 상대하려는 것이다.

'죽일 수는 없다.'

화가 치밀어 올라 뚜껑이 열리기 직전이지만 카이쇼 무사시는 현중에게 알아내야 할 정보가 있었다. 죽일 수 없었다. 그렇기에 현중의 양쪽 다리를 노렸다. 허벅지 중간 부분을 베어버려 우선 서 있지도 못하게 만들어놓고 천천히 요리할 생각인 것이다.

이미 카이쇼의 머릿속에는 자신이 보낸 닌자들이 손가락 하나 움직이지 못하게 되었다는 사실은 남아 있지 않았다. 오로지 건방진 조센징을 베어버리고 싶은 마음뿐이었다.

"타핫!!"

스르렁!

노렸던 대로 무사시의 카타나는 발검하자마자 잠깐이지만

어둠 속의 주차장을 환하게 밝힐 만큼 강렬한 빛을 뿜어냈다. 그런데 현중의 허벅지를 베어가던 카타나가 멈췄다.

캉! 끼끼끼익!

듣기 싫은 금속 마찰음을 내면서 불꽃까지 튀긴 후에야 카이쇼 무사시의 카타나는 멈췄다.

카이쇼 무사시의 카타나를 막은 것은 바로 현중의 파쇄였다. 붉은 검신을 번뜩이면서 자신의 카타나를 정확하게 막아선 모습에 카이쇼 무사시는 놀란 듯 현중을 바라봤다.

"어떻게… 나보다 늦게 발검했는데……."

방금 카이쇼 무사시가 한 발검은 신속을 넘어 참의 단계에 이른 발검이었다. 그것도 카이쇼 무사시가 먼저 발검했다. 그런데 정확하게 중간 지점에서 카이쇼 무사시의 카타나는 허무하게 멈춰 버린 것이다.

"베이스퍼에 비하면 느려터졌구만."

"뭣이라!!"

같은 카타나를 다루는 마스터로서 카이쇼 무사시에게 베이스퍼는 넘어야 할 산이었다. 그리고 항시 베이스퍼와 비교되는 것도 참을 수 없는 이유 중 하나였다.

"꼬리 말고 우물 안에서 왕 노릇 하는 녀석이군."

현중이 본 카이쇼 무사시는 그게 끝이었다. 베이스퍼와 같은 진지함도 없고, 마리아와 같은 무게감도 없었다. 중국의 마스터는 아직 자세하게 살펴볼 기회는 없었지만 잠깐 만난 것만으로도 최소한 카이쇼 무사시보다는 경지가 높아 보였다.

"이놈이!! 건방지게 어디서 주둥이를 나불거리느냐!!"

스르렁!

카이쇼 무사시의 손에 소태도까지 뽑혀져 쥐어지자 마나의 향기가 순식간에 사라졌다. 발검 자세를 취하며 마나의 향기가 폭발적으로 늘어났던 것과는 다른 현상이었다.

그리고 현중의 눈에도 보일 만큼 마나가 형체를 가지고 카이쇼 무사시의 카타나와 소태도에 스며들기 시작했다.

모두 마나의 눈을 각성했기에 볼 수 있는 현상이었다.

"…오러 블레이드. 검강이군."

대륙에서는 마스터의 증거로까지 불리는 오러 블레이드, 즉 검강이었다. 푸른빛이 카이쇼 무사시의 카타나와 소태도를 휘감으면서 카타나라고 불리기에도 무색할 만큼 칼의 크기가 커졌다. 카타나의 길이는 마치 바스타드 소드를 연상시켰고, 소태도는 카타나의 길이만큼 길어졌다.

붕! 붕!

하지만 너무나 가볍게 휘두르는 카이쇼 무사시이다. 마나란 본래 질량을 가지지 않다. 아무리 길어지고 커진다 해도 마나로 이루어진 이상 무게가 느껴질 리 없다.

거기다 현중의 눈에는 카이쇼의 몸속에서 근육과 혈맥을 따라 세차게 돌고 있는 마나가 보였다. 발검할 때와 완전 반대의 마나 기술인 것이다.

발검은 폭발적으로 한 번에 힘을 집중시켜야 했다. 그것은 마치 자동차가 스타트를 위해 엔진을 뜨겁게 하는 것처럼 몸 안의 마나를 뿜어내면서 준비하는 것이다. 신속하게 처리할 수 있고 일격필살이라는 장점이 있지만 마나의 소모가 쓸데없이 많다는 단점도 있었다.

베이스퍼도 실제로 이렇게 발검을 했다. 그렇기에 러시아에서 금고를 벨 때 한 번 사용하고 나서 마나의 극심한 소모에 지쳐 버린 것이다.

그런데 카이쇼 무사시는 영리하게도 마나를 몸 안으로 축약시켜 최소한의 손실로 검강을 만들어낸 것이다.

"이제 용서는 바라지 마라. 네놈의 목을 베어 바다에 던져주마!"

결국 열이 받을 대로 받아버린 카이쇼 무사시는 인어에 대한 정보고 뭐고 현중을 죽여 버리기로 마음먹었다. 인어의 정보는 현중이 아니라도 시간이 좀 걸릴 뿐 얻을 곳은 아직 있었기 때문이다.

좀 더 편하고 빠르게 정보를 얻기 위해 현중을 노렸던 것이 이런 결과를 만들어내자 자존심은 만신창이가 되었고, 자신

의 자랑거리인 발검이 막혀 버리자 결국 이성의 끈을 놓아버
렸다.

"검강이라……. 뭐 꼴에 마스터라면 그 정도는 해야겠지.
그런데… 어쩌나?"

슈아악!

현중의 파쇄도 순식간에 푸른빛으로 휩싸이더니 순식간에
롱 소드의 모습에서 엄청난 넓이와 길이를 가진 그레이트 소
드에 버금가는 크기로 변했다. 카이쇼 무사시가 만든 검강은
아예 애들 장난 수준으로 보일 만큼 엄청난 크기였던 것이다.

그것을 본 카이쇼 무사시는 두 눈을 부릅뜨면서,

"네, 네놈, 마스터……."

검강은 마스터의 증거다. 검강을 만들어내는 카이쇼 무사
시가 현중이 만들어낸 무식하리만큼 커다란 검강을 모를 리
가 없다.

그보다 그가 놀란 것은 한국에는 마스터가 없다는 사실 때
문이었다.

아니, 애초에 한국에서는 마스터가 태어나지 못하게 했던
것이다.

모든 검술의 맥을 끊어버리고 무술은 기본이고 씨름 같은
스포츠마저 철저하게 왜곡시키고 손을 봐서 훼손시켰다.

일제 강점기 시절 일본은 한국의 가능성이 두려웠다. 점령

당했는데도 끝없이 저항하는 그 민족성이 너무나도 무서웠던 것이다.

그리고 무엇보다 일본의 카타나가 한국에서 건너왔고 일본 검술의 원류가 한국이라는 사실을 감추기 위해 철저하게 부숴 버렸던 것이다.

현재 일본을 한손에 쥐고 흔드는 권력을 가진 카이쇼 무사시가 그걸 모를 리가 없었다. 그 증거로 한국에서는 단 한 번도 마스터는커녕 마스터에 근접한 인물이 나온 적이 없었다. 그만큼 철저하게 한국의 검술을 부숴 버린 것이다.

마나를 다룰 수 있는 내공법은 아예 철저하게 태워 버리거나 어긋나도록 조작해서 퍼뜨렸다. 그 외 정말 좋은 몇 개는 일본으로 가져가 일본에서도 극소수의 인물만 알 수 있는 곳에 철저하게 감춰 버렸다.

그런데 마스터가 나타난 것이다. 그것도 카이쇼는 상대도 되지 않을 엄청난 검강을 만들어낸 것이다. 거기다 더 무서운 것은 이제 20대라는 사실이었다. 현중의 정보를 이미 알고 있기에 마스터의 경지에 올라 젊어진 것도 아님을 이미 알고 있었다.

"…마스터라니……."

카이쇼 무사시는 현중을 일반 대학생으로 생각했다가 전혀 예상 밖의 결과를 맞이한 것이다. 그것도 최악의 상황이다. 적인데 자신보다 강한 마스터가 나타났으니 최악일 수밖에 없다.

"왜? 마스터면 안 되나?"

"네놈… 속였구나!!"

"크크큭, 웃기고 있네. 내가 네놈을 언제 만났다고 속였다는 거지?"

흠칫.

"한국에는 마스터가 없다!! 네놈의 정체를 밝혀라!! 설마 베이스퍼 그 영감이 키워낸 제자인 것이냐!!"

베이스퍼는 이미 마리아를 마스터로 키운 적이 있다. 거기다 템플재단이 현중을 보호하기에 단번에 그렇게 생각한 것이다.

붕~

그레이트 소드만큼 커진 파쇄를 몇 번 휘두른 현중은 대답 대신 고개만 슬쩍 저으면서,

"나를 가르칠 존재는 없지. 인간 중에서는 말야."

"제길!!"

여유있는 웃음을 지금까지 비웃음이라고 생각했던 카이쇼 무사시는 입술을 깨물었다. 비웃음이 아니었던 것이다. 자신감이었다. 강자가 언제든지 처리할 수 있는 약자를 바라보는 자신감, 그것이 웃음으로 나왔던 것이다.

뒤늦게 이 사실을 깨달았지만 힘의 차이는 극명하게 드러난 상태였다. 참의 단계에 이른 발검을 막아냈다. 그것도 뒤늦게 발검해서 정확하게 중간에서 막아냈고, 검강 또한 비교도 되지 않을 만큼 크고 강했다.

"왜? 도망가게?"

흠칫!

카이쇼는 현중의 말에 잠시 어깨를 움찔했지만 표정은 변하지 않았다. 하지만 현중에게는 지금 카이쇼의 생각이 모두 보이는 중이었다. 현중이 굳이 비슷한 능력을 보여서 처리해도 되는 것을 검강을 크게 만들면서까지 무력시위를 하는 것은 모두 한 가지 이유 때문이었다.

마음의 빈틈.

마스터는 자신만의 경지를 이룬 존재로 쉽게 천심통으로도 속마음을 알아내기 쉽지 않았다. 평상시라면 그래도 빈틈이 있기에 쉽게 알아내지만 지금처럼 대결 중에는 달랐다. 그러다 보니 일부러 마스터인 것을 드러내고 능력을 과장해서 무력시위를 했다. 그러자 현중의 예상대로 카이쇼 무사시는 흔들리고 말았다.

'일본이라는 우물 안에서 왕 노릇을 하던 녀석에게 도전과 모험 따위가 있을 리가 없지.'

베이스퍼나 마리아라면 이런 무력시위가 오히려 역효과를

냈을 것이다. 강자에게 호승심을 느끼고 덤벼드는 성격이기에, 오히려 유혹하는 것과 다름없으니 말이다.

하지만 카이쇼 무사시는 달랐다. 마스터에 오르면서 만족해 버린 것이다.

일본에서는 총리조차도 좌지우지하는 권력을 가지고 있었다. 가진 것이 많은 자는 잃는 것을 두려워하는 법이다. 그는 마스터 벽을 넘을 자격조차 없었다.

물론 카이쇼 무사시가 자신의 수련으로 마스터에 올랐다면 절대로 저 정도 경지에 만족할 리가 없었다.

'마나석이 일본 마스터의 단전에 있다니… 생각보다 사이언톨로지의 영향력이 크군.'

이미 마나의 향기를 알아챘을 때 카이쇼 무사시는 스스로 벽을 깨뜨린 마스터가 아니라 인공적으로 만들어진 마스터라는 것을 현중은 알아챘다. 그렇기에 이런 행동을 할 수 있는 것이다.

그리고 처음에는 그냥 덤비면 죽여 버리려던 생각이 바뀌었다. 카이쇼 무사시 정도라면 사이언톨로지에서도 제법 영향력이 있어 보였기 때문이다.

즉, 미끼로서 그를 풀어줘야 했다. 나중을 위해서 말이다.

"난 위대한 일본의 마스터, 카이쇼 무사시다, 결코 등을 보이지 않는다!!"

한껏 소리치면서 허세를 떨고 있지만 카이쇼는 이미 전의를 반쯤 잃어버린 상태였다.

그때 갑자기 현중이 파쇄를 감싸고 있던 검강을 소멸시켜 버렸다.

"인어는 현재 영국에 있다. 나머지는 직접 알아내도록."

"네놈… 왜, 왜 알려주는 것이냐?"

"그냥… 변덕일 뿐."

그리고 슬쩍 옆으로 고개를 돌리더니 카이쇼 무사시를 한 번 바라보면서 웃는 얼굴로 사라졌다.

"…사라졌다. 어떻게… 내 앞에서……."

마스터의 자존심이 사정없이 찢긴 날이었다. 일본에서 왕으로 군림하던 카이쇼 무사시는 한국, 그것도 평범하다고 알고 있던 대학생인 현중에게 철저하게 무시당하고 자존심이 짓밟힌 것이다.

으드득!

"두고 봐라. 포스가 부족해서 물러날 뿐이다. 네놈… 김현중!"

상실감도 잠시, 카이쇼 무사시는 검강을 소멸시키고 카타나와 소태도를 검집에 집어넣고는 닌자들이 있던 곳을 바라봤다.

그런데 닌자들이 사라지고 없었다.

"조선 땅… 정말 진저리나는군."

심혈을 키운 닌자부대가 순식간에 사라진 것이다. 카이쇼 무사시는 현중을 가장 먼저 의심했지만 고개를 흔들었다. 사라지기 전까지 자신과 마주하고 있던 현중이 닌자들을 어떻게 할 여유가 없었다.

하지만 닌자부대는 사라졌다. 그것도 핏방울 하나 흔적을 남기지 않고 깨끗하게 사라져 버렸다.

잠시 그들의 행방에 대해 고민하던 카이쇼 무사시는 결국 일본으로 돌아가기로 했다. 우선 인어가 있는 곳의 행방은 알았으니 목적은 달성한 것이었다.

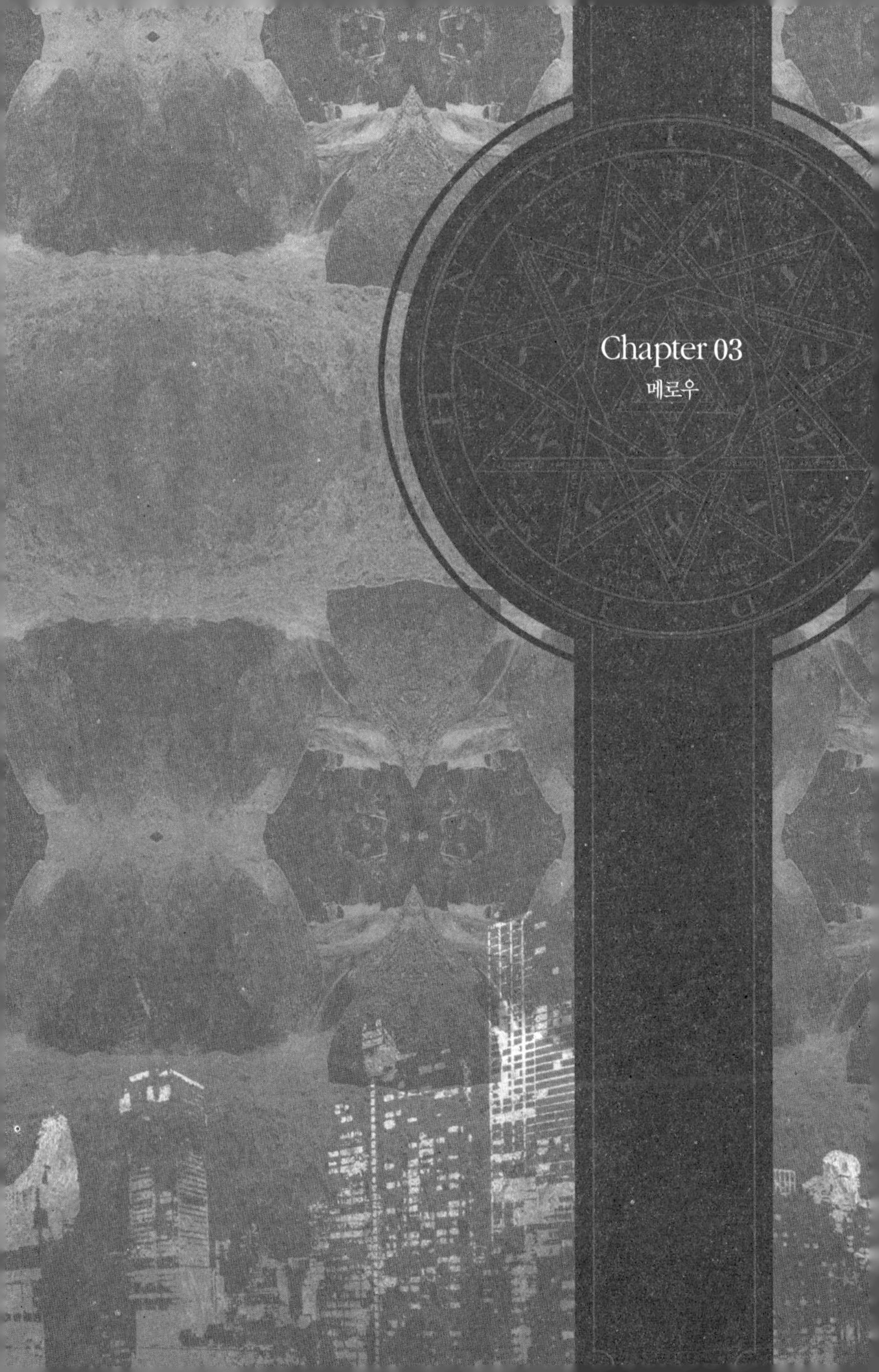
Chapter 03
메로우

"그것들은 왜 주웠지?"

현중은 오피스텔 건물 옥상에서 존재감을 지운 채 조용히 아래를 내려다보면서 중얼거렸다. 그러자 현중의 그림자에서 테른이 튀어나오면서,

─그냥 장난감을 만들어볼 생각입니다.

"크큭, 장난감?"

─네, 마스터. 나중을 위한 장기 말 정도라고 생각하시면 됩니다.

"뭐, 상관없겠지. 그보다 너도 느꼈겠지?"

　현중이 말하자 테른도 고개를 끄덕였다.

　—네, 마스터. 인공 마나석이 확실합니다. 그것도 지금까지와는 비교도 되지 않을 만큼 완성도가 높고 인간의 몸에 완벽하게 적응한 마나석입니다.

　"인공 마나석이라……. 마나가 지배하던 대륙에서도 만들어내지 못한 것을 지구에서 만들어내다니… 도대체 어떤 녀석들이지……."

　—자세한 정보는 시간이 걸릴 듯합니다. 완벽하게 점조직으로 이루어진 녀석들이라 중심까지 파고드는 데 시간이 제법 걸릴 것 같습니다.

　"크크큭, 그리 허술하게 하진 않겠지. 마나석의 효용 가치를 알고 있다면 말야."

　마나가 지배하는 대륙에서도 마나석은 엄청난 가치를 가지고 있었다. 하물며 마나도 적고 마법도 없는 지구에서 마나석의 가치는 대륙에서와는 비교도 되지 않았다. 평범한 싸움꾼을 마나를 다룰 수 있는 기사급으로 단번에 변화시키는 게 바로 마나석이었다. 카이쇼 무사시도 마스터로 만들어냈다. 그 말은 마스터의 대량 생산도 가능하다는 말이었다.

　"흠……."

　—마스터.

　"말해라."

─마스터께서 걱정하시는 마스터의 대량 생산은 제가 아는 한도 내에서는 불가능합니다.

"어째서지?"

마나에 대해서는 솔직히 드래곤과 마족에게 물어보라는 말이 있을 정도다. 그만큼 민감하고 지식이 많기에 테른에게 물어본 것이다. 인공 마나석에 대한 것도 테른이 아니었다면 솔직히 현중 혼자로는 아직도 머리 싸매고 있을지도 몰랐다.

─카이쇼 무사시의 단전에 있던 것은 마나석으로 치면 S급입니다. S급 마나석을 아무리 인공적으로 만들 수 있다고 해도 마나석 안에 마나를 집어넣는 양이 너무 많습니다. 마나의 지배를 받는 대륙에서도 S급 마나석은 몇 천 년에 한 개 나올 정도로 귀합니다. 하물며 마나가 적은 지구에서 아무리 인공적으로 만들 수 있다지만 마나를 충당하기에는 무리가 따르기 때문입니다.

"두고 보면 알겠지."

테른의 말에 어느 정도 수긍은 하면서도 마스터의 대량 생산에 대해서는 의심을 놓지 않았다. 불가능하다는 인공 마나석도 만들어냈다. 그런데 S급 마나석이라고 만들어내지 못하라는 법이 없다. 다만 마나가 적은 지구에서는 테른의 말대로 쉽게 만들지는 못할 것이다.

아니면 카이쇼 같은 마스터가 아마 세계 어딘가에 더 있을 테지만 아직 새로 마스터가 나타났다는 말은 들은 적이 없다.

현중은 옥상에서 느긋하게 카이쇼 무사시가 떠나는 모습을 끝까지 바라보면서,

"도대체 인어를 왜 그렇게 찾는 거지? 불노불사를 믿는 건가?"

―마스터, 불노불사는 드래곤도 저희 마족도 불가능합니다.

"그렇지. 도저히 말이 안 되는 소리지."

지구에서는 상상 속의 존재인 드래곤도 만났고 마족과 싸우기도 했다. 거기다 대륙의 주신인 카일라제까지도 만났다. 하지만 완벽한 불노불사는 없었다.

드래곤도 수명이 길 뿐이지 언젠가는 마나의 품으로 돌아간다. 마족도 강력한 정신력으로 육체를 구성하고 있을 뿐 소멸되는 존재다. 살아가는 시간이 길 뿐이다.

거기다 대륙의 주신인 카일라제도 불사의 존재라고 생각하지 않는 현중이다. 들은 것은 없지만 그냥 막연한 느낌으로 아무리 신이라도 불사의 존재라고는 생각되지 않는 것이다.

그런데 인어의 고기를 먹는다고 불노불사가 된다?

"크크큭."

웃음만 나왔다. 너무나 허무맹랑한 이야기다. 처음이야 인어의 존재가 너무 뜻밖이라 놀랐지만 차분하게 생각하면 인

어도 죽을 수 있는 존재다. 그런 존재의 고기를 먹는다고 인간에게 불노불사의 능력을 준다는 게 말이 되지 않는 것이다.

"뭘까, 일본까지 나서서 인어를 찾는 이유는. 카이쇼 무사시 녀석은 정말 불노불사의 전설을 믿고 있는 것 같던데."

천심통으로 카이쇼 무사시의 마음을 훔쳐 본 현중은 왜 인어에 그렇게 집착하는지 이유를 알지 못했다. 웃기게도 카이쇼 무사시는 정말 인어가 불노불사의 능력을 준다고 생각하고 현중을 찾아온 것이다. 요즘 초등학생도 믿지 않을 옛날이야기를 믿고 있는 것이다.

―중국도 움직였습니다.

테른이 자신이 알고 있는 정보를 말하자 현중은 손가락으로 코를 쓰다듬으면서 고민했다.

"중국까지 움직였다……. 중국도 일본처럼 마스터가 움직였나?"

―아닙니다. 우선 공안부의 첩보원들만 움직이고 있습니다. 러시아도 움직이는 중입니다. 영국에서도 움직이고 있으니 실질적으로 강대국은 대부분 인어를 찾는 데 움직이고 있다고 생각됩니다.

"크크큭, 웃기는군. 아주 웃겨. 크크크크크큭."

현중은 간만에 소리 내면서 웃었다. 그리고 정면을 똑바로 바라보더니 표정을 풀고는,

“멍청한 것들, 오래도록 살아가는 게 결코 축복은 아닌 것을…….”

이미 드래곤보다 오래 살게 된 현중은 그토록 인간들이 원하는 불노불사가 결코 축복이 아님을 알고 있었다. 그 누구를 만나든 죽음을 지켜봐야 하는 존재가 되어버린 후 드래곤 로드인 발리스터는 현중에게 이런 말을 했다.

[우리 드래곤이 왜 자기 중심적이고 이기적인지 아는가?]

“모르겠는데? 왜 그렇지?”

[자아가 붕괴되는 것을 막기 위함이지. 인간들처럼 감정에 휘둘리면 이 강력한 힘으로 무슨 짓을 할지 모르거든. 한마디로 스스로의 정신에 족쇄를 거는 것이나 다름없네. 가장 사랑하는 존재가 자신보다 먼저 죽는다. 목숨보다 사랑했던 존재가 사라지는 것을 지켜봐야 하는 것이 축복이라고 생각하나? 천만의 말씀. 지옥이야. 살아 있는 지옥이나 다름없지.]

“흠…….”

[현중.]

“말해보게, 발리스터.’”

[자네는 아마 나보다 더 오래 살겠지. 몸 안의 모든 세포 하나하나가 마나로 가득 차 있는 자네라면 충분히 그럴 것이야. 드래곤 하트로 마나를 유지하는 우리 드래곤과 전혀 다르지

만 나는 알 수 있지.]

"그렇겠지."

현중도 이미 예상하고 있었다. 자신의 수명이 얼마나 될지
는 전혀 짐작도 되지 않았다.

[중심을 가지게.]

"……?"

[자네의 그 힘이 폭주하는 순간 이 대륙은 지옥으로 바뀔
테니까 말야. 그리고 이기적으로 살아야 하네. 철저하게 자기
자신에게 이득이 되는 것으로. 그리고 변덕도 부리면서 살아
가게.]

"크큭, 나보고 드래곤처럼 살라는 말인가?"

[가능하다면 그렇게 살아가라고 말하는 것이지. 자네는 아
마 지구로 돌아가겠지?]

"그렇지. 돌아가야 할 집이니까."

[그렇다면 내 말을 명심하게. 어떻게 살아가든 그건 자네
자유지. 하지만 강한 힘을 가진 자는 그만큼 중심을 잡아야
하는 것이 대륙에서의 법칙이네. 아마 지구에서도 다를 게 없
겠지. 인간이 사는 곳이니까.]

"발리스터 자네의 말은 중립을 지키라는 말로 들리는군."

[크크큭, 역시 자네는 똑똑해. 바로 맞혔네. 중립을 지키라
는 거네. 자네가 어느 한쪽으로 기우는 순간 이미 게임은 끝

난 것 아닌가? 자네가 말한 지구 말로 게임 오버겠지. 그것도 아주 재미없는 게임 오버 말야.]

"크크크크큭, 그거야 마족을 모두 몰아내고 지구로 돌아갔을 때 일이지."

[자네는 분명히 돌아갈 것이네. 하지만 내 말 잊지 말게. 드래곤 로드인 나 발리스터의 친구이자 언젠가 떠나갈 친구에게 하는 충고이니.]

"명심하지."

[그럼 자유롭게 살면 되네. 마음껏 말야. 자네는 우리처럼 주신의 속박도 없고 대륙을 조율해야 할 책임도 없으니 말야. 때론 자네가 참 부럽다는 것을 아는가?]

"크크큭, 그럼 로드 때려치우고 나랑 지구로 가던가?"

[크하하하하! 그러면 나야 언제나 대환영이지. 하지만, 크크큭, 저 꼴통 드래곤들을 보살펴야 되는 막중한 임무가 있기 때문에 정중하게 거절하도록 하지.]

"천만의 말씀."

그리고 현중은 드래곤 로드의 레어를 벗어나 대륙으로 나갔다.

잠시 회상에 젖어 있던 현중은 쓴웃음을 지으면서 생각을 떨쳐 내듯 고개를 흔들었다. 그리고 곧바로 고개를 돌리더니,

"테른."

─네, 마스터.

"왠지 앞으로 재미있는 일이 벌어질 것 같지 않아?"

현중과 테른이 동시에 웃으면서 말없이 서로를 바라보더니,

"가자."

─네, 마스터.

"아, 시리도 챙겨야지."

─이미 시리는 영국으로 보냈습니다.

"그래? 그럼 나만 가면 되겠군."

스팟!

테른의 공간 이동 마법으로 현중은 순식간에 한국 땅에서 사라져 버렸다.

한편 현중이 한국에서 사라지고 나서 5분 뒤 인천국제공항에 내린 베이스퍼는 자신을 찾는 전화를 받고는 들고 있던 짐을 허무하게 떨어뜨렸다.

"5분 전에 한국을 떠나 영국에 도착했다고?"

딸각.

휴대폰을 끊은 베이스퍼는 너무나 억울한 표정이었다.

"도대체 현중 자네는 휴대폰은 멋으로 들고 다니는 건가.

전화 한 통 좀 해주면 어디 덧나느냔 말이야. 젠장.”

베이스퍼는 자신이 전화를 걸 생각은 하지도 않고 사라진 현중만 탓하고 있지만 어쩌겠는가? 이미 영국에 도착했다는 마리아의 연락을 받은 이상 다시 영국으로 가야 했다.

속마음 같아서는 현중이 다시 와서 자신을 데려갔으면 하는 마음이 굴뚝같았지만 그러기에는 자신의 자존심이 허락하지 않았다. 결국 힘없이 전화를 끊은 베이스퍼는 그대로 나오던 발걸음을 돌려 영국행 비행기에 다시 몸을 실었다.

*　　*　　*

“그러니까 인어가 전혀 알 수 없는 투명한 보호막을 만들고 그 속으로 들어가 버렸다는 말이군요.”

“네.”

현중은 영국으로 돌아오자마자 영국박물관의 직원들에게 끌려가다시피 다시 지하의 연구소로 돌아왔다. 그곳에는 마리아가 현중을 기다리고 있었는지 반가운 얼굴로 현중을 맞이했다. 물론 박사들도 현중을 내심 기다리고 있었지만 막상 도착하자 모른 척 곁눈질로 눈치만 살폈다.

‘쓸데없는 자존심과 고집만 남아 있군.’

현중이 그런 어설픈 박사들의 심중을 모를 리가 없다. 하지만 현중도 모른 척해 버렸다. 원래 괴짜들은 아는 척해주면 피곤해지는 법이니까 말이다. 그리고 지금 그런 박사들에게 신경 쓸 여유도 없었다.

마리아로부터 전 세계의 강대국들이 인어를 찾는 데 혈안이 된 이유를 듣게 된 현중은 웃음밖에 나오지 않았다. 설마 불노불사라는 터무니없는 것에 혹해서 이 난리를 치는 것은 아닐 것이라고 짐작은 했다.

하지만 현재 원자력 에너지를 유지하고 있는 우라늄은 비교도 되지 않을 만큼 엄청난 에너지 자원인 오리하르콘의 존재는 현중에게도 약간은 놀라움으로 다가왔다.

'오리하르콘이 설마 그런 기능도 있다니, 나참, 웃어야 할지…….'

대륙에서도 오리하르콘은 귀금속을 떠나 최고의 금속으로 인정받았다. 하지만 그건 기사들과 같은 강한 무기를 원하고 마족이나 마기를 사용하는 몬스터에 탁월한 효과를 발휘하기 때문이었다. 지구에서처럼 엄청난 에너지 자원은 아니었던 것이다.

"현중 씨, 혹시 오리하르콘이 뭔지 아시나요?"

마리아는 현중의 표정에 뭔가 알고 있다는 느낌을 받았는지 조용히 물었고, 현중도 굳이 숨길 이유가 없었다.

끄덕.

대답 대신 현중이 고개를 끄덕이자,

"정말요?!"

"뭣이라!!"

마리아와 함께 박사들까지 이구동성으로 놀라서 단번에 모든 시선이 현중에게 집중되었다.

물론 현중도 오리하르콘을 알고 있다. 발리스터가 기념이라면서 몇 개 아티펙트로 준 것도 있고, 마음에 드는 무기를 만들어 쓰라고 제법 커다란 오리하르콘 덩어리도 줬기에 테른의 아공간에 고이 보관되어 있다.

하지만 마리아나 탬플재단은 현재 미국에서 흘러나온 연구 동영상이 유일하기에 솔직히 반신반의한 상황이라 미국처럼 대놓고 인어에 열을 올리지는 않고 있었다. 확실한 증거가 없이 움직이기에는 동영상의 내용이 너무 믿기 힘들었기 때문이다.

"혹시 오리하르콘… 가지고 있는 거 있나요?"

"……"

현중은 잠시 생각했다. 오리하르콘이 귀하긴 했다. 하지만 현중에게는 그저 좋은 검 만드는 재료일 뿐이었다. 물론 그것도 안 쓰고 아공간에 처박아두고 있는 형편이다. 하지만 지금 돌아가는 상황을 보니 오리하르콘을 조금이라도 주게 되면 분명히 귀찮아질 것이다.

웃으면서 어깨를 으쓱하는 제스처를 취하자 마리아는 실망하면서,

"역시 이 동영상을 믿어야 하는 건가."

어깨를 으쓱거리는 제스처는 부정의 의미로 자주 쓰이기에 나중에 복잡해질 수도 있어 교묘하게 착각하게 한 것이다. 이런 것을 모르는 마리아는 괜한 기대를 가지고 있다가 실망해 동영상에 시선을 두고는 고민에 빠져 있었다.

중국, 일본, 러시아, 미국이 가장 적극적으로 움직이고 있는 것은 확실했다. 그중에서 미국은 오리하르콘의 비밀이 새어 나갔다는 것을 알고 나서는 인어를 넘기라는 요구를 하고 있는 중이었다. 물론 마리아는 모른다는 식으로 일관했고, 아무리 미국이라도 그런 수모를 당하고 얌전히 넘길 마리아도 아니었다.

바보가 아닌 이상 인어를 확보한 영국이 미국에게 넘겨준다는 것은 어림도 없으니 말이다. 거기다 미국은 베이스퍼와도 그레이 파든의 행동 때문에 약간 불편한 관계가 되어버려 여러모로 골치 아픈 상황에 놓여 버렸다.

인어는 물론이고 아틀란티스를 찾기 위해서는 미국의 입장에서 베이스퍼의 존재는 필수적이었다. 어떤 위험과 고난이 있을지 모르는 곳이기에 인간의 능력을 초월한 존재는 무조건 있어야 하는 것이다. 마스터의 벽을 넘어 마이스터에 오

른 베이스퍼는 미국 정부도 그의 눈치를 봐야 할 상황으로 역전되어 버렸다.

"인어부터 확인해 보죠."

이유야 어찌 되었든 지금 모든 사건의 중심은 인어였다. 열쇠도 인어고 아틀란티스를 찾는 가장 중요한 키워드 또한 인어였다. 그러니 현중도 당연히 호기심이 생길 수밖에 없었다.

마리아를 따라 처음에 인어를 넣었던 수족관이 있는 연구실로 들어가자 정말 마리아의 말대로 커다란 수조 안에는 투명한 공 모양의 보호막을 둘러싼 인어가 몸을 웅크리고 있었다.

"그 어떠한 자극도 소용이 없었어요. 전기부터 소리는 기본이고 빛을 사용해 봤지만 저 투명한 막이 완벽하게 막아내고 있더군요."

마리아도 답답한 모양이었다. 막상 인어를 확보는 했고 자신있게 현중에게 큰소리쳤다. 그래서 현중이 직접 영국으로 가져다주기까지 했는데 막상 인어에 대해서 조사는커녕 비늘 하나 건드려 보지 못하고 있는 것이다.

"화약 냄새군요."

현중이 코를 자극하는 미세한 화약 냄새를 맡았는지 마리아에게 말하자 마리아는 한숨을 쉬면서,

"본래 그럴 의도는 아니었지만 그 어떠한 자극도 소용이

없기에 총기류를 사용해 봤어요. 물론 보호막의 바깥쪽으로 인어를 피해서 말이죠. 하지만 총알조차도 흡수하듯 감싸더니 완벽하게 막아버리더군요.”

솔직히 현중도 지금 인어를 감싸고 있는 보호막이 뭔지 알 수 없었다. 처음에는 실드나 드래곤들이 사용하는 앱솔루트 실드 정도로 예상했는데 마법이 아닌 것이다.

마나를 볼 수 있는 눈을 각성한 현중의 눈에 지금 인어의 보호막이 마법이라면 당연히 마나의 흐름이 보였을 것이다. 하지만 그냥 투명한 막으로 보였다. 마나의 흐름이 없다는 것은 마법으로 만들어진 보호막이 아니라는 말이기에 호기심이 생긴 현중은 천천히 수조 가까이 다가갔다.

저벅저벅.

박사들은 조용히 뒤로 물러났고, 마리아도 한 발짝 뒤로 물러나서는 주변 사람들을 모두 뒤쪽으로 불러 최대한 현중에게 방해가 되지 않도록 배려했다.

현재 마리아가 믿을 것은 현중뿐이었다. 끝을 알 수 없는 능력, 어떤 재주인지 모르지만 시간과 공간에 구애받지 않고 움직이는 능력까지 불가사의하다. 그렇기에 희망을 걸어보는 것이다. 마리아에게는 인어나 현중이나 알 수 없는 것은 마찬가지이기 때문이다.

“마법은 아닌데…….”

수조 가까이서 본 인어를 본 현중은 인어를 감싸고 있는 보호막의 모습이 마치 커다란 물방울 속에 인어가 있는 것 같았다.

[도와주세요.]

“……!!”

또다시 들렸다. 인어가 있는 가방을 만졌을 때 들렸던 목소리가 선명하게 머릿속으로 들린 것이다.

“너는 누구지?”

[도와주세요.]

뇌로 직접 목소리가 들렸지만 혹시나 해서 물었다. 하지만 역시나 들리지 않는 듯 같은 말만 반복적으로 들릴 뿐이었다.

현중은 마법을 사용할 수 없었다. 그렇기에 뇌로 직접 대화할 수 있는 것은 전음과 같은 종류의 방법뿐이기에 인어를 향해 전음으로 물어봤다.

[넌 누구지?]

[제 목소리를 들은 당신은… 누구시죠? 혹시… 아틀란티스의 생존자인가요?]

전음으로 대화가 통하는 듯 인어에게서 드디어 대답이 들렸다. 물론 전음으로 하는 대화이니 뒤쪽에 있는 마리아 외 연구소 직원들은 그냥 현중이 멍하니 서서 인어를 바라보고 있는 모습으로만 보일 뿐이었다.

“마야.”

“네.”

“저 현중이라는 사람, 믿을 만한 거냐?”

박사 중 하나가 마리아를 향해 물어보자 마리아는 싱긋 웃으면서 고개를 끄덕였다.

“그가 인어를 가장 안전하고 확실하게 가져온 사람이에요. 믿을 수 있는 사람이에요.”

“쩝. 저렇게 가만히 서서 벌써 20분이 넘게 쳐다보기만 하는데… 보고 있으면 인어가 알아서 보호막을 깨고 밖으로 나와주기라도 한다니?”

왠지 현중에 대해서 기대감을 가지고 있던 박사들은 아무것도 안 하고 수조 안의 인어를 보고만 있는 모습에 인내심이 바닥나기 시작했다. 본래 호기심이 많고 탐구욕이 강한 사람일수록 눈앞에 궁금한 것이 있으면 참기 힘든 법이다.

“에잉!”

결국 박사 하나가 참다못해 화를 내기 시작했다. 하지만 마리아가 조용히 진정시켰다. 물론 마리아라고 100% 확실하게 현중을 믿는 건 아니었다. 막연히 자신의 느낌을 믿을 뿐이다.

하지만 시간이 지날수록 변화는 없고 현중은 보기만 하고 있으니 그 모습에 모두가 슬슬 불안해지기 시작했다. 결국 한 시간이 거의 흘렀을 무렵 박사들은 모두 연구실을 나가 버렸다. 그들이 나가자 연구원들도 따라 나가 버렸고, 결국 연구실에 남은 사람은 마리아와 현중 단둘뿐이었다.

"현중 씨."

마리아는 한 시간이 넘도록 수조 안의 인어만 미동도 없이 보고 있는 현중의 모습을 보면서 안절부절못하고 있었다. 그렇게 시간이 조금 더 흘렀을까?

저벅.

현중이 움직였다.

"……!!"

마리아도 가만히 보다가 현중이 움직이자 얼굴에 기대감이 가득한 얼굴이다.

"인내심이 없는 분들이군요."

현중이 그 특유의 미소를 지으면서 마리아를 향해 한마디 하자 마리아는 부끄러운 듯 슬쩍 고개를 숙였다.

"미안해요. 워낙 성격이 급한 분들이라……."

"뭐, 상관없으니까요. 그리고……."

딱!

현중이 손가락을 튕겨 소리를 내자 놀랍게도 수조 안의 인어가 눈을 뜨기 시작했다. 그뿐인가? 철옹성 같던 보호막도 사라지기 시작하더니 물에 녹아들 듯 없어져 버리고는 완전

히 깨어난 인어가 물속에서 똑바로 마리아를 바라보고 있었
다. 마리아도 엉겁결에 수조의 변화에 정신을 팔다 인어와 눈
이 딱 마주쳤는데,

[강한 인간이군요.]

"……!!"

마리아는 머릿속으로 들리는 인어의 목소리에 화들짝 놀
라서는 주변을 살펴봤다. 하지만 연구실에는 마리아 자신과
현중, 그리고 인어뿐이었다.

[이런, 당신은 현중처럼 저와 대화할 수 없군요.]

"현중 씨… 저건……."

마리아는 머릿속에서 목소리가 들리는 첫 경험에 몹시 당
황했다. 지금까지 그 누구도 이런 능력을 발휘한 적이 없으니
말이다. 하지만 현중은 편안한 표정으로,

"편안하게 생각하고, 속으로 전달하고 싶다는 마음을 강하
게 해서 이야기해 보세요. 마리아 당신은 마스터이니 가능할
겁니다."

전음이란 수법은 특별하게 따로 마나를 운용해야 하는 것
이 아니었다. 그저 의지를 전달하는 것이다. 마음속으로 강하
게 상대에게 이야기하고 싶다는 마음을 전달하는 것, 그뿐이
었다.

즉, 마나를 다룰 수 있고 자신의 마나를 지배할 수 있는 정

신력을 가진 마스터라면 당연히 전음을 사용할 수 있을 것이다. 현중도 마스터에 올라서고 나서 전음을 자연스럽게 했다. 누가 가르쳐 준 적도 없고 치우천황무에 전음이 쓰여 있는 것도 아니었다.

마치 초식동물이 태어나면 자신의 힘으로 일어서야 살아남는다는 것을 본능적으로 알 듯, 필요하다면 마리아도 충분히 전음을 사용할 수 있었다. 다만 지금까지는 전음의 필요성을 느끼지 못했던 것이다. 전음보다 편리한 통신 수단은 수도 없이 많았으니 생각조차 못했던 것이다. 현중은 대륙에서 살아남기 위해 전음이 필요했기에 자연히 터득했을 뿐이다.

[이, 이렇게요?]

[잘하는군요. 그게 바로 전음, 아, 전음이라는 건 좀 어렵겠군요. 마리아가 이해하기 쉽게 말하자면 포스 메시지 정도겠군요.]

[포스… 메시지……. 즉… 포스에 목소리를 실어서 상대에게 전한다는 말이군요.]

[빙고!]

현중은 웃으면서 마리아가 좀 더 쉽게 능숙해지도록 도와주었다. 그리고 현중에 이어 인어는 두 번째로 마리아와도 이야기를 나누기 시작했다. 물론 현중과 비슷하게 한 시간 이상이나 걸리긴 했지만 말이다.

마리아는 인어와 이야기가 끝나자 즉각 연구소 안의 모든 설비를 철수시켰다.

"마야, 왜 그러는 것이냐, 갑자기?"

박사들은 갑자기 모든 연구 설비를 철수시키자 영문을 몰라 마리아에게 따지기 시작했다. 하지만 마리아는 그 어떤 대답도 하지 않은 채 독단적으로 탬플재단 이사장의 권력을 이용해서 연구실에 수조만 남기고 모조리 치워 버렸다.

"인어의 연구는 지금부터 모두 중지합니다."

"마야!! 도대체 왜 이러는 것이냐!!"

박사들도 갑작스럽게 돌변한 마리아의 태도에 심하게 당황했다. 그들이 따지기 시작했지만 겨우 연구에 파묻혀 살던 박사들과 마스터에 오른 초인에다 탬플재단의 실질적 주인인 마리아와의 싸움의 결과는 뻔했다.

"박사님들, 이번 일은 저의 의견에 따라주세요."

"히잉!"

너무나 독단적으로 일 처리를 하는 마리아의 모습에 박사들은 서운한 감정을 노골적으로 보였다. 그러나 끝까지 물러서지 않는 마리아의 모습에 별다른 방법이 없었다. 당장 연구비를 끊어버리면 박사들만 손해 보는 것이니 말이다.

"하지만 오리하르콘을 구하면 그 누구보다 먼저 박사님들께 맡기겠습니다."

“정말이지?”

채찍을 들었다면 당연히 약간의 당근도 줘야 하는 법이다. 그리고 본래 한 분야에 뛰어난 사람들은 어린애 같은 성격이 많았고, 의외로 다루는 법만 안다면 가장 손쉽게 다룰 수 있는 사람들이 바로 박사들이었다. 특히나 괴짜로 소문난 탬플 재단의 박사들은 이미 마리아의 손바닥 위에 있었다.

“제가 탬플재단의 이사장으로 있는데 누구에게 맡기겠어요? 믿을 수 있는 탬플재단의 박사님들께 맡겨야죠. 안 그런가요?”

“흠흠, 뭐, 그야 그렇지.”

마리아가 슬쩍 치켜세우자 박사들도 화가 금세 풀렸는지 표정을 풀고는 마리아의 설득에 결국 넘어가 버렸다.

“좋아, 인어에 대해서 물론 궁금하긴 하지만 마야가 무슨 생각이 있으니까 그렇게 하는 것이겠지. 안 그런가, 다들?”

한 명이 나서서 마리아를 옹호하자 다들 덩달아 고개를 끄덕이면서 따르기 시작했다.

“마리아가 우리를 속일 사람은 아니니까 믿어보세. 우선 각자 개인 연구를 하다가 오리하르콘을 구하면 꼭 우리에게 주기로 했으니 그때 연구해도 늦지 않을 것이라 생각하는데, 다들 생각이 어떤가?”

그의 말에 다른 박사들이 따라오는 듯하자, 마리아가 손쓸

것도 없이 박사들끼리 알아서 조율하고 상의하여 결정을 내렸다.

"마야, 약속을 꼭 지켜야 한다?"

"네, 걱정 마세요. 이번에는 정말 어쩔 수 없는 이유가 있습니다."

"그래, 우리도 이해한다."

그 말을 끝으로 박사들은 생각보다 쉽게 연구실 밖으로 모두 나가 버렸다. 그 모습을 조용히 지켜보던 현중은 씨익 웃으면서,

"사람 다루는 능력이 대단하군요."

현중도 솔직히 저 박사들을 말로 설득할 자신이 없었다. 말로 설득하기보다는 힘으로 제압하는 데 익숙한 것도 있지만 본래 괴짜들은 어디로 튈지 모르기에 일반 사람을 설득하는 것과는 많이 달랐다.

"후후훗, 저들은 어릴 때부터 제가 봐온 사람들이에요. 그리고 탬플재단의 그 누구보다 잘 알고 있는 분들이죠. 이 정도도 못하면 탬플재단 이사장은 그만둬야 할 걸요?"

마리아도 현중이 알아주는 것에 기분이 좋은지 활짝 웃었다. 원래 대단한 미인인 마리아가 활짝 웃자 달빛을 받아 꽃봉오리를 만개한 한 송이 꽃같이 어여쁜 모습이었다. 현중은 그저 웃을 뿐이다.

그런 현중의 반응에 마리아도 역시나 하면서 작게 한숨을 쉬었다. 솔직히 마리아는 현중에게 관심이 있었다. 처음 만날 때부터 호기심을 자극하는 것도 있었지만 만날수록 매력적으로 다가온 것이다. 현중 본인이야 모르겠지만 마리아가 보기에 현중은 마리아가 생각하는 이상형에 가장 가까웠다.

마스터에 오른 마리아의 이상형은 강한 남자도, 권력의 정점에 오른 남자도 아니었다. 그저 자신감 있고 여유있는 남자가 이상형이었던 것이다. 권력도 재력도 모두 이미 마리아는 가지고 있기에 자신의 짝으로 올 남자에게는 그런 것은 필요 없는 조건에 불과했다. 물론 그런 성격을 가진 남자는 반은 사기꾼이거나 허풍쟁이가 대부분이었고, 그걸 모를 마리아도 아니었다. 그렇기에 남자들에게 차갑게 대한 것이다.

하지만 현중은 달랐다. 언제나 여유 있으면서도 불가능을 몰랐다. 그 끝을 알 수 없는 능력과 단시간에 엄청난 재력을 만드는 재주까지. 무엇보다 마이스터에 오른 베이스퍼마저도 현중을 어려워하지 않던가? 마리아에게 그런 현중은 매력적일 수밖에 없었다.

거기다 잘생기기까지 했으니 땡큐였다.

물론 현중이 여자에게 관심이 없다는 건 알고 있었다. 마리아 자신도 현중의 관심없는 여자 중의 하나라는 것까지도. 하지만 본래 사랑이란 감정이 일방적인 경우가 대부분이다. 짝

사랑이 생기는 것도 다 그런 일방적인 사랑의 특징이다. 그리고 지금 마리아는 현중을 마음에 품고 있었다.

"이제 어떻게 할 거죠?"

현중은 인어와의 대화를 모두 옆에서 들었으니 마리아가 내릴 결정을 물었다. 물론 쉽지 않은 결정일 것이다.

마리아가 인어와 대화를 통해 알게 된 사실은 너무나 황당해서 믿어야 할지 말아야 할지 고민하게 만들기에 충분했다. 하지만 현중은 너무나 태연하게 받아들인 것이다.

과거 아틀란티스가 물속으로 가라앉는 상황에서 어떠한 이유였는지 모르지만 지금 눈앞의 인어가 시간을 건너뛰어서 미래로 와버렸다는 것을 누가 믿겠는가?

처음 마리아는 그걸 너무나 태연하게 믿는 현중이 이상했다. 하지만 나중에는 믿을 수밖에 없었다. 인어의 존재 자체가 이미 믿을 수 없는 상황인데 더 이상 일반적인 상식으로 말하는 믿음은 의미가 없었다.

그렇게 인어가 과거에서 시간이동을 해서 넘어온 존재라는 것을 마리아가 받아들이자 대화는 너무나 쉽게 풀렸다.

그 결과, 인어가 원하는 것은 오직 하나였다.

[절 돌려보내 주세요. 사랑하는… 그와 함께… 죽을 수 있도록… 도와주세요.]

오직 하나, 사랑하는 사람에게 돌아가게 해달라는 말에 마리아도 결국 여자이기 때문인지 마음이 움직여 도와주기로 한 것이다.

대신 사라진 아틀란티스 대륙이 어디에 있는지 알려주기로 했다. 과거에서 넘어오긴 했지만 아틀란티스에서 실제로 살았던 인어이고 지형이 좀 변하긴 했지만 그 누구보다 확실한 안내자였다.

물론 마리아는 도와준다고 했지 돌려보내 준다고 확답하진 않았다. 그리고 막상 돌려보낼 능력도 지금은 없었다. 시간 이동을 어떻게 해야 하는지도 모르고 있으니 말이다.

하지만 최소한의 도움이라도 주고 싶었다. 그게 아틀란티스를 찾는 데 서로 윈윈하는 것이니 말이다. 인어를 강제로 붙잡고 있어봐야 서로 피곤할 뿐이다.

거기다 현중이 은근히 인어를 비호하는 듯한 느낌을 준 것도 마리아에게 어느 정도 영향이 있긴 했다.

'시간 이동이라……'

현중은 문득 인어에게서 자신의 모습을 보았다. 현중은 다른 차원의 대륙으로, 인어는 과거에서 미래로 넘어왔다는 것만 다를 뿐 결과적으로 같은 것이다. 현중은 억지로 끌려가 카일라제의 손발이 되어 대신 마족과 싸웠다. 인어는 아틀란티스가 가라앉는 난리통에 사랑하는 남자를 찾다가 미래로 넘어왔다.

　그리고 둘 다 돌아가야 하는 이유가 있었다. 인어처럼 자신의 목숨을 걸 만큼의 이유는 아니지만 현중은 고향으로 돌아가기 위해, 인어는 사랑하는 남자의 품으로 가기 위해 돌아가야 하는 것이다.

　[현중.]

　인어가 부르는 소리에 현중이 슬쩍 고개를 돌리자 인어는 물속에서 양손을 가지런히 모으고는 고개를 숙여 인사를 했다.

　[고마워요.]

　마치 사람처럼 인사하는 모습에 현중은 웃으면서 고개를 숙였다.

　[별말씀을.]

　별것 아닌 것처럼 대답한 현중의 모습에 인어는 작게 미소를 지었다.

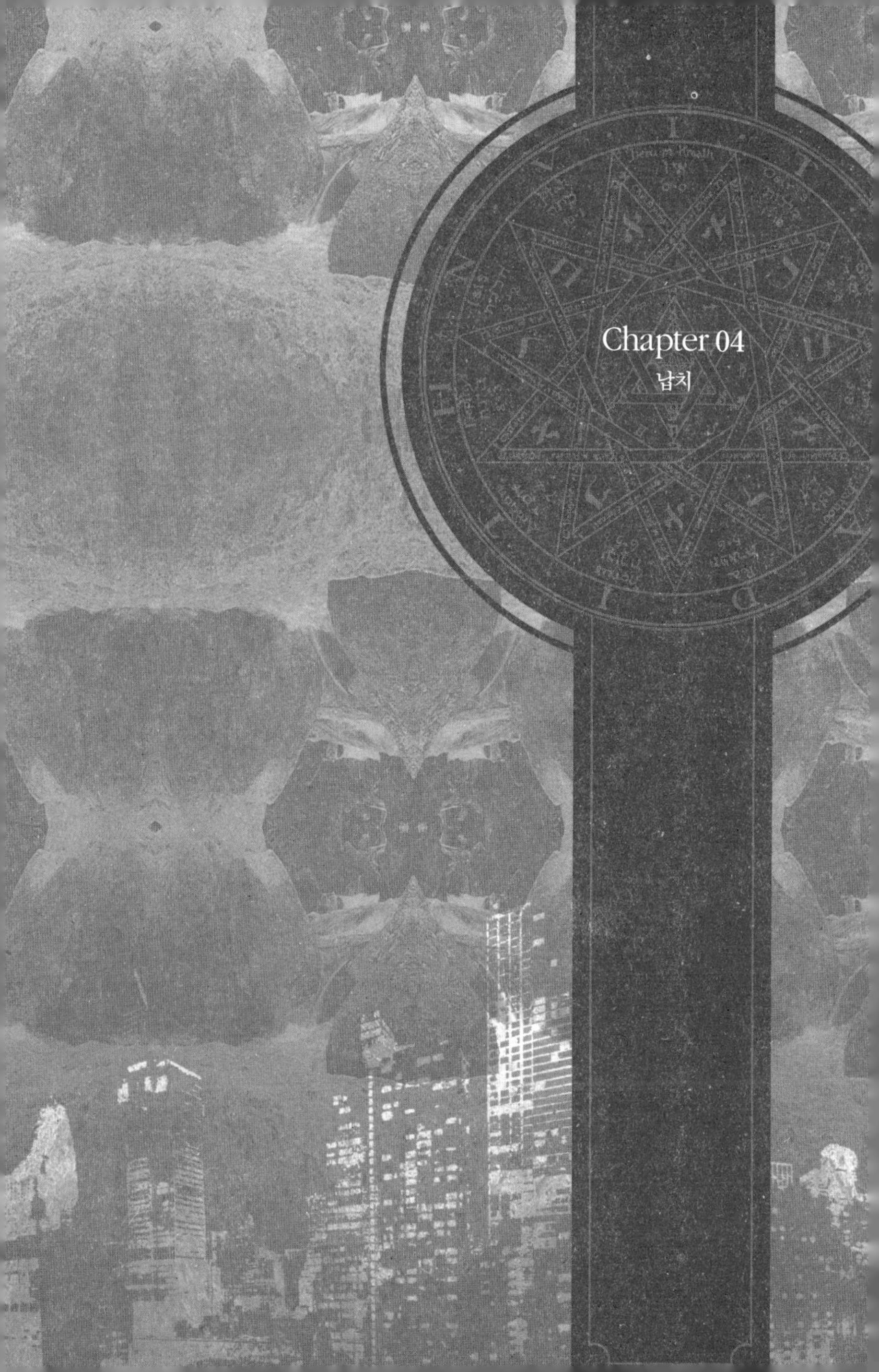

Chapter 04
납치

[그보다 이제 밖으로 나가도 안전한 것 같으니 나갈게요.]

현중이 인어의 말이 무슨 뜻인지 알기도 전에 인어는 물속에서 힘차게 꼬리를 치더니 마치 돌고래가 물 위로 점프하듯 솟아올랐다. 그리고 놀랍게도 허리 아랫부분의 비늘이 떨어져 나가더니 그 자리에 새하얗고 늘씬한 다리가 나타났다. 땅에 떨어지는 아주 짧은 순간에 인어는 사뿐히 두 발로 서서 현중과 마리아를 바라보고 있었다.

[놀랐나요?]

끄덕.

현중과 마리아는 동시에 뭐라 말을 해야 하는데 달리 표현할 방법이 없어서 고개를 끄덕이는 걸로 대신했다.

[후훗, 이게 인어의 두 번째 모습이랍니다.]

누가 봐도 사람이었다. 늘씬한 몸매에 풍만한 가슴, 잘록한 허리, 그리고 잘빠진 다리까지 어디 한곳 흠잡을 곳이 없었다. 물론 현중은 곧 고개를 슬며시 돌렸다. 인어가 나체의 모습으로 현중을 향해 빤히 바라보고 있었기 때문이다.

"앗!!"

마리아도 다리가 생긴 놀라운 광경에 잠시 정신을 놓쳤다가 곧 인어가 나체라는 것을 깨달았다. 연구실에서 밤새도록 연구하다가 자는 박사들을 위해 준비해 놓은 담요를 번개같이 낚아챈 마리아는 곧장 인어의 곁으로 가서 대충 몸을 가려주었다. 하지만 어깨나 무릎을 덮는 용도로 만든 것인지 작아서 보기에 따라 더 요염해 보였다.

"현중 씨, 고개 돌리지 말아요."

마리아가 담요를 가지고 가는 모습에 안심하고 고개를 돌리려던 현중은 날카로운 마리아의 목소리에 멈춰야 했다.

담요로는 역시나 한계를 느낀 마리아는 박사들이 입는 흰 가운을 꺼내더니 인어에게 입히고는 곧바로 연구실을 나갔다가 한참 뒤에 돌아왔다.

현중은 순간 인어를 못 알아봤다. 마나의 향기를 맡지 않았다면 전혀 딴사람으로 생각했을 정도로 변해 버린 것이다.

"굉장하죠?"

마리아도 설마 이 정도로 빛날 줄은 몰랐던 모양이다.

[이상한가요?]

인어는 우리의 생각과 달리 마리아가 준 정장 바지에 블라우스를 매치한 모습이 처음 입어보는 옷이라 그런지 자꾸 몸을 움츠렸다. 하지만 현중은 손을 흔들면서,

[아니에요. 굉장히 아름다워요.]

확실히 아름다웠다. 조금 전 수조에서 나왔을 때는 물에 젖어 있는 상태였기에 알지 못했지만 마리아가 데리고 갔다가 다시 돌아온 뒤 인어의 모습은 이대로 밖으로 나가면 남자 여럿 쓰러뜨리는 것은 일도 아니라고 확신했다.

여자의 변신은 무죄라고 했던가? 하지만 확실히 급이 다르긴 했다.

[움직이기 편하긴 한데 뭔가 답답하네요.]

인어는 바지가 아무래도 답답한 모양이었다. 과거 아틀란티스 대륙의 사람들이 뭘 입었는지는 모르지만 인어의 반응을 보니 바지는 아닌 게 확실했다. 거기다 몸매의 굴곡을 살리기 위해 디자인된 바지인지 약간 몸에 붙는 스타일이라 더욱 인어는 불편해했다.

마리아도 그걸 눈치챘는지,

[나중에 다른 옷을 가져올 테니 잠시만 그대로 있어요. 발가벗은 몸으로 돌아다닐 수는 없으니까요.]

[그런가요? 난 상관없는데.]

인어의 충격적인 말에 현중은 웃어버렸고, 마리아는 손으로 이마를 짚었다.

[왜 그러죠? 본래 인어는 옷을 입지 않아요. 저도 사랑하는 그 사람을 만나면서 잠시 입을 뿐인데요.]

너무나 당당하게 말하는 모습에 마리아는 다시 한 번 인어와 옷을 입어야 되는 것에 대해서 이야기를 나눠야 했다.

한편 그 모습을 가만히 지켜보던 현중은 자신의 그림자가 흔들리는 것을 느꼈다.

"무슨 일이지?"

―마스터, 조금 전 마스터와 헤어진 효성 씨가 납치되었습니다.

"응?"

순간 현중은 자신이 잘못 들었나 싶어서 되물었다.

―한 시간 전 효성 씨의 집에 설치해 두었던 패밀리어로부터 신호가 감지되었습니다.

"테른… 아니다, 우선 그건 나중에 물어보도록 하지."

현중은 왜 테른이 효성의 집에 패밀리어를 설치했는지 물어보려다가 당장 납치되었다고 하는 효성의 행방이 먼저라는 생각에 뒤로 미뤘다.

—오피스텔 지하에서 마주쳤던 닌자와 같은 녀석들입니다.

닌자라는 말에 현중은 입가에 미소를 지으면서 살기를 흘렸다. 원래 지하 주차장에 들어갈 때 현중은 모조리 죽여 버릴 생각이었다. 하지만 카이쇼 무사시를 만나서 그가 인공 마나석을 뱃속에 넣어서 마스터가 되었다는 것을 알아채고 나서는 생각을 바꾼 것이다.

꼬리조차 잡기 힘든 사이언톨로지의 흔적을 잡기 위해 미끼로 살려둔 것이다. 그런데 그녀석이 효성을 납치했다고 한다.

어째서 효성을 납치했는지는 생각할 필요가 없었다. 직접 찾아가 물어보면 되니까 말이다. 복잡하게 고민하는 것 자체가 불필요한 에너지 소비인 셈이다.

"아무래도 잠시 다녀올 곳이 생겼군요."

현중이 갑자기 어딘가로 다녀온다고 하자 마리아는 인어와 대화하던 것을 멈추고 그에게 다가왔다.

"어디로 가는데요?"

"한국으로 갑니다."

현중이 한국으로 다시 간다고 하자 마리아는 눈빛이 변하더니,

"혹시… 일본의 마스터를 만나기 위함인가요?"

현중은 그 말에 대답을 하지 말까 하다가 고개를 끄덕였다. 효성이 납치되었고, 대충 현중 때문에 효성이 납치된 것이 뻔해 보이는 상황이다. 당연히 카이쇼 무사시와 다시 부딪칠 확률이 높았다.

"역시나……."

마리아는 현중이 그럴 줄 알았다는 듯 한숨을 쉬더니,

"저도 같이 가겠어요."

"……?"

"최소한 죽는 건 막아볼 생각이거든요."

마리아의 말에 현중은 슬쩍 웃으면서,

"저도 죽일 생각은 없습니다."

물론 마리아가 생각하는 외교나 그런 문제가 아니었다. 오로지 사이언톨로지를 잡기 위한 미끼로 필요하기 때문이다.

"죽이지 않는다고 해결되는 게 아니에요. 아무튼… 일본과 한국은 미묘한 균형을 유지하고 있기 때문에 이런 일은 아무래도 현중 씨보다 제가 유능하니까요."

현중은 마리아의 말에 잠시 생각하는 척하다가 오히려 이번 기회에 일본 마스터에 대해서도 마리아가 알게 되는 게 괜찮을 것 같다는 생각이 들었다. 인공 마나석에 대해서 마리아는 전혀 모를 테지만 솔직히 현중 혼자 사이언톨로지에 대해서 알아보려니 한계를 느낀 것이다.

　바로 가까이에 세계에서 알아주는 정보기관을 움직일 수 있는 탬플재단의 마리아가 있는데, 테른만 시켜서 알아보게 한 자신이 바보 같다고 느낀 것이다.

　"그럼… 그렇게 하죠."

　"좋아요. 잠시만요."

　마리아는 곧장 연구실 밖으로 나가더니 몇 분 되지 않아서 클레이모어를 가지고 돌아왔다.

　"무기는 왜?"

　"유비무환이죠. 집에서도 총알세례를 받았으니까요."

　아무래도 자신의 집에서 델타포스의 공격을 받은 게 자존심에 상처를 입은 듯했다.

　[어디 가나요?]

　"아차."

　마리아는 갑자기 사라지려는 현중 때문에 순간 인어를 잊어버린 것이다. 그런데 상황이 좀 이상해서 인어를 이곳에 혼자 두고 갈 수는 없었다. 박사들도 있지만 어떤 돌발 상황이 벌어질지 모르기 때문이다.

　거기다 아직 MI−6 내부에서 미국으로 정보를 넘긴 스파이가 누군지 찾아내지 못한 상황이라 자칫 인어가 탬플재단에 있다는 것을 광고하는 일이 벌어질 수도 있는 것이다.

"같이 가죠."

"역시 그 수밖에 없겠군요."

마리아가 생각해도 현중의 곁이 현재는 가장 안전했다. 베이스퍼도 한 수 접어주는 실력에 전 세계 어디든 이동할 수 있는 특이한 능력까지, 연구소에 혼자 두는 것보다는 확실히 안전한 것이다.

그렇게 갑작스럽게 인어와 마리아, 현중은 함께 한국으로 향했다.

*　　　*　　　*

테른의 공간 이동 마법으로 현중과 마리아가 이동된 곳은 비릿한 바다내음이 코를 간질이는 바닷가였다.

"여긴 어디죠?"

주변에 보이는 한글로 봐서는 한국이란 것은 대충 짐작한 마리아도 정확히 어디쯤인지 모르기에 물어본 것이다.

"테른."

─네, 마스터. 부산광역시에서 약간 외곽에 있는 곳입니다. 일반적으로 밀항을 하는 사람들이 가끔 이용하는 해변이기도 합니다.

"밀항? 일본으로 빼돌릴 생각이었단 거군."

원래 테른은 효성의 일을 현중에게 보고할 생각이 없었다. 자신이 직접 나서도 문제될 게 없기 때문이다. 하지만 굳이 보고를 한 것은 모두 현중 때문이었다. 대륙에 있을 때도 느꼈지만 현중은 점점 인간으로서의 감정을 잃어버리고 있는 것 같았다. 아니, 잃어버렸다. 그리고 마치 드래곤이 인간으로 폴리모프한 것 같은 느낌도 받는 테른이었다.

아무리 강한 힘을 가지고 있고 드래곤보다 오래 산다고 해도 현중은 인간이었다. 만약 현중이 이대로 인간으로서의 감정을 완전히 잃어버리게 되면 전혀 다른 문제가 생기기 된다. 그건 바로 정체성이었다.

드래곤은 본래 신이 중재자의 역할을 하게 하려고 만들었다. 즉, 존재의 정체성이 태어날 때부터 정해져 있는 것이다.

마족도 마찬가지였다. 강자지존의 세상이기는 하지만 각자 자신만의 강해지고 이뤄야 하는 목표가 있었다. 그리고 애초에 마족은 강력한 정신체이기에 정체성의 혼란이 있어서는 안 되었다. 만약 마족이 정체성에 혼란을 가진다면 그 순간 소멸일 테니 말이다.

강력한 정신력으로 육체를 이루고 있는 마족에게 정체성의 혼란은 곧 죽음을 의미했다. 그걸 마족인 테른이 모를 리가 없었다. 그리고 영혼의 계약으로 테른의 영혼의 반쪽은 현중의 영혼과 같이 있었다.

그렇기에 그 누구보다 민감하게 느끼기 시작한 것이다. 현중이 자신의 정체성에 조금씩 의문을 가지기 시작했다는 것을 말이다. 살아가야 하는 목표가 없고 뭔가 이뤄야 하는 목표가 뚜렷이 없는 현중이다.

지금은 치우천왕을 찾아야 하고 여러 가지 벌려놓은 일이 있으니 별거 아닌 것처럼 넘어갈 수 있지만 의문을 가졌다는 것부터 이미 아주 작지만 마음의 균열이 생기기 시작한 것과 다를 게 없다. 만약에 현중이 죽거나 무슨 일이 생기면 테른에게도 당연히 영향이 생기기에 미리 움직이는 것이다.

현재는 현중이 인간으로서 정체성을 먼저 찾은 다음에 앞으로 나가야 한다고 판단한 테른은 하루라도 빨리 현중에게 인간의 감성을 돌려줘야 했다. 현중이 이제 와서 힘에 휘둘리는 일은 없을 것이다. 이미 지독하게 전쟁을 치렀고, 자신의 힘이 얼마나 강력한지 스스로 잘 알고 있으니 말이다.

―차라리 마족과의 전쟁이 계속되었다면…….

차라리 현중이 마족과 계속 싸웠다면 목표가 없는 공허함을 느낄 이유가 없었다. 오히려 평화로운 지구의 환경 때문에 문제가 생기는 것이다.

[이 시대의 바다는 모두… 이런가요?]

인어는 코를 잡으면서 오히려 바다에서 멀어지려고 뒷걸음질을 쳤다.

“훗.”

현중도 인어가 하는 말이 뭔지 충분히 알고 있었다. 짠 바다 냄새가 나지만 그 속에 섞여 있는 쓰레기와 기름 냄새를 현중도 충분히 구분할 수 있기 때문이다. 하물며 인어는 바다에서 살아가는 존재다. 냄새만으로도 저런 반응은 당연했다.

하지만 몇 걸음 물러나던 인어는 문득 뭔가 본 듯 황급히 뛰어가더니 옷이 젖는 것도 아랑곳하지 않고 물속에 뛰어들었다.

“위험! 아……!”

마리아는 바다에 뛰어드는 인어를 보면서 위험하다고 말하려다가 그만두었다. 오히려 바다로 뛰어든 인어가 어디로 가지 않는지 걱정해야 하는 것이다.

하지만 인어는 허리 정도 오는 깊이에서 걸음을 멈추더니 무언가 물속에서 집어 들고 유심히 바라봤다.

[너무해.]

인어는 눈물까지 흘리며 현중에게 손을 내밀어 보여주는데 작은 물고기였다. 화려한 색에 커다란 가시가 인상적이지만 이름을 알 수 없는 그런 물고기였다.

[이게 미래인 이곳의 바다인가요?]

인어의 말에 현중은 고개를 끄덕일 수밖에 없었다. 지구의 생물이 멸종하는 데 가장 큰 위력을 발휘한 게 바로 인간이다. 매년 50종 이상의 생물이 멸종되고 있다는 보고가 올라오고 있을 정도이다. 그중에는 인간들이 좋아하는 것도 많았다. 특히나 일본인들이 미치게 좋아한다는 참치는 세계적으로 보호종으로 지정해야 한다는 말이 나올 정도였다. 이대로 30년만 지나면 참치가 멸종한다는 것은 이미 알 만한 사람은 다 아는 정보였다.

[어째서… 그분께서 보고만 있는 건지……. 어째서…….]

인어는 혼자 낮은 목소리로 누군가를 원망하듯 작게 속삭였지만 현중은 일부러 모른 척했다. 인어가 말하는 그분이 누군지 대충 알고 있기 때문이다.

아틀란티스 대륙이 신으로 모시던 존재는 바로 바다의 신 포세이돈이었다. 지금의 바다가 이 모양이 될 때까지 보고만 있을 포세이돈이 아니기에 원망하듯 말하지만 그건 인어의 생각일 뿐이다. 신화적인 시대에 살다가 시간 이동으로 넘어와 버린 인어는 과학이라는 것을 모를 것이다.

지금 시대에 바다의 신 포세이돈을 찾는 건 미신일 뿐이다. 바다의 날씨를 예상하고 어군탐지기로 물고기의 움직임을 찾아내는 지금 시대에는 말이다.

무엇보다 신은 없다.

현중이 생각하는 지구에 신은 없었다. 있다면 이렇게 지구가 발전할 수 없을 것이다. 신을 거부하는 인간들이 과학을 믿고 발전시켰다. 당연히 신이 있다면 지구의 과학자는 모두 사라져야 했다. 과학이 발전한 그 자체가 이미 지구에는 신이 없다는 것을 보여주는 증거였다.

그리고 신의 부재로 발전한 과학의 대가는 나쁜 쪽으로 흘러가고 있었다. 모두의 멸망을 향해 말이다.

눈물을 흘리고 있던 인어는 불현듯 속삭이듯 이미 죽어버린 이름 모를 작은 물고기에게 말했다.

[나의 이름은 메로우, 바다의 부름으로 당신의 이름을 알려주세요.]

메로우가 노래하듯, 때론 주문을 외우듯 중얼거리면서 말하자 손 안의 죽은 물고기가 작게 꿈틀거리기 시작했다.

[알았어요. 당신의 이름, 기억할게요.]

그리고 메로우는 작은 물고기를 그대로 물속에 넣고는 한동안 바다를 바라봤다.

몇 분이 지났을까? 메로우의 입에서 노랫소리가 들려오기 시작했다. 맑으면서도 바다의 향기가 귀를 적시는 듯한 노래였다. 마리아는 아름다운 목소리의 노랫말에 무슨 뜻인지는 알 수 없지만 자신도 모르게 빨려들어 가는 것을 느꼈다.

하지만 현중은 마리아와는 다르게 눈빛이 변하면서 인어의 노랫말에 섞여 있는 마나의 흐름을 읽었다. 인어의 몸에서 시작된 마나의 흐름은 바다로 퍼져 나가기 시작하더니 스며들 듯 물속으로 사라졌다. 하지만 인어는 끝없이 노래를 불렀고, 바다는 끝없이 인어의 마나를 흡수하는 것이다.

인어의 아름다운 노래가 끝났을 때 마리아도 현중도 눈으로 보고서도 믿을 수 없는 일이 벌어졌다.

[제 능력은 이게 한계네요.]

인어가 발을 담그고 있는 해안가를 시작으로 검붉고 탁한 바닷물이 에메랄드빛의 투명한 바닷물로 변해 있었다. 물론 그 맑은 바닷물은 얼마 가지 않아 또다시 검붉은 탁한 색으로 변하긴 했지만 그 누구도 메로우에게서 시선을 떼지 못했다.

'설마… 드래곤과 같은 존재인 건가.'

현중은 방금 인어가 부른 노래가 무엇인지 알고 있었다. 처음에는 노래처럼 들려서 몰랐지만 마나의 흐름이 보이자 번뜩이듯 떠오른 것이 있었다.

언령의 힘.

드래곤과 같은 등급의 사명을 받아, 입으로 말하는 언어에 힘을 실어 실행할 수 있는 능력을 가진 존재가 가지는 힘이다. 신언, 용언 등으로 불리긴 하지만 말에 힘을 실어 실체화시킬 수 있는 것은 같은 것이었다.

방금 메로우는 노랫말에 언령의 힘을 넣어서 바다를 정화시켰다. 그 범위가 작은 운동장만 한 크기에 불과했지만 범위 안의 바닷물은 너무나도 깨끗하게 정화된 것이다.

"조율자."

현중은 메로우를 보면서 대륙에 드래곤이라는 조율자가 있다면 지구에는 인어가 바로 조율자라는 생각이 든 것이다.

테른도 메로우가 방금 보여준 능력에 제법 놀랐다. 지구에 와서 언령의 힘을 발휘하는 존재는 테른도 처음 본 것이다.

[지구의 바다 전체가 이렇게 죽어가고 있네요.]

슬픈 듯한 얼굴의 메로우를 바라보던 현중은 그냥 말없이 바라만 봤다. 현중이 무슨 말을 하겠는가. 자신도 따지고 보면 인간의 몸을 가지고 있고 인간의 삶을 살아가는 존재인 것을.

"할 말이 없군요."

마리아도 현중과 같은 마음이었다. 그런데 그때 테른이 천천히 다가와,

—마스터, 녀석들이 다가옵니다.

테른의 말이 들리자 마리아는 곧바로 얼굴 표정을 무표정하게 바꾸고는 클레이모어를 양손에 쥐고 몸 안의 마나를 활성화시켰다.

"마치 제가 싸우러 온 것을 알고 있는 듯한 행동이군요."

어떤 일로 왔다는 말도 한마디 없었는데 마리아가 너무나 태연하게 전투 준비를 하는 모습에 현중이 한마디 하자.

"저도 감이란 게 있는 거죠."

말이 끝나기가 무섭게 해변 끝에서 요란한 자동차 엔진음이 들렸다.

부르릉~

끼이익~

검은색 국산 지프차가 급히 해변으로 달려오더니 뒤늦게 현중과 마리아를 발견하고는 급정거를 했다. 해변이라지만 모래가 단단한 편이라 자동차가 움직이는 데 크게 문제는 없는 곳이었다.

멈춘 국산 지프차의 문이 열리더니 검은 정장 차림에 검은 선글라스를 쓴 녀석들이 내렸다.

"가로등도 없는 이곳에서 선글라스를 쓰다니……."

마리아는 그들의 모습에 자신도 모르게 한마디 했지만 시선은 이미 그들의 특징을 파악하기에 여념이 없었다. 싸움은 본래 하나라도 적에 대해서 더 잘 알고 있는 사람이 유리하게 마련이다. 적을 알고 나를 알면 백전백승이라고 하지 않던가? 당연히 마리아는 본능적으로 녀석들의 발놀림이나 손가락 하나의 움직임까지 파악하는 중이었다.

한편 현중은?

"더 못한 놈들이군."

한눈에도 지하 주차장에서 현중에게 덤벼들던 닌자들보다 수준이 훨씬 떨어지는 녀석들이라는 것을 알 수 있었다. 현중은 이미 녀석들은 안중에도 없었다.

그리고 뒤이어 방금 들어온 것과 똑같은 지프가 두 대 더 들어오더니 똑같이 현중과 마리아를 확인하고는 급정거를 했다.

끼이이익!!

"어째… 하나같이 똑같지?"

마리아는 지프가 일렬종대로 서는 모습과 똑같은 타이밍에 브레이크를 밟는 것까지, 첫 번째 녀석들과 똑같은 행동을 되풀이하는 모습에 한숨을 쉬었다. 마리아도 처음에는 긴장했지만 녀석들의 몸짓을 보고는 대충 수준을 알아본 상태였다.

보통 고수들은 몸의 중심을 유지한다. 그건 검이든 권이든 따지지 않고 그 어떤 무공을 배우더라도 기본 중의 기본이다.

몸의 중심이 잡히지 않으면 그걸로 끝이다. 한쪽으로 치우친 힘과 균형은 최대의 약점이자 고칠 수 없는 약점이 되는 것이기에 고수들, 특히나 제법 성취를 이룬 사람들일수록 중심이 잡혀 있는 법이다.

하지만 방금 지프에서 내린, 야밤에 검은 선글라스라는 되지도 않는 폼을 잡는 녀석들은 모두 중심이 한쪽으로 기울어진 상태였다. 즉, 수준 미달인 것이다.

그리고 뒤따라 들어온 지프에서도 별 차이는 없었다. 단 한

명만 빼고는 말이다.

"카이쇼 무사시."

마리아는 가장 늦게 지프에서 내린 카이쇼 무사시를 보고 는 작게 중얼거렸다.

정작 카이쇼 무사시는 해변에 기다리고 있었다는 듯 서 있 는 현중과 마리아를 보고는 깜짝 놀랐다.

"네, 네놈이 어떻게 이곳에!!"

카이쇼 무사시는 본능적으로 현중을 알아보고는 기겁했 다. 그리고 그 옆에 마리아도 있자 놀람을 넘어서 당황하기까 지 한 것이다.

분명히 카이쇼 무사시가 들은 정보로는 마리아는 영국에 있었다. 그것도 조금 전 일본과 연락을 하면서 마리아가 영국 에서 출국한 적이 없다는 것까지 확인했는데 버젓이 눈앞에 있으니 당황하지 않겠는가.

거기다 현중의 웃는 얼굴을 보는 순간 카이쇼 무사시는 자 신도 모르게 몸이 떨렸다.

현중과 마주했던 상황이 떠올랐고, 마지막에 사라지면서 보였던 미소가 지금 눈앞의 현중이 보이는 미소와 겹쳐 보인 것이다.

씨익~

현중의 미소가 더욱 진해지자 카이쇼 무사시의 얼굴도 덩달아 더욱 일그러졌다. 마스터로서 추앙받던 자신이 손가락 하나 건드리지 못한 사람, 그가 바로 현중이었고, 자존심에 또다시 금이 가는 느낌이었다.

"카이쇼 무사시."

완전 하대하는 듯한 현중의 말에 카이쇼 무사시는 발끈했지만 그보다 먼저 발끈한 건 네 명의 제자였다.

"저런 건방진!!"

"조센징이 눈까리에 뵈는 게 없구나!!"

챙. 챙.

성질 급한 스승을 닮은 녀석들인지 무조건 카타나부터 뽑아 들고 넷 중에 둘이 앞으로 나서는 모습에 마리아도 한숨을 쉬었다. 실제로 일본의 마스터와 마주한 것은 마리아도 이번이 처음이었기에 소문만 들었을 뿐 어떤 성격인지는 전혀 모르고 있었다. 다만 일본에서 거의 황제처럼 살고 있다는 말만 들었을 뿐이다.

마리아는 슬쩍 현중을 바라봤다. 자신은 엄연히 현중을 따라온 상태이고, 최악의 상황을 막기 위해서 온 것일 뿐이라 나서기에는 좀 애매한 상황이었다.

"마리아 씨는 뒤를 부탁합니다."

현중이 먼저 마리아에게 말하고 몇 걸음 걸어서 앞으로 나갔다. 자연스럽게 마리아는 메로우를 보호하는 진영이 만들어졌다.

솔직히 지금 눈앞에 저 떨거지들 몇 천 명이 덤벼도 현중의 이마에 땀 한 방울 나오기나 할까 하는 생각을 잠시 하던 마리아는 곧 고개를 흔들었다.

"무슨 잡생각을 하는 거야. 집중하자, 집중."

이상하게 현중의 곁에 있으면 마리아는 자신도 모르게 집중력이 조금씩이지만 흐트러지는 것을 느꼈다.

한편 카이쇼 무사시는 기세 좋게 나선 두 명의 제자를 바라보고는 별말을 하지 않았다. 솔직히 지하 주차장에서는 목격자가 없었다. 같이 갔던 닌자들은 모조리 사라져 버렸고, 나중에 카이쇼가 불러서 도착한 제자들과 함께 건물을 나왔으니 말이다.

그렇기에 지금 객기를 부리면서 가장 먼저 나선 카이쇼 무사시의 제자 두 명과 뒤에 남은 두 명은 현중을 몰랐다. 그저 조센징이라는 것만 알 뿐이다. 무엇보다 그들의 눈에 눈이 번쩍 뜨일 미녀 두 명이 옆에 있다는 게 마음에 들지 않는 것이다.

"카이쇼 마스터!!"

제자 중 스포츠머리에 날카로운 눈매가 인상적인 녀석이 카이쇼 무사시를 보며 외쳤다. 카이쇼는 아무 말 없이 고개만 끄덕였다. 분명히 카이쇼는 현중의 능력을 알고 있지만 제자에게 허락한 것이다.

카이쇼의 허락이 떨어지자 카이쇼 무사시의 제자들도 마나를 활성화시켰다. 온몸의 세포를 일깨우자 공장에서 찍어 낸 듯 카이쇼 무사시와 마나의 향기가 똑같았다.

'카이쇼 혼자만이 아니군.'

스승도 모자라서 제자까지 마나석으로 단전을 만들었다는 것은 현중이 생각하는 것 이상으로 인공 마나석이 세상에 많이 퍼졌을 수도 있다는 말이었다.

저벅저벅.

현중은 맨손으로 날이 시퍼렇게 선 카타나를 뽑아 든 카이쇼의 제자들 앞으로 걸어나갔다.

"배짱을 부리는 녀석이군."

짧은 스포츠머리로 카이쇼에게 허락을 구했던 녀석은 코웃음을 쳤다. 자신은 이미 마나를 다루는 경지에 오른 달인이다. 일본을 넘어 세계 검도대회도 몇 번이나 휩쓴 실력으로 카이쇼 무사시의 눈에 들어 제자가 된 케이스다.

다른 제자들처럼 권력이나 힘을 배경으로 삼아 제자가 된 녀석들과는 차원이 다르다고 언제나 자부하고 있었다. 당연히 실력도 카이쇼 무사시의 제자 중에서도 발군이었기에 카이쇼 무사시의 오른팔로 인정받고 있었다.

하지만 그뿐이었다. 실력은 없고 그저 카이쇼 무사시의 제

자라는 간판만 달고 있는 허섭스레기 같은 다른 사제들에게
는 그냥 칼 잘 쓰는 녀석일 뿐이었다. 그리고 카이쇼 무사시
도 필요할 때만 찾을 뿐 그 외는 거의 방치하다시피 했다.

어쩐 이유에서인지 카이쇼 무사시는 정부의 요청으로 움
직이는 일이 거의 없다시피 했다. 그런데 어쩌다 한 번씩 있
는 일도 카이쇼 무사시 혼자 움직였다. 다른 국가 공인 마스
터들이 그렇게 움직이기에 그러려니 했지만 카이쇼 무사시만
제자를 여럿 받아들인 것을 보면 다른 마스터들과 다른 행동
이었다.

하지만 국가에서 공인한 마스터, 즉 초인의 제자가 된다는
것은 상위 1%의 지위를 넘어 0,0001%가 되는 것이다. 일본
총리마저 한 손에 쥐고 좌지우지하는 권력을 지닌 카이쇼 무
사시의 제자란 간판은 일반 사람들이 생각하는 그 이상의 권
력이다.

하지만 그것도 배경이 있는 제자나 그렇게 대단한 것이었
다.

"하야토 마사키다. 나의 검에 죽는 것을 영광으로 알아
라."

배경이 든든한 다른 제자들과 달리 오로지 검술 실력 외에
는 믿을 게 없는 하야토 마사키는 어떻게든 실력을 더욱 높여
야 했다. 그래야만 카이쇼 무사시의 수제자가 될 수 있었다.

현재 카이쇼 무사시에게는 수제자가 없었다. 모두 그냥 일반 제자였다. 하지만 그것도 네 명뿐이다. 그러니 제자들 간에도 수제자가 되기 위한 암투가 심심치 않게 벌어졌고, 언제나 배경 하나 없이 검술 실력으로 제자가 된 하야토는 밀릴 수밖에 없었다.

'자랑할 만한 업적이 필요해.'

하야토 마사키에게는 카이쇼 무사시가 인정할 만한 업적, 즉 배경의 권력자들도 인정할 만한 공이 필요했다. 특히나 이번 한국행에서 카이쇼 무사시는 영국에 인어가 있다는 정보를 이미 알아낸 상태였다. 그리고 무슨 이유인지 모르지만 김현중의 애인으로 보이는 여자까지 납치해서 돌아가는 중에 이렇게 마주한 것이다.

이건 절호의 기회이기도 했다. 카이쇼 무사시가 나서지 않는 상황에 하야토 자신이 김현중을 처리하거나 사로잡는다면 제자들 사이에서 입지를 단단히 할 수 있는 기회인 것이다.

자신의 바로 옆에 있는 일본 총리의 아들이자 제자 중에서 가장 권력이 강한 히야부시 카토를 제외하고는 모두 겁쟁이라, 말이 제자이지 이미 경호원들 뒤로 물러나 숨어 있는 것을 확인했다.

하지만 하야토는 자신의 실력을 믿었다. 일본을 넘어 세계 검도 제패라는 기록을 가지고 있는 자신이 아닌가. 거기다 이제는 카이쇼 무사시의 은혜로 포스까지 자유롭게 사용할 수 있는 단계에 들어서 있기에 현중을 상대로 진다는 생각은 아예 하지도 않았다.

맨손으로 다가오는 현중과 진검을 들고 있는 자신의 싸움이다. 이건 불 보듯 뻔한 결과라고 생각했다.

하지만,

현중은 오히려 자신감에 넘치는 하야토 마사키와 히야부시 카토를 바라보면서 입가에 미소를 지었다. 그들이야 어떻든 현중의 눈에는 마나를 쥐꼬리만큼 다루는 주제에 의기양양한 기사 수련생 수준인 것이다.

저벅.

천천히 걸어가던 현중의 왼발이 가장 앞에 있던 하야토 마사키의 검격공간 안으로 들어갔다.

검격공간(劍擊空間).

검의 고수들은 자신만의 공간이 있었다. 검의 길이가 닿는 부분까지가 바로 검격공간이다. 즉, 그 검격공간 안에 들어서는 것은 공격을 시작하는 휘슬이나 다를 바 없는 것이다.

대륙의 마스터들이 마나 영역을 서로 겨루는 것과 비슷했지만 훨씬 작고, 실질적으로 검의 길이에 따라 검격공간은 얼마든지 커지고 작아졌다.

휙!

현중의 왼발이 하야토 마사키의 검격공간 안으로 들어가
자 그가 마치 한 마리의 물 찬 제비와 같이 낮게 파고들었다.
그가 현중의 가슴을 노리고 아래에서 위로 대각선으로 검을
쳐 올렸다.

부웅!!

얼마나 빠른지 하야토 마사키의 검 놀림에 바닥의 모래가
딸려 올라가 허공에 흩어지기까지 했다. 하지만 하야토 마사
키의 표정이 일그러지더니 급히 주변을 살폈다. 목도나 죽도
와 달리 진검은 옷자락을 베이더라도 느낌이 왔다. 특히나 하
야토 마사키가 그걸 모를 리가 없다. 하지만 방금 검에서는
아무런 느낌이 없었다.

"어디… 컥!"

하야토 마사키가 주변을 살필 겨를도 없이 뒷목에 느껴지
는 충격과 함께 온몸의 마나가 굳어버리는 느낌이 들면서 그
대로 쓰러졌다. 쓰러지던 하야토 마사키의 눈에는 그제야 현
중의 모습이 보였고, 히야부시 카토도 자신과 똑같이 쓰러지
는 장면을 보는 것을 마지막으로 기절해 버렸다.

'괴물 같은……'

하야토 마사키는 방금 현중이 어떻게 움직였는지도 몰랐
다. 마나를 다루게 되고 나서 카이쇼 무사시도 하야토 마사키
의 눈을 완전히 피하지 못했다. 그런데 현중은 아예 흔적은커

녕 뒤에서 목을 가격할 때까지 전혀 몰랐던 것이다.

하지만 그런 소리는 꿈나라에서나 해야 될 것이다. 하야토 마사키가 허무하게 쓰러지고 옆의 히야부시 카토 역시 아무것도 해보지 못하고 쓰러지자 뒤에 있던 검은 선글라스의 녀석들이 단체로 현중에게 달려들었다.

개떼같이 현중에게 달려드는 녀석들 중에는 뒤에 남아 있던 카이쇼 무사시의 제자 두 명도 포함되어 있었다.

퍼걱!

쿵!

퍼걱—!

훌러덩.

원샷 원킬을 자랑하는 현중의 주먹질에 그들은 추풍낙엽이나 다름없었다. 뒤로 날아가는 녀석은 기본이고 그 자리에서 목이 돌아가 주저앉은 채 죽은 녀석도 있었다.

30초.

현중이 카이쇼 앞에 서기까지 걸린 시간이다. 그냥 걸어서 도착해도 비슷할 것 같은 시간에 도착한 현중은, 카이쇼 앞에 서서 머리 하나 작은 그를 내려다보며 손가락을 흔들었다.

"쯧쯧쯧, 내가 기회를 줬는데도 이러다니 말야."

발끈!

카이쇼 무사시는 현중의 말에 순간 발끈했지만 검에 손을 가져가지 못했다. 상대는 맨손이고 검격공간의 거리 중에서도 확실하게 죽일 수 있는 거리인 중앙에 서 있었다. 하지만 카이쇼 무사시는 카타나를 뽑기는커녕 손가락 하나 까딱하지 못하고 있는 것이다.

"네놈… 도대체……."

압박감.

카이쇼 무사시가 지금 느끼는 것은 말로는 설명하지 못할 압박감이었다. 그런데 그 압박감을 이제 20대 중반의 어린 현중에게서 느끼고 있는 것이다. 마치 태산이 카이쇼 무사시의 어깨를 짓누르는 듯한 압박감은 그를 손가락 하나 까딱하지 못하게 했다.

그와 반대로 현중은 한껏 여유로운 표정으로 카이쇼 무사시의 눈동자를 가만히 바라보기만 했다.

"네놈은… 도대체… 누구냐? 나를 이렇게까지… 쿨럭!!"

카이쇼 무사시는 무리하게 마나를 끌어올려 현중이 내뿜는 압박감에 대항하려 했지만 돌아온 것은 마나가 뒤틀리며 입은 내상이었다.

수련으로 마스터에 오른 정상적인 마스터라면 당연히 이 정도 내상은 각혈을 하고 나면 정상으로 돌아온다. 하지만 카이쇼 무사시는 정상적인 마스터가 아니었다. 인공적인 마나석으로 단전을 만들어 마스터에 오른 것이라 그런지 각혈을 하고 난 뒤 급속도로 혈색이 나빠지기 시작했다.

"미련한 놈."

현중은 그깟 자존심 때문에 상대의 수준도 몰라보는 미련한 행동에 있는 그대로 말했다. 하지만 그 말조차 지금 카이쇼 무사시의 귀에는 들리지 않았다. 태어나 처음으로 마나가 뒤틀리는 경험을 하고 있는 그는 온몸을 헤집고 다니는 마나를 바로잡는 것에 집중하기에도 정신이 없었다.

"역시 인공 마나석의 한계인가."

시험 삼아 투기를 형상화해서 카이쇼 무사시를 압박해 봤던 현중은 겨우 이 정도에 무릎을 꿇은 그의 능력에 한심하다 못해 한탄하고 싶었다. 물론 인공적으로 마스터를 만들어낼 수 있는 것은 대단한 것이다. 하지만 역시나 쉬운 만큼 한계가 뚜렷하게 나타났다.

마스터에 대해서 자세한 것을 알지 못하는 지금의 지구에서는 대륙에서처럼 마스터의 단계를 나누는 것조차 없었다. 그저 오러 블레이드, 즉 검강을 만들 수 있으면 마스터로 인정하는 것이다.

하지만 현중은 방금 시험으로 마이스터에 오른 베이스퍼가 진심으로 카이쇼 무사시를 상대한다면 3합도 겨루지 못하고 카이쇼 무사시의 목은 땅에 떨어질 것임을 알게 되었다.

그만큼 카이쇼의 실력이 떨어지는 것도 있지만 베이스퍼가 벽을 뛰어넘어 마이스터에 오른 것이 대단하기도 했다. 물론 카이쇼 무사시는 모를 것이다. 벽을 뛰어넘은 것과 그렇지 않은 것이 얼마나 커다란 차이가 있는지를 말이다.

아무튼 마리아가 예상했던 전투는 아예 벌어지지도 않았다. 이건 전투가 아니었다. 일방적인 구타에 가까운 광경에 마리아마저 고개를 흔들었다. 메로우와 테른은 그냥 보고만 있을 뿐이었다. 테른이야 이런 광경이 당연한 것이고, 아직 현중아 어떤 사람인지 메로우는 몰랐다. 현중은 그냥 강하다는 것만 알고 있기에 가만히 있었다.

딸각.

현중이 가볍게 지프의 뒤쪽 문을 열자 그곳에서 담요에 곱게 싸여 있는 효성을 볼 수 있었다.

"…작은 인연이었건만."

아무런 사심 없이 그저 우연히 효성을 알게 되었고, 자신에게 없는 것을 가진 효성에게 관심을 가졌을 뿐이다. 목표가 있는 사람. 그것을 위해 앞을 향해 뛰어가는 사람이 현중의 눈에 보인 효성이었다. 하지만 카이쇼는 그렇게 보지 않은 듯했다.

일이 꼬이려고 했는지, 카이쇼는 현중이 차로 직접 효성을 데려다 준 것까지 알고 있었다. 탬플재단이 한국에서 철수한

지 얼마 되지도 않았지만 카이쇼 무사시의 정보력은 대단했
다. 일반적으로 집 앞까지 여자를 데려다 주는 것은 애인 사
이에서나 하는 법이다. 그것도 인천까지의 먼 거리를 생각하
면 카이쇼 무사시가 보기에 효성을 현중의 애인이라고 생각
할 수밖에 없었다.

주차장에서 굴욕을 당한 카이쇼는 현중이 전혀 예상치 못
한 방향으로 일을 꼬아버렸다. 무엇보다 효성을 더 이상 한국
에 그냥 내버려 둘 수 없게 된 것이다. 물론 모른 척할 수는
있었지만 그러기에는 이상하게 인연이 생겨 버렸다.

“이것도 인연인 건가.”

현중은 오늘 처음 본 효성과의 인연이 이렇게까지 복잡해
질 것은 예상치 못했다. 하지만 이대로 그냥 다시 집에 데려
다 준다면 분명히 카이쇼 무사시가 집요하게 찾아낼 것이다.
이미 현중이 효성 때문에 움직인 이상 효성이 현중의 애인이
라는 그의 오해는 진실이 되어버렸기 때문이다.

덥석.

효성을 가볍게 안아 든 현중은 아직도 석고상처럼 굳어서
입에 피를 흘리고 있는 카이쇼 무사시를 무심히 지나치려 했
다. 하지만 무슨 생각인지 잠시 걸음을 멈춘 현중은 손을 들
어 그의 등을 강하게 후려쳤다.

팡!

"쿨럭! 컥컥컥! 우엑우엑!"

현중의 한 방으로 조금씩 흐르던 피는 수도꼭지를 틀어놓은 듯 쏟아졌다. 하지만 모두 죽은피로 검붉은 색을 띠었다. 몇 번을 토했을까? 이윽고 선명한 선분홍색의 피가 카이쇼의 입에서 흘러나오다가 멈췄다.

"쿨럭! 네놈… 김현중……."

죽다 살아난 주제에 또다시 현중을 향해 이를 가는 모습에 현중은 씨익 웃으면서 내려다 봤다. 지금 손가락 하나 움직일 힘도 없을 것이다. 역류하던 마나를 현중이 강제로 등을 때려 멈추게 해 입으로 쏟아내도록 유도했으니 말이다.

"눈빛은 좋군. 눈빛만 말야."

"네… 놈… 도대체… 어떻게 나를……."

카이쇼는 뭔가 현중이 했다고 생각했다. 아니, 그렇게 생각할 수밖에 없었다. 현중이 건드리자 폭풍처럼 날뛰던 마나가 거짓말처럼 고요해졌으니 말이다. 물론 몸 안의 모든 힘이 빠져 버린 후였다.

"스스로 생각해 보도록, 너와 나의 차이를 말야. 그리고 거짓 마스터 놀이는 적당히 하도록 해."

"……!!"

현중의 마지막 말에 카이쇼 무사시는 온몸이 얼어붙는 듯한 느낌을 받았다.

'알고 있다. 저 녀석은 내 비밀을 알고 있다.'

카이쇼 무사시의 머릿속에 든 생각은 그것 하나였다. 어떻게 현중이 알고 있는지는 중요하지 않았다. 확실히 알고 있는 듯한 말에 몸 안의 피까지 말라 버리는 느낌을 받은 것이다.

"네놈… 그들이 보낸 것이냐?"

카이쇼 무사시는 억지로 고개를 들어 현중을 향해 눈빛만으로 살인을 할 것 같은 시선을 보냈다. 그런 카이쇼의 시선을 여유롭게 받아 넘긴 현중은 고개를 저으면서,

"어쩌면… 아닐지도 모르지. 크크큭, 그럼 몸조리 잘하라고. 대략 몇 달은 고생할 테니."

마나 역류는 주화입마에 해당하는 엄청난 것이다. 현중이 마나를 강제로 진정시키긴 했지만 이미 혈맥부터 혈류까지 손상을 입은 상태라 그걸 치유하는 데만 몇 달은 걸릴 것이 당연했다.

물론 일본의 권력에 정점에 있는 카이쇼 무사시의 능력이라면 온갖 약을 먹고 시간을 단축시킬 수 있지만 이미 현중은 그것까지 계산한 상태였다.

"…넌 도대체… 끄으륵."

털썩.

카이쇼 무사시는 온몸의 힘이 빠지면서 그대로 기절해 쓰

러져 버렸다.

"정신력 하나만큼은… 대단하군."

웬만한 마스터라도 현중이 강제로 마나를 진경시킨 후 제정신을 유지하는 경우는 별로 없었다. 그만큼 몸 안의 마나를 한순간 옭아매는 것이라 마치 기절하듯 정신을 잃어버리는 게 대부분이었다.

하지만 카이쇼 무사시는 한참이나 정신을 유지했다. 물론 곧 한계에 다다른 듯 그대로 모래 바닥에 얼굴을 파묻긴 했지만 제법이었다.

저벅, 저벅, 저벅.

쓰러져 버린 카이쇼 무사시를 뒤로하고 현중이 마리아에게 돌아오자 마리아는 손으로 이마를 짚으면서 한숨을 쉬었다.

"현중 씨, 설마… 죽인 건 아니죠?"

현중은 웃으면서 고개를 젓고 주변을 훑어보더니,

"일본에 연락해서 저들을 데려가게 하세요. 이대로 두면 감기 걸릴지 모르니까요. 물론 살아남은 녀석들만 해당되는 말이지만……."

미소를 지으면서 등골이 서늘한 말을 아무렇지도 않게 한 현중은 그대로 사라져 버렸다.

"현중 씨!! 아, 정말… 너무 제멋대로야."

결국 남겨진 마리아는 급히 휴대폰을 꺼내 어딘가로 연락
하고는 끊어버렸다.

그리고 테른과 함께 다시 영국 연구실로 돌아왔다.

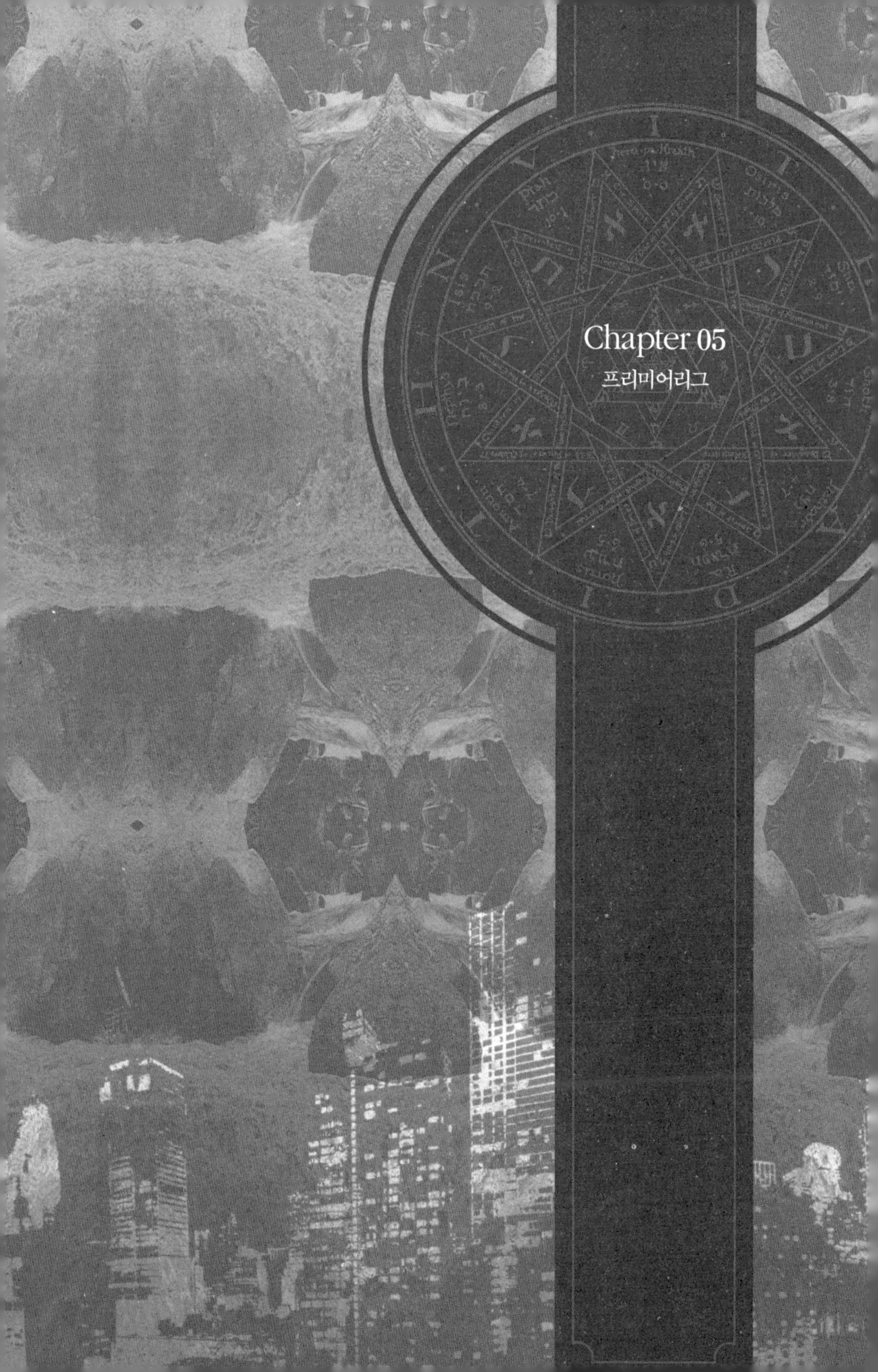
Chapter 05
프리미어리그

"그러니까… 제가 납치되었단 건가요?"

"네."

깨어난 효성은 주변을 두리번거리다가 현중을 발견했고, 그리고 마리아와 메로우까지 보고는 어리둥절했다. 분명 자신은 집에서 자고 있었다. 그런데 일어나니 영국이라는 것이다. 그것도 템플재단이라는 듣도 보도 못한 단체의 연구실이었다.

그나마 현중이 있기에 효성은 이성을 잃지 않았다. 하지만 그것도 잠시뿐, 당분간 한국으로 돌아갈 수 없다는 말에 버럭

화를 내면서 난리쳤지만,

"또 납치당하고 싶으신가요?"

무미건조한 현중의 말에 결국 입을 다물어 버린 효성이다.

"그러니까 한동안 영국에서 살아야 한다는 건가요?"

"네."

이번에는 마리아가 대답했다.

효성이 보기에는 금발의 늘씬한 몸매는 기본이고 얼굴마저 할리우드 미녀들은 뺨을 때려도 할 말이 없을 만큼 대단한 미녀인 마리아가 어렵기만 했다. 물론 친절하긴 했지만 뭐랄까, 몸에서 풍기는 귀티라고나 할까? 몸놀림 하나, 말투 하나까지 모두 격식이 느껴진 것이다.

그나마 효성이 유학을 영국에서 한 경험이 있기에 마리아와 대화하는 데 그리 어렵진 않았다. 빨리 말하지 않는 이상 대부분 알아들었다. 물론 현중처럼 능숙하게 구사하기는 어렵겠지만 말이다.

"이건 저희 탬플재단의 신분증이에요. 우선 이것만 있으면 임시이긴 하지만 영국 내에서 자유롭게 움직일 수 있어요."

영국은 탬플재단의 안방이었다. MI—6 본부도 이곳에 있고, 효성을 납치하기 위해 일본이 무리수를 두기에는 아무래도 걸리는 게 많은 곳이 영국이었다. 거기다 정보부를 주무르는 마리아의 능력으로 임시로 신분증 하나 만드는 건 일도 아니었다. 물론 순수하게 선의로 해준 것은 아니다. 현중이 부탁했기 때문에 해준 것이다.

"그보다 현중 씨."

"네."

"오늘 저녁에 폐하를 뵈어야 한다는 건 알고 있으시죠?"

"그게 오늘이었나요?"

마리아가 영국으로 오면 여왕 폐하를 봐야 한다는 말을 한 적이 있긴 하다. 하지만 그게 오늘일 줄은 몰랐기에 되물어보자 마리아는 강하게 고개를 끄덕이면서,

"오늘이 아니면 안 돼요."

아예 못을 박아버렸다. 뭐 특별하게 할 일도 없던 현중은 그러기로 했다.

현중이 고개를 끄덕이는 순간,

짝!

마리아가 손뼉을 크게 쳤고, 연구실의 문이 열리더니 네 명의 50대로 보이는 남자가 들어왔다. 그들은 현중의 몸 곳곳을 줄자로 재고는 사라졌다. 불과 몇 분 사이에 일어난 일이었다.

"설마……."

현중은 이미 대륙에서 황제를 했던 경험이 있다. 그렇기에 방금 그들이 누군지 대충 알고 있었다.

"맞아요. 재단사들이에요. 설마 그 차림으로 여왕 폐하를 알현하겠다는 것은 아니겠죠?"

청바지에 평범한 티셔츠 차림의 현중은 자신의 옷차림을 한번 보고는,

"…그러죠."

최소한 왕실의 법도가 뭔지는 알고 있기에 그냥 받아들이기로 했다. 그리고 메로우에게도 드레스를 한 벌 내준 마리아는,

"메로우도 같이 가야 해요. 이번 일의 핵심이니까요."

"왕실을 싫어하지 않았나요?"

현중은 인어까지 데리고 여왕을 본다는 말에 물었다.

"싫어하진 않아요. 저의 왕으로 인정하지 않았을 뿐이죠."

참으로 고지식했다. 정말 마리아의 사고방식은 대륙의 귀족과 크게 다를 게 없었다. 마치 깐깐하기로는 둘째가라고 하면 서러워했던 대륙의 버틀러 갈릭 공작을 보는 듯했다. 현중이 황제의 자리를 때려치우고 떠나는 마지막 순간까지도 반대했던 녀석이니 기억에 남을 만도 했다.

하지만 그런 깐깐한 성격은 최소한 배신은 하지 않는다. 자신의 소신과 자존심을 목숨보다 소중하게 생각하는 녀석들이니 믿을 수 있었다. 그것이 현중이 마리아를 가까이 두는 이유였다.

　냉정하게 보면 베이스퍼 개인은 믿을 수 있다. 하지만 베이스퍼가 속해 있는 미국은 믿지 못한다. 결국 일개 개인일 뿐인 베이스퍼보다, 수백 년 전부터 영국을 유지해 온 탬플재단이라는 단체에 속해 있는, 즉 '빽'이 있는 마리아가 더 믿을 만하다는 결론이다.

　"베이스퍼가 안 보이는군요."

　현중이 뒤늦게 베이스퍼가 없다는 것을 알고 물어보자,

　"지금 미국에서 한바탕 하고 영국으로 날아오시는 중이에요."

　"크크크큭."

　델타포스의 습격을 받았을 때 분노했던 베이스퍼를 생각하면 당연했지만 의외로 미국과 등지거나 하진 않아 보였다.

　"아마 한동안 미국 정부와 스승님은 껄끄러울 거예요. 그래서 잠시 저희 탬플재단에 와 있기로 하셨어요."

　"레이스도 같이요?"

　"레이스는 이미 영국에 도착해서 저희 재단의 안전 가옥에 있어요. 능력이 능력이다 보니 아무래도 가장 먼저 조치를 취했거든요."

　"하긴."

　현중은 대충 이해를 하고는 잠시 연구실을 나왔다. 별달리 할 일이 있어서 나온 게 아니라 그냥 좁은 연구실 안에 있는 게 답답했기 때문에 나왔다. 그런데 효성이 재빨리 현중의 뒤를 따라붙는 것이다.

현중은 효성이 따라오는 것을 알고 있었지만 모른 척했다. 인연이 되어서 이렇게 됐을 뿐 개인적으로 관심이 있는 것은 아니었으니 말이다.

"저기요."

결국 효성이 현중을 부르자 현중이 걸음을 멈추고 뒤돌아 봤다.

"여자가 따라오면 신경 써야 되는 거 아니에요?"

약간 날카롭게 현중을 향해 한마디 한 효성의 표정은 새초롬하니 약간 삐친 상태였다.

"저를 따라 나오셨나요?"

"그, 그게……."

한순간 현중을 따라 나왔다고 말하자니 어색해져 버린 효성은 말을 더듬었고, 그 모습에 현중은 특유의 미소를 지었다.

"이왕 나왔으니 영국박물관이나 구경하려고 하는데 어떤가요?"

"그, 그러죠. 시간도 남는데."

현중은 혹시나 자신이 놓친 것이 있는지 사조성에 대한 실마리를 알아보기 위해 영국박물관으로 다시 가기로 했다. 정신없이 주변을 돌아보는 효성과 달리 현중은 오직 자신에게 필요한 것만 집중적으로 살폈다.

효성은 영국박물관에 들어서서야 자신이 정말 영국에 와 있다는 것을 깨달았다. 처음에는 그녀도 신나게 박물관을 구경했다. 예전에 유학을 왔을 때도 보지 못했던 곳이기에 그녀는 오랜만에 즐거운 관광을 하는 기분이었다.

그러나 그것도 잠시. 마리아가 붙여준 경호원이 다가와 그녀에게 한 장의 프린트를 건넸다. 그것을 본 효성이 어깨를 떨궜다. 그리고 힘없는 걸음으로 박물관 한쪽에 마련된 벤치에 가서 주저앉았다.

"무슨 일이 있나요?"

현중은 사조성에 대한 더 이상의 단서도 없고 해서 힘없이 앉아 있는 효성의 곁으로 다가가 앉았다. 그가 말을 건네자 효성은 얼굴을 들어 현중을 바라봤다. 울었는지 눈가에 촉촉한 기운이 맴돌았지만 현중은 모른 척했다.

"후후훗, 계약 해지 통지서예요."

"계약 해지?"

처음에는 무슨 말인지 몰랐던 현중은 효성이 보여준 프린트를 보고서야 알았다. 효성의 소속사에서 효성과의 계약을 해지한다는 통지서인 것이다. 잠시 영국에 있다가 돌아간다고 연락했는데 소속사에서는 이때가 기회다 싶었는지 그대로 계약 해지를 해버린 것이다.

"억울한가요?"

현중은 일말의 위로도 하지 않았다. 효성도 그런 것을 바라진 않고 있었다.

"아니요. 소속사에서 저를 그냥 내버려 두는 느낌을 받은 게 벌써 몇 개월 전이에요. 이미 대충 예상은 했어요. 대역이나 하고 그것도 편집으로 잘려서 빈손으로 소속사에 돌아온 게 벌써 수십 번이에요. 저라도 이랬을 거예요."

애써 스스로를 위로하는 듯한 자조적인 웃음을 보인 효성의 모습에 현중은 잠시 눈동자를 바라보다가,

"그래도 포기하지 않는군요."

현중은 효성의 눈동자를 통해, 그녀가 아직 배우의 꿈을 포기하지 않았음을 봤다. 아니, 오히려 더욱 강하게 그 꿈이 타오르는 것을 보았다.

"이 정도에 포기할 일이라면 시작도 안 했어요. 누구의 탓도 아니에요. 모두 제가 제대로 못해서 그런 거니까요."

현중은 효성의 말에 웃으면서,

"포기하지 않는 꿈이란 언젠간 결실을 맺겠죠. 좋은 쪽이든 나쁜 쪽이든."

어떻게 들으면 참 매정한 말이지만 효성은 웃으면서 고개를 끄덕였다.

"알아요. 제가 좋아서 시작한 일이니까요. 후회도 없어요. 설사 이대로 끝나더라도."

현중은 조용히 효성을 바라보면서 한편으로는 어떻게 저 자그마한 몸에서 저런 열정이 나올까 하는 생각이 들었다. 효성은 정말 작고 가녀렸다. 배우를 지망하는 여자답게 몸매 관리는 스스로 철저하게 했는지 어디 가서 몸매로 빠질 정도는 아니었다.

다만 얼굴이 특별하게 예쁘거나 그런 건 아니었다. 물론 못생긴 것도 아니지만 아직 자신의 매력을 찾지 못한 것 같은 느낌이 남아 있었다.

한때 국내에서 최고를 달렸던 최진설이라는 여배우도 특출 난 미모를 자랑하는 여배우는 아니었다. 배우들 사이에서 보면 그냥 평범함에서 조금 예쁜 정도였다. 하지만 그녀는 거의 전설이 될 정도로 국민들의 사랑을 받았다. 이유가 뭘까? 간단하다.

그녀만의 매력이 있는 것이고, 그 매력에 국민이 빠져든 것이다.

얼굴만 예쁘다고 스타가 되지 못하는 것은 옛날이나 지금이나 똑같다.

매력, 질리지 않는 자신만의 매력이 필요한 것이다. 현중이 보기에 효성은 아직 그런 매력을 찾아내지 못했다. 어쩌면 효성은 자신만의 매력을 영원히 찾아내지 못할 수도 있었다.

순전히 그녀의 손에 달린 것이다.

실망하지 않는, 끝없는 긍정적 생각을 가진 것만은 인정했지만 그것만으로는 아직 부족했다. 그렇기에 현중은 냉정하게 말한 것이다.

꼬르륵.

"헛!"

효성은 갑자기 자신의 배에서 울리는 소리에 황급히 배를 감싸 쥐면서 현중을 조심스럽게 바라봤다.

"그러고 보니 아직 식사 전이겠군요."

자다가 납치당해서 영국으로 넘어왔고, 영국박물관을 몇 시간이나 돌아다녔다. 당연히 배가 고플 수밖에 없었다. 아무리 힘들고 어려워도 몸은 배고프면 밥을 달라고 신호를 보내게 마련이다.

"나가죠."

박물관 안에서 뭘 먹으면서 다니기도 그렇고, 먹을 것을 파는 곳도 보이지 않았다.

그렇게 현중과 효성이 밖으로 나오자 효성은 영국박물관의 입구를 다시 보고 놀랐다.

"대단해요."

효성은 순수하게 첫 느낌을 말했다. 아마 모든 일반 사람들은 효성과 똑같은 말을 할 것이다. 하지만 현중은 그냥 크다는 것뿐 별다른 감흥이 없었다. 처음이나 지금이나 말이다.

먹을 것을 찾아 나오긴 했지만, 현중이나 효성이나 타국인 영국에 마땅히 아는 곳이 없기는 마찬가지였다.

박물관을 나와 전에 앉아 있던 곳에 다시 현중이 도착했을 때쯤,

"아! 형!!"

현중이 낯익은 목소리에 고개를 돌려보니 축구공 하나로 인연을 맺은 폴린이 있었다. 폴린이 축구공을 옆구리에 끼고는 현중에게 뛰어와서 와락 안겨들었다.

털썩.

가볍게 폴린을 받아낸 현중이 웃으면서 폴린의 머리를 쓰다듬자 폴린도 내심 기분이 좋은지 웃으면서,

"형, 다시 형을 볼 수 있을까 해서 계속 이곳에 있었는데 역시나 내 직감은 정확하다니까."

"나를?"

"네! 형, 혹시 프리미어리그 보고 싶지 않아요?"

"응? 프리미어리그?"

프리미어리그라면 세계의 모든 축구 선수들이 뛰고 싶어 하는 축구경기 리그다. 일부 유럽에서는 월드컵보다 프리미어리그를 더욱 열광하는 편이기도 했다. 월드컵도 세계의 모

든 선수들이 모이는 곳이지만 프리미어리그는 정말 그보다 더 냉혹한 세계였다. 국가의 명예가 아닌 개인의 몸값이 움직이는 곳이 바로 프리미어리그이기 때문이다.

그해 프리미어리그에서 잘 뛰었느냐 못 뛰었느냐에 따라 퇴출은 기본이고 강제 이적도 심심치 않게 벌어지는 곳이다. 냉혹한 프로의 세계, 하지만 그렇기에 정말 재미있는 축구를 볼 수 있는 곳이기도 했다.

"이번에 아빠 친구가 1군으로 승격해서 경기에 뛰는데 티켓이 생겼거든요. 원래 오늘까지 형 만나지 못하면 그냥 혼자 가려고 했는데 정말 잘됐어요."

"정말?!"

효성이 뒤늦게 폴린의 말을 알아들었는지 황급히 일어나면서 두 눈이 반짝거렸다.

"어… 누나는 누구예요?"

"아, 나, 난… 여기 현중 씨 친구야."

약간 어색하긴 하지만 알아듣는 데 크게 어려움이 없는 효성의 영어를 듣고 폴린은 웃었다.

"한국 사람들은 모두 형처럼 영국식 발음을 잘하는 줄 알았는데 아닌가 보네요."

"으… 응. 뭐, 그렇지."

효성이 어색하게 웃으면서 대답했다. 하지만 효성이 봐도 현중의 외국어 발음은 정말 놀랄 정도였다. 원어민과 비교해도 전혀 뒤떨어지거나 손색이 없으니 말이다.

그건 그거고, 효성은 방금 폴린이 말한 프리미어리그 경기 티켓에 온 신경이 집중되어 있었다.

"누나, 축구 좋아해요?"

"물론이지!"

0.1초의 생각도 없이 바로 효성의 입에서 튀어나오는 대답에 폴린이 오히려 입이 함지박만 해지면서 효성에게 손을 선뜻 내밀었다.

"축구를 사랑하는 사람은 모두 친구예요."

"그렇지. 친구지."

마치 알고 있던 사이처럼 쿵짝이 잘 맞는 효성과 폴린을 보던 현중은 여자가 축구를 좋아하는 경우는 쉽게 찾아볼 수 없기에 살짝 놀랐다. 하지만 효성의 반응을 보니 그냥 좋아하는 수준이 아니었다. 순간적이지만 현중은 옆에 훌리건이 있는 줄 착각했을 정도니까 말이다.

"가요! 조금 있으면 경기가 시작돼요."

"좋아! 가자!"

한껏 들뜬 효성과 달리 현중은 슬쩍 주머니에서 휴대폰을 꺼내 시간을 봤다. 아직 여왕과의 약속까지 제법 시간적 여유가 많았고 할 일이 없다 보니 폴린을 따라가기로 했다.

어차피 연구소 내부에 있는 메로우는 테른이 옆에 있으니
걱정할 것 없었다. 현중이 허술하게 밖으로 돌아다니는 것이
아니었다. 테른을 그만큼 믿기에 이렇게 돌아다니는 것이다.
테른이 보호하는 한 메로우는 세상 그 어떤 위험에서도 안전
할 것이다..

　"와!! 와!!"
　"맨유!! 맨유!! 맨유!!"
　경기장에 들어선 현중은 가장 먼저 축구장에 찾아온 인파
에 놀랐다. 국내 K리그는 하루가 다르게 관객이 없어지고 재
미없다는 인식이 강한 반면, 이곳은 마치 한일 축구 경기가
열리는 올림픽 주경기장에 온 것 같은 착각이 들었다.
　특히나 맨유를 외치는 함성 소리는 어깨를 누르는 듯한 압
박감을 받을 정도였다. 물론 상대편도 결코 약하지 않는 응원
을 하는데, 웃긴 것은 아직 선수들이 경기장에 나오지도 않았
다는 것이다. 경기는 시작하지도 않았는데 관람석에서는 이
미 응원전이 시작된 것이다.
　"아빠!!"
　폴린이 한참을 두리번거리다가 마크를 찾았는지 손을 흔
들었다. 마크는 폴린을 재빨리 알아보고 다가오다가 현중을
발견했다.

“역시 왔군.”

마크는 현중이 올 것이라고 믿고 있었던 듯했다. 사실 효성 때문에 온 것이나 마찬가지지만 좋은 게 좋은 거라고 그냥 웃으면서,

“저도 축구는 좋아하게 되었으니까요.”

“당연하지!! 본고장 축구를 한번 보고 나면 누구든지 팬이 될 거야!!”

탕탕!

자신의 가슴을 강하게 치면서 단호하게 말하는 마크와 달리 현중은 그냥 입가에 미소만 슬쩍 보일 뿐이었다.

곧이어 효성과도 인사를 나눈 마크는 곧장 축구라는 공통 화제를 통해 둘만의 세계로 빠져들었다. 그 모습을 본 현중도 이례적으로 놀랄 정도였다. 세상에, 무슨 축구 선수들 이름을 몽땅 외우고 다니는지 맨유의 선발로 나올 선수들부터 제법 유망주로 꼽힌 2군의 선수까지 효성은 꿰고 있었다.

우스갯소리로 효성이 본고장 축구가 보고 싶어서 영국으로 유학을 왔다고 말하는 것을 얼핏 듣긴 했지만 현중은 고개를 저을 뿐이었다.

‘축구라……. 뭐가 저렇게 사람들을 열광시킬까?’

그냥 작은 공 하나였다. 그런데 그거 하나가 가지는 위력은 엄청났다.

　유럽에서 알아주는 축구 선수 중에는 나라에서 영웅 대접을 받는 선수들도 제법 있었다.

　특히 오늘의 경기는 맨유의 간판스타인 베컴과 아스날의 간판스타인 앙리의 대결이기 때문인지 경기장은 이미 만원이었다.

　영국박물관에서 제법 가까운 곳에 위치한 하이버리 스타디움(2006년 5월 7일 위건과의 경기를 마지막으로 에미레이츠 스타디움으로 주경기장이 바뀜)은 축구 열기를 가장 가까이 느낄 수 있는 곳이기도 했다. 영국에서는 영웅으로 대접받는 베컴과 프랑스의 앙리의 대결 자체가 이미 축구 팬들에게는 커다란 이슈였다.

　"흠."

　현중은 이런 환경을 보면서 과연 한국에도 영국처럼 이런 시스템과 열기가 있다면 어땠을까 생각해 봤다. 월드컵 때문에 조금씩 이슈가 되긴 하지만 아직 관객 없긴 마찬가지인 K리그가 됐을까 떠올려 봤지만, 결국 기본 마인드가 다르기에 웃어넘겨 버렸다.

　영국은 축구의 종주국이라는, 뿌리 깊은 역사가 있는 곳이다. 역사란 결코 흔들리지 않는 뿌리와 같은 법이니 시작부터가 K리그와 프리미어리그는 다른 것이기에 비교하는 것 자체가 무리였다.

“아빠, 선수들이 입장해요.”

“그래.”

지치지도 않는지 경기 시작 전에도 그렇게 열광적으로 소리치던 사람들은 선수들이 입장을 시작하자 더더욱 열광했다. 오히려 지금까지 응원은 목소리 푸는 정도였다고 말할 정도였다.

“베컴!! 베컴!!”

하이버리 스타디움이 떠나가라 소리치는데 효성도 귀를 막으면서 잠시 주저앉았다. 아무리 축구가 좋다지만 이런 환경이 낯선 것은 어쩔 수 없었다. 물론 현중은 이미 얇게 막을 쳐서 바로 옆에서 들려오는 귀 따가운 응원을 미연에 차단했다. 하지만 효성은 아닌 듯 제법 괴로워했다. 그 모습에 현중은 별수 없이 자신의 마나로 보이지 않는 얇은 막을 만들어 효성의 귀를 슬쩍 손으로 감싸듯 잡았다가 떼었다.

“현… 중 씨, 방금…….”

귀가 아파서 괴로워하던 효성은 현중이 자신의 귀를 만지고 나자 거짓말처럼 소리가 작아졌기에 놀라서 바라봤다.

“그냥 작은 재주일 뿐이죠.”

별것 아니라는 듯 말하는 현중의 모습에 효성은 물어보고 싶지만 그렇게 친한 사이도 아닌 어중간한 관계라 입을 다물 수밖에 없었다. 특이하게도 현중의 손이 귀에 닿은 뒤로 소리가 작게 들리긴 하지만 옆에서 작게 말하는 소리도 들렸다.
웬만해서는 응원 소리에 파묻혀서 알아듣기 힘들 테지만 너
무나 잘 들렸다. 효성은 여러 번 현중에게 물어볼까 고민했지
만 결국 물어보지 못했고, 축구 경기는 시작되었다.

　삥!

　맨유가 먼저 공격하는 것으로 시작된 경기는 초반부터 엄
청난 접전이었다. 초반부터 맨유나 아스날 모두 베컴과 앙리
를 선발로 내보내면서 적극적으로 공세를 펼쳤고, 아스날은
홈구장에서 경기를 하는 만큼 꼭 이겨야 하는 상황이었다. 특
히 바로 전 경기를 지는 바람에 승점이 부족한 상황이라 물러
설 곳이 없었다.

　그런데 맨유도 그건 마찬가지였다. 전 경기에서 지는 바람
에 승점이 모자랐던 것이다. 그러다 보니 관중들도 이번 경기
에 서로 총력전을 펼칠 것임을 알고 있었다. 당연히 그런 빅
경기는 관중이 몰리게 마련이다. 특히 이번에는 맨유에서도
대규모로 원정을 온 상황이라 경기장을 대충 반반 나눠서 응
원전에서도 밀리는 법이 없었다.

　"와~!!"

　먼저 아스날이 선취점을 넣었다. 귀신같은 스루패스를 앙
리가 정확하게 잡아 발끝으로 각도만 바꿔서 골을 성공시킨
것이다.

한순간에 맨유 쪽은 조용해졌고, 아스날 쪽은 마치 지진이라도 일어난 듯한 함성이 울려 퍼졌다. 물론 효성도 억울해하면서 연신 베컴을 외쳤지만 공은 둥근 법이라 어디로 굴러갈지는 아무도 몰랐다.

이렇게 모두가 축구 경기에 열을 올리고 있지만 현중만은 전혀 다른 경기장 하늘을 바라보고 있었다.

'마나가 소용돌이를 치고 있어. 이 경기에 응원 온 사람들의 의념에 영향을 받는 것인가?'

하늘의 정해진 길을 따라 흐르는 마나가 아스날이 선취점을 넣는 순간 아스날 응원석의 함성과 함께 소용돌이쳤던 것이다. 때마침 우연히 하늘을 보다가 현장을 목격한 현중은 놀라면서도 뭔가 이해가 가지 않았다.

마나가 영향을 받다니? 마나는 생명의 기본이자 우주를 유지하는 뿌리였다. 그런데 방금 그 마나가 수천 명의 응원 함성에 영향을 받아 소용돌이친 것이다.

'재미있군. 아주 재미있어. 영국에 와서 뜻하지 않은 수확이 이렇게 많다니.'

현중은 방금 마나의 소용돌이 현상을 보고 웃으면서 좋아했다. 마치 수수께끼나 퍼즐을 풀어가는 것 같은 느낌이었다.

"현중 씨, 이거 먹어요."

한참 하늘을 보면서 다시 정상으로 돌아온 마나의 흐름을 보고 있던 현중에게 효성이 무언가를 건넸다.

"……?"

"마크가 먹으라고 준 거예요. 원래 경기할 때는 이렇게 싸 가지고 온다네요. 오늘은 현중 씨가 꼭 올 거라는 생각으로 많이 가져왔다고 해요."

"잘 먹을게요."

현중이 마크를 향해 웃으면서 빵을 들어 보이자 마크는 호탕하게 웃으면서,

"많이 먹으라고. 아직 많이 있으니까."

이미 효성은 빵에 케첩과 식초를 뿌려서 먹는 중이었다.

여기서 궁금한 것이 생긴 현중이 빵을 자세히 보니, 빵 사이에 튀긴 생선이 들어 있었다. 생긴 것은 작은 넙치로 다소 밋밋한 모양이지만 케첩과 식초를 뿌려서 먹어보니 맛이 완전 달랐다. 적당하게 배인 간은 기본이고 식초의 시큼함이 생선의 비린 맛과 기름의 느끼함을 잡아주면서 정말 색다른 경험을 했다.

"현중씨는 피쉬 앤 칩스 처음 먹어보죠?"

이미 영국 유학을 해본 효성은 이미 알고 있는 듯 능숙하게 빵을 먹다가 현중이 빵을 유심히 살펴보는 모습에 말을 건넸다.

보통 영국에 처음 오는 사람들이 튀긴 생선을 넣은 빵을 호

기심 반, 걱정 반으로 먹는다는 것을 잘 알고 있는 효성이었다. 솔직히 자신도 처음에 길거리 음식이라 얼마나 맛있겠느냐 하는 생각이었다. 가격도 2.5파운드 정도로 패스트푸드 세트 하나보다는 훨씬 싼 가격이라 속는 셈 치고 먹어보고는 반해 버린 음식이다.

이름도 피쉬 앤 칩스로 외우기 쉬웠고, 영국 길거리 음식 중에 가장 많이 팔고 쉽게 볼 수 있는 음식이었다. 우리나라 김밥과 떡볶이를 생각하면 비슷할 것이다.

하지만 한 끼 식사로 손색이 없었고, 패스트푸드와는 비교할 수 없을 정도로 맛있었다. 거기다 가격도 착했다.

"맛있군요."

현중은 정말 빵 사이에 튀긴 생선을 끼워 넣었을 뿐인 피쉬 앤 칩스에 놀랐다.

무엇보다 놀란 것은 바로 생선에 배인 소금 간이었다. 너무나 절묘한 감칠맛을 느끼게 해주기에 현중은 두 개나 먹었다.

그렇게 간단하게 끼니를 때운 현중은 계속해서 경기를 관람했다.

축구는 의외로 재밌었다.

둥근 공 하나가 가지는 파급력이 생각 이상이었다.

그렇게 축구 경기는 빅딜이라는 예상대로 초반부터 치열

하고 박진감이 넘쳤다. 간간이 옐로카드와 다쳐서 경기장 밖으로 나가 있는 선수들이 보였지만 열기만큼은 월드컵 저리가라 수준이었다.

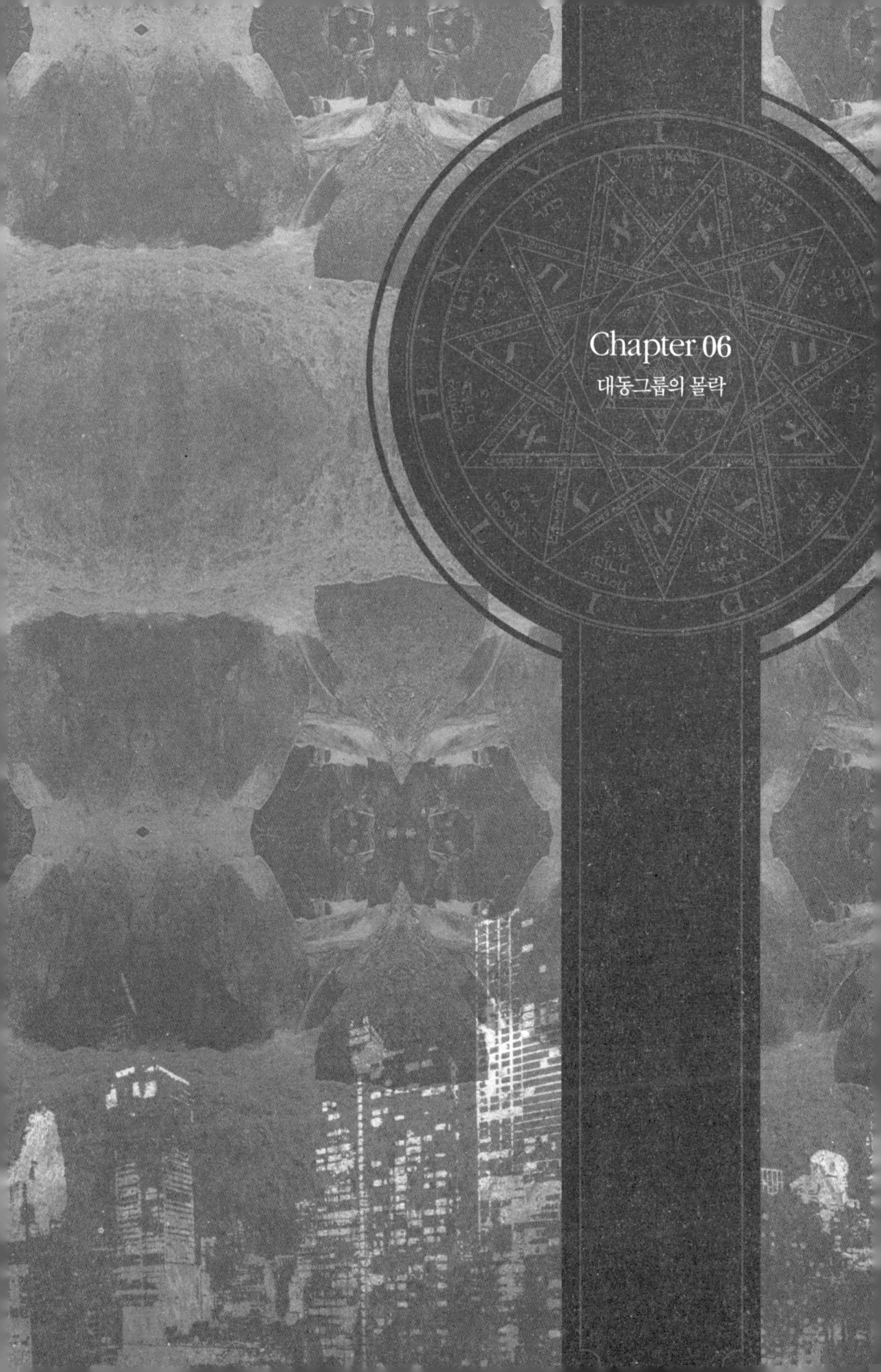
Chapter 06
대동그룹의 몰락

"그래서… 자금이 없단 말인가?"

대동그룹의 본사 회장실은 한숨만 가득했다.

벌써 대동그룹이 망할지도 모른다는 소문이 사내에 파다했다. 특히 일본 후니전자에서 공개적으로 대동그룹에 투자한 주식을 매각하자 그 소문은 소문이 아닌 진실이 되어버렸다. 하지만 이상하게 매각된 주식을 누가 샀는지는 그 누구도 관심을 보이지 않았다. 아니, 관심이 없었다.

테른이 교묘하게 잘게 쪼개진 주식을 사들여 다시 현중의 명의로 돌려 버렸기에 조금만 관심을 가지고 깊게 들어가면

드러날 일이지만 대동그룹은 그럴 정신이 없었다. 후니전자
도 이미 팔아버린 주식에 관심을 가질 리도 없었다. 테른의
계획은 의외로 예상을 벗어날 정도로 크게 번져서 대동그룹
이 무너지는 시간이 짧아지고 있는 것이다.

“중국 쪽은?”

“이미 저희 주식을 전량 매각해 버렸습니다.”

쾅!

“더러운 때놈들! 내가 그렇게 도와줬건만!”

물건을 납품할 때는 살랑거리던 중국 쪽도 후니전자가 공
개적으로 주식을 매각해 버리자 같이 팔아버린 것이다.

상황이 심각했다. 벌써 국내 주주들이 흔들리는 것을 겨우
막고 있지만 그것도 한계에 다다른 것이다.

특히나 제법 입김이 닿는다는 대동그룹의 주주들은 벌써
법정 공방까지 갈 생각을 하고 있다는 소문이 들리고 있었다.
한마디로, 이대로는 고스란히 하주혁이 피땀으로 일군 대동
그룹이 송두리째 날아가 버릴지도 모른다는 것이다.

하지만 하주혁은 회사가 이렇게 되어감에도 현중을 포기
할 수 없었다. 분명히 자신의 두 눈으로 보고 두 귀로 듣지 않
았던가? 이렇게 만든 게 모두 현중의 지시였다고 말이다.

“현중이란 녀석의 처리는?”

“그게… 그들이 꼬리를 감춰 버렸습니다. 거기다 N대에 알

아보니 며칠 전 김현중이 영국으로 교환학생 자격으로 이미 떠났다고 합니다.”

“크음……”

정말 되는 일이 하나도 없었다. 특히나 최강석이 그 모양이 되고 나서부터는 일이 꼬여도 너무 꼬여 버렸다. 설마 겨우 한 사람에 의해 대동그룹이 이 정도로까지 흔들릴 줄은 예상 도 못한 것이다.

아니, 지금은 흔들리는 정도가 아니었다. 벌써 국내 뉴스에 서는 매일 대동그룹에 대해서 떠들고 있고 부도가 나는 것이 아니냐는 말은 기본으로 달고 다녔다.

“서 부장.”

“네, 회장님.”

“우선 김현중에 대해서는 잠시 잊는다. 최대한 주주들을 설득해야 해. 이대로 법적 공방으로 가면 우리가 불리하니 까.”

“네, 회장님. 하지만 그게 생각보다…….”

하주혁은 그동안의 경험으로 이미 서 부장의 모습에서 뭔 가 더 있다는 것을 알아채고는 물었다.

“말해보게.”

“나름 저희 대동그룹의 주식을 가지고 있던 주주들이… 저 희 주식을 매각하기 시작했습니다.”

“뭣이라!! 국내 주주들이 주식을 매각해?”

“네. 이미 몇몇 주주는 시세보다 조금 높은 값에 모두 팔아 버렸다고 합니다.”

“이런… 빌어먹을 자식들! 내가 돈 벌어줄 때는 꼬리 흔들 며 살랑거리더니 이제 와서 다 팔아? 누구누구지?”

국내 주주들이 주식을 매각해 버렸다면 상황이 심각했다. 국내에서 대동그룹의 주식을 껴안을 수 있는 곳은 없었다. 후 니전자가 매각한 주식도 당연히 국내에 풀렸을 것이라고 생 각한 하주혁은 국내 주주들이 주식을 매각했다는 소리에 직 감적으로 가장 큰 위기가 왔다고 깨닫게 된 것이다.

국내 주주들의 주식을 살 사람은 외국 자본밖에 없다. 그것 도 중국과 일본은 아닐 것이다. 그들이 팔았으니 말이다. 그 럼 남은 건 미국이나 유럽뿐이다.

“이미 저희 주거래 중인 은행장은 모두 매각했습니다.”

“…크흠…….”

신음에 가까운 한숨이 나왔다. 돈에 관해서라면 가장 민감 하고 예민하게 움직이는 은행장들이 매각했다는 것은 대동그 룹이 더 이상 희망이 없다고 판단했다는 것이다. 밖에서 뭐라 고 떠들든 하주혁은 다시 대동그룹을 정상화시킬 자신이 있 었다. 맨땅에서 시작해 그룹을 일군 자신이 아닌가? 불가능 은 없었다.

하지만 그건 하주혁 혼자만의 생각이었다.

귀신 소동은 생각보다 심각했다. 미국의 지부에서는 일본 후니전자를 상대로 소송을 준비 중이었고, 국내에서도 몇몇 사람들은 동영상과 증거들을 모아서 대동전자를 상대로 연합해 소송을 준비 중이었다.

그룹의 이미지는 이미 바닥으로 떨어져 더 이상 내려갈 곳이 없었고, 대동그룹이 아니라 귀동그룹이라는 별명까지 생겼을 정도다. 항간에는 루머가 돌았는데, 대동그룹이 그동안 직원들 고혈을 짜서 승승장구하다가 천벌을 받았다는 것이었다.

당연히 하주혁 입장에서는 억울한 루머지만 실제로 귀신을 본 사람이 너무 많고 직접 경험했으며 동영상도 나도는 상황에 사실로 받아들여지고 있는 분위기였다.

진퇴양난이라는 말이 지금 딱 하주혁에게 어울리는 말이었다. 테른과 현중은 별로 한 것이 없었다. 그저 마법으로 장난을 쳤을 뿐이지만 정확하게 가장 필요한 시기에 필요한 물건에 마법을 걸었기에 이 정도로 파장이 커진 것이다.

신제품 액정 패널에 사활을 걸었고, 후니전자의 도움에 너무 의존했고, 중국의 부품을 100% 수입한 대동전자는 모든 죄를 뒤집어쓰고 있는 것이다.

"방법이… 방법이 없는 건가."

하주혁은 일생 최대의 위기 앞에서 늙은 머리를 굴려봤지만 도무지 빠져나갈 구멍이 없었다.

그러다 문득 지금 대동그룹의 주식이 너무 빠르게 매각하는 대로 팔린다는 사실을 알아챘다.

"서 부장."

"네, 회장님."

"지금 우리 주식을 매각하면 팔리는 데 얼마나 걸리지?"

"대충 늦어도 하루 안에는 모두 팔립니다."

"흠……."

이상했다. 이 정도로 위험한데 주식은 팔리고 있는 것이다. 그래서인지 의외로 주가는 그렇게 많이 떨어지지 않았다. 물론 평균보다는 떨어지긴 했지만 위험한 상황에 놓인 것치고는 주가가 제법 괜찮은 것이다.

그렇기에 아직 팔지 않고 가지고 있는 개미투자자들도 제법 있는 편이었다. 1만 주 미만의 소규모 투자자들은 팔아봐야 손해를 보기에 우선 가지고 있어보는 사람이 반이고 지금이라도 팔려는 사람이 반이었다.

"서 부장, 지금 우리 주식을 사는 사람이 누구지?"

전혀 뜻밖의 질문에 서 부장은 잠시 당황했다. 설마 지금 상황에 그걸 물어볼 줄은 몰랐기에 조사를 아직 하지 않은 것이다.

“죄송합니다. 미처 그것까지는…….”

“아니야. 서 부장을 탓하는 게 아니야. 이상해서 그래.”

“무엇이 이상하다는 말씀이신지…….”

서 부장은 하주혁의 눈매가 날카롭게 번뜩이는 것을 보고는 자신도 모르게 긴장했다. 때때로 저런 눈빛을 보일 때가 있었는데, 그럴 때마다 위험이 닥치거나 하면 핵심을 파악해서 모면했던 적이 몇 번 있기 때문이다.

“너무 잘 팔려.”

“네? 아…….”

서 부장은 하주혁의 짧은 말에 금방 무슨 뜻인지 알아챘다.

“그러고 보니 회장님 말씀대로입니다.”

“그렇지? 조사를 해봐. 왠지 이상해, 꺼림칙한 것이.”

하주혁은 왠지 지금 이 모든 것에 현중이 관여되어 있을 것이라고 생각했다. 하지만 일개 개인이 대동그룹의 주식을 사서 모은다? 말이 되지 않았다. 대동그룹이 아무리 지금 휘청거린다지만 천문학적인 자금이 들어가는 일이기 때문이다.

25억짜리 슈퍼카? 그 정도는 대동그룹의 주식을 사서 모으기 위한 자금에 비하면 애들 사탕 수준이었다. 하지만 이상하게 하주혁의 직감에는 계속 현중이 걸렸다. 현실적으로는 절대로 불가능한 일임을 자신이 더 잘 알고 있으면서도 말이다.

쓰윽.

하주혁은 서 부장이 알아보러 간 사이에 일어나 대동그룹을 나와 어디론가 향했다.

그가 향한 곳은 바로 최강석이 입원해 있는 병실이었다.

병원에서도 가장 높은 곳, 특실로 들어가는 하주혁의 발걸음은 무겁기만 했다. 미우나 고우나 자신의 핏줄인 것이다.

"오셨어요."

생기발랄하던 홍지연의 모습도 많이 상해 있었다. 물론 최강석과 계약으로 결혼하려고 했던 것을 생각하면 미웠다. 하지만 이미 지나간 과거가 아닌가. 완전 바보가 되어버린 최강석을 옆에서 보살펴 주는 사람은 홍지연 하나뿐이었다.

"헤헤헤헤헤헤, 할부지."

"그래, 내가 왔단다, 강석아."

하주혁은 침까지 흘리며 웃으면서 다가오는 최강석을 웃는 얼굴로 끌어안았다. 전에는 탄탄한 근육에 훤칠한 키 때문에 안으려면 최강석이 무릎을 꿇어야 했지만 지금의 최강석은 그저 죽지 못해 사는 사람처럼 비쩍 말라서 하주혁이 조금만 힘을 쥐도 부서질 것만 같았다.

"상태는 어떠냐?"

하주혁이 매번 물어보는 말이다. 그리고 돌아오는 대답도,

"지금 말을 먼저 배우는 중이라 희망은 있다고 합니다."

"그래."

똑같은 말이었다. 하지만 하주혁은 희망을 잃지 않았다. 멍하니 창밖만 바라보던 최강석이 아니던가? 이렇게 사람을 알아보고 어눌하지만 말을 하는 것도 의사들은 기적이라고 했다.

한동안 그렇게 최강석을 살펴보고 난 뒤 하주혁은 홍지연을 잠시 불러 병실 밖으로 나왔다.

"아가야."

"네, 회장님."

"내 한 가지만 물어보자꾸나."

"말씀하세요."

이미 하주혁이 모든 것을 다 알고 있는 마당에 숨길 것도 없는 홍지연이었다. 그나마 최강석의 지금 상태 때문에 쫓겨나지 않는 것을 스스로도 잘 알고 있었다.

"김현중… 그 녀석에 대해서 모두 말해줬으면 좋겠구나."

"현중… 씨를요?"

이미 잊어가던 현중의 이름이 또다시 하주혁의 입에서 나오자 홍지연은 서글픈 표정을 지었다. 그 모습을 보는 하주혁도 이럴 것을 알았지만 현재 김현중에 대해서 가장 잘 아는 사람은 홍지연밖에 없기에 어쩔 수 없었다.

"어떤 걸 말씀하십니까?"

"모든 것을. 성격부터 자라온 환경, 싫어하는 음식까지 사소한 거라도 좋으니 가능하면 많이 나에게 말해줬으면 좋겠구나."

하주혁도 조심스럽기는 마찬가지였다. 손자의 약혼녀의 과거 남자에 대해서 물어보는데 당연했다. 하지만 현재는 결코 하주혁이 체면을 차릴 상황이 아니었다. 지금 당장 모든 것을 알아야 했다. 아주 사소한 것이라도 말이다.

그렇게 홍지연의 입이 열리면서 그동안 그녀가 알고 있던 김현중의 모든 것을 말했다. 하주혁도 아주 사소한 것 하나라도 빼놓지 않고 귀담아들었고, 이야기가 끝난 뒤에 시계를 보니 한 시간이 훌쩍 넘었다.

"수고가 많구나. 앞으로도 부탁하마."

"네, 회장님."

가족들도 이제는 최강석을 포기하고 한 달에 한 번 찾아오면 많이 찾아올 지경이었다. 완전히 바보가 되어버린 자식을 이처럼 내팽개친다는 것은 어떻게 보면 매정해 보였다. 하지만 최태식은 회사가 그 모양이다 보니 눈코 뜰 새 없이 바빴고, 하주혁의 딸이자 최강석의 어머니도 정신없기는 마찬가지였다.

홍지연이 옆에 있다는 것도 잠시 아들을 뒷전으로 미뤄놓은 이유 중 하나였다. 하주혁만이 그나마 며칠에 한 번 꼭 찾아오는 유일한 손님이다 보니 어눌하게나마 말을 할 수 있게 된 최강석은 '할부지'라는 말을 입에 달고 살 정도였다. 홍지연에게는 '색시, 색시, 색시' 하면서 제법 귀찮게 했지만 홍지연은 묵묵히 다 들어주었다.

병원에서는 이미 홍지연을 열녀로 칭송하고 있었고, 갑자기 신랑이 바보가 된 탓에 신데렐라에서 성냥팔이 소녀가 되어버린 홍지연을 안타까워하는 사람들도 많았다. 실제 속사정을 아무도 모르기에 홍지연은 병원에서 소문난 열녀가 된 것이다.

물론 그런 소문에 홍지연은 그냥 작은 입가에 미소를 짓고 아무 말도 하지 않았다.

"내 선택이니까."

홍지연은 자신의 선택이 후회스러웠다. 하지만 어쩔 수 없는 건 스스로가 잘 알고 있지 않는가? 오늘따라 하주혁의 입에서 현중의 이름을 들었고, 잊어버리려고 했던 과거를 생각해 이야기해 주다 보니 마음이 심란해졌다. 하지만 애써 웃으면서 최강석의 곁으로 돌아갔다.

한편 그렇게 홍지연과 최강석을 뒤로하고 병원을 나선 하주혁은 다시 그룹으로 돌아가면서 곰곰이 생각에 잠겼다.

홍지연이 해준 김현중의 얘기는 과거의 김현중이었다. 하지만 사람의 성격이란 그렇게 쉽게 변하지 않는 법이다. 이야기를 종합해 보면 그저 소박하고 순한 청년이 분명했다.

“그런데… 그 압박감은 도대체…….”

하지만 현중과 마주했던 하주혁은 그 순간을 기억하기도 싫었다. 마치 커다란 태산이 자신을 짓누르려고 하는 느낌은 지금도 가끔 생각하면 온몸에 소름이 돋았다.

그뿐인가? 현중의 부하로 보이는 녀석은 신기하다 못해 괴기스럽기까지 했다. 소리 소문 없이 사라지는 능력까지, 뭐 하나 상식적으로 생각할 수 있는 게 없었다.

이대로 무너지자니 억울했고, 뭔가 해보려니 사방이 막혀 있는 상황에 김현중까지 하주혁의 머릿속을 복잡하게 하니 피곤이 몰려올 뿐이다.

띠리리.

그때 울리는 하주혁의 전화벨 소리에 받아보니 서 부장이었다.

“나다. 그래, 알겠네. 보고는 지금 들어가는 길이니 내 방으로 오도록.”

딸각.

무심하게 전화를 끊어버린 하주혁의 피곤하던 얼굴은 온데간데없이 사라지고, 눈빛은 당장에라도 터질 듯 부릅떴다.

“최대한 빨리 돌아가야겠네.”

낮은 중저음의 목소리를 들은 운전기사는 이미 20년째 모시던 회장의 심기를 모를 리가 없었다. 목소리의 톤만 들어도 그날의 기분을 파악하는 상황이니 최대한 빨리 차를 몰아 그룹에 도착했다.

하주혁은 입구의 인사도 무시한 채 곧바로 회장실로 들어갔다.

"기다리고 있었습니다."

"그래."

하주혁이 오기를 기다리던 서 부장은 자신이 조사한 것을 보기 편하게 프린트해서 하주혁에게 보여주었다. 하주혁은 그걸 잠시 살펴본 뒤,

쾅!!

"이런 빌어먹을 새끼가 있나!!"

당장 눈앞에 칼이라도 있으면 여러 사람 찔러 죽일 듯 눈에 핏발이 가득한 채로 분을 삭이지 못하는 하주혁이었다.

"진정하십시오, 회장님."

으드득.

이빨이 부서지도록 강하게 씹던 하주혁은 서 부장을 날카롭게 노려보면서,

"이게 사실인가?"

"네, 회장님. 저도 회장님의 지시가 아니었으면 놓칠 뻔했습니다."

서 부장은 하주혁의 지시로 뒤늦게 조사를 시작했다. 자신

들의 주식이 너무나 순조롭게 팔리고 있는 것을 별로 대수롭지 않게 생각했는데, 일단 외국 자본이 사들이는 것 같지는 않았다.

보통 외국 자본은 주식이 시장에 풀리고 가격이 떨어질 때까지 기다리는 게 기본이었다. 하지만 지금 대동그룹의 주식은 매각을 하는 족족 팔리는 것이다. 굳이 지금 소문이 안 좋고 주식이 계속 떨어지고 있는 마당에 단 며칠만 기다려도 반값에 살 수 있는 주식을 사 모으는 것은 너무나도 이상했다.

모든 정보통을 이용해서 알아본 결과, 한 사람이 대동그룹의 주식을 사고 있었다. 단 한 사람이 지금까지 매물로 나온 모든 대동그룹의 주식을 사모은 것이다.

"아라크네. 이 녀석이 바로 김현중이라 그 말이지?"

"네, 회장님."

탬플재단이 한국에서 철수하면서 현중의 정보 차단은 곧바로 풀려 버렸다. 그렇다고 완전히 풀어버린 것은 아니었지만 현중이 아라크네라는 것 정도는 이미 알 만한 사람은 다 알기에 풀린 것이다.

"계획적이었어. 그것도 너무나 치밀하게 말야. 씹어 먹을 새끼가!!"

이제는 확실해졌다. 지금 대동그룹의 모든 사태는 바로 김현중이 일으켰다는 것을 하주혁도 서 부장도 확신했다. 하지만 안타깝게도 그들에게는 증거가 없었다.

"서 부장, 얼른 대동그룹의 주식을 모두 사들이게. 자금을 최대한 끌어 모아서 주식을 확보해야 해. 얼른!!"

뒤늦게 알긴 했지만 하주혁은 무조건 주식을 확보해야 했다. 이미 현중의 수중으로 넘어간 주식만 해도 엄청났다. 하지만 이대로 그냥 넋 놓고 있다가는 앉아 있다가 쫓겨날 판이었다.

"회장님, 이미 저희 회사에서도 주식 안정을 위해서 최대한 주식을 사고 있습니다만……."

"……?"

"이미… 아라크네, 아니, 김현중의 수중에 저희 대동그룹의 주식 50%가 넘어간 상황입니다."

"컥!!"

서 부장의 말을 들은 하주혁은 뒷골이 급격히 당기면서 그 자리에 주저앉았다.

"회장님!! 회장님!!"

서 부장이 갑자기 쓰러지는 하주혁의 곁으로 달려가 부축했기에 뇌진탕은 피했지만 대동그룹은 생각 이상이었다.

"50%라니… 어떻게… 설마……?"

하주혁은 50%라는 주식을 확보한 것에 놀라면서도 불현듯 스치는 생각에 곧바로 정신을 차렸다.

"후니전자의 주식과 중국 쪽 주식, 그리고 주주들의 주식을 모두… 김현중 그놈이 독식했단 말인가?"

"그렇습니다, 회장님."

털썩.

하주혁은 힘없이 그 자리에 주저앉았다. 주식의 50%를 가지고 있다는 말은 해당 주식을 가진 그룹의 회장조차도 마음에 들지 않으면 갈아치울 수 있다는 말이다. 거기다 지금도 주식시장으로 흘러나오는 대동그룹의 주식을 그 누구보다 빠르게 사들이고 있는 현중은 시간이 지날수록 점점 지분률이 높아져만 갔다.

거기다 대동그룹의 주식을 가지고 있어야 하는 임원들도 회사 몰래 팔고 있었다. 팔릴 때 팔아야 손해를 보지 않는다는 얄팍한 생각과 어떻게든 자신만은 살겠다는 이기심이 극명하게 드러난 결과였다. 능력을 보지 않고 인맥과 자신의 말을 듣는 사람들로만 임원진을 꾸몄던 하주혁은 이번처럼 커다란 위기가 닥치자 힘없이 무너지는 모래성이나 다름없었다.

회사야 어떻게 되든 자신만 살겠다는 사람들이 너무나 많은 것이다.

결국 현중이 아니라도 대동그룹은 이미 보이지 않는 곳에서 곪아가고 있었던 것이다. 뒤늦게 하주혁은 그것을 듣고는 망연자실해 주저앉아 버렸다.

"크크크크크큭, 겨우 이거였던가. 내가 이룩한 것이 겨우 이거란 말인가."

서글프게 웃고 있는 하주혁을 바라보는 서 부장도 가슴이 찢어지는 것 같았다. 하지만 현실은 냉정한 법이다. 이제 대동그룹은 하주혁의 것이 아니었다. 소리 소문 없이 조용하게 현중의 손으로 넘어간 것이다. 그것도 시간이 지날수록 보다 확실하게 현중의 손으로 넘어가고 있었다.

"김현중… 도대체 네놈은… 네놈은… 도대체… 어떤… 녀석이길래……."

이미 상황은 끝난 것이나 다름없었다. 지금이라도 어떻게든 챙길 것은 챙겨야 했다. 아래 직원들은 위의 회장이 바뀌든 사장이 바뀌든 크게 상관없을 것이다. 하지만 하주혁은 당장 길거리에 나앉게 생긴 마당인지라 뭐든지 챙겨야 했다.

서 부장이 그걸 모를 리가 없었다. 자신이 수십 년간 모신 회장님이 아닌가. 절대로 이대로 주저앉을 수는 없었다.

"회장님, 아직 상심하기에는 이릅니다."

서 부장은 언제고 그룹을 운영하다 보면 여러 가지 상황을 맞이할 수 있기에 옛날에 하주혁 지시하에 사들인 외국의 땅과 자금을 기억해 내고서는 하주혁을 위로했다.

"그렇지. 내가 이대로 주저앉을 수는 없지!! 절대로!!"

부자는 망해도 3년은 간다는 말이 있다. 그룹의 회장이면 최소 1대는 먹고살 만한 재산이 있게 마련이다. 하지만 그런 희망도 불과 한 시간을 가지 못했다.

"…회, 회장님……."

"서 부장, 왜 그러는 건가?"

"…사, 사라졌습니다."

"사라져? 사라지긴 뭐가 사라졌단 말인가?"

얼굴이 완전 창백하게 변한 서 부장은 힘겹게 걸어서 하주혁의 곁으로 다가왔다. 그는 떨리는 목소리로,

"…미국과… 홍콩, 그리고 유럽의 스위스 은행에… 넣어두었던… 자금과… 땅… 모두… 사라졌습니다."

"……!"

한순간 하주혁은 자신이 잘못 들었나 싶었다.

"다시 한 번 말해보게."

"…회장님, 모두 사라졌습니다. 5일전 분명히 안전하게 있는 것을 확인했는데, 방금 재차 확인해 보니… 모두 사라졌습니다."

서 부장의 말에 하주혁은 똑같이 핏기가 싹 가신 얼굴로,

"한 푼도 남지 않고 말인가?"

"네. 그것도… 회장님이 직접… 모두 찾아가셨다고 합니다."

"뭣이라!! 내가!!"

미치고 팔짝 뛸 일이었다. 한국을 벗어난 적이 없는 하주혁이 무슨 수로 미국, 홍콩, 유럽을 돌아다니면서 비자금으로 숨겨둔 돈을 찾아간단 말인가? 땅도 모조리 하주혁 본인이 직접 팔았다고 한다.

더 웃긴 것은, 스위스 은행의 CCTV에 찍힌 것이 분명 하주혁 본인이었다.

부동산도 모두 하주혁 본인이 확실한 신분을 증명해 동영상까지 찍은 것이다.

철퍼덕!

이제는 정말 땡전 한 푼 없는 알거지다.

"회장님!!"

"…어떻게 이런 일이… 어떻게 이런 일이 생길 수가 있단 말인가. 내 모든 것이… 내 모든 것이 사라졌다니 말야. 어떻게 이런 일이!! 으악!!"

결국 하주혁의 정신이 무너지기 시작했다. 극도의 스트레스와 실망감, 그리고 겹쳐진 최악의 상황은 그의 이성을 더 이상 잡아두지 못했다.

이 모든 상황을 만들어낸 것은 바로 테른이었다. 테른이 하주혁으로 변신해서 그가 가지고 있던 재산을 모조리 처분해 버렸으니 당연한 결과였다.

"으악!! 이거 놔!! 현중 그 새끼를 죽여 버릴 거야!! 죽여 버
릴 거야!!"

모든 원망은 현중에게 돌아갔고, 서 부장은 미쳐서 당장에
라도 회장실을 뛰어나갈 듯 설치는 하주혁을 붙잡고 있느라
고 진땀을 빼야 했다.

그렇게 한 시간가량을 서 부장과 하주혁은 실랑이를 했고,
겨우 서 부장이 진정시킬 수 있었다. 그나마 하주혁이 고령이
기에 혼자서 막을 수 있었지 50대만 되었어도 이미 무슨 사단
이 벌어져도 벌어졌을 것이다.

"헉헉헉! 서 부장."

"네, 회장님."

"김현중에게 연락하게."

"회장… 님…….."

"연락해서… 내가 만나고 싶다고 전하게."

"…알겠습니다, 회장님."

서 부장도 정말 더 이상은 방법이 없다는 것을 알고 있기에
뭐라 할 말이 없었다. 이제 20대 중반의 젊은이를 상대로 하
주혁은 너무나 쉽게 무너져 버렸다. 그것도 철저하게 하주혁
만 무너뜨렸다.

실제로 대동그룹은 밖에서 떠드는 것처럼 위험하지 않았
다. 대동그룹의 주식이 외국 자본에 팔린 것도 아니라서 그룹

을 통째로 뺏길 일도 없었다. 물론 국가적으로 보면 그렇다는 거지 하주혁에게는 외국 자본이나 현중이나 똑같은 도둑놈들일 뿐이었다.

*   *   *

"우와~!!"

맨유와 아스날의 경기가 끝이 났다. 빅딜이라는 호평답게 정말 엄청난 개인기와 실력을 가진 두 팀의 대표 선수 앙리와 베컴은 자신의 가치가 무엇인지 극명하게 드러내 보인 경기이기도 했다.

그 결과, 올해의 가장 재미있는 경기로 선정될 후보에 오를 정도로 엄청난 시청률까지 보여주었다. 하지만 아스날이 홈구장에서 졌다는 게 문제가 되기 시작했다.

"이런……."

마크는 경기장을 가능하면 빨리 벗어나려고 했다. 뭔가 아는 눈치였는데 본래 한꺼번에 수많은 사람이 움직이기에 결국 마크와 폴린, 효성과 현중은 그만 때를 놓쳐 버렸다.

"안 됩니다."

경기장을 벗어나려는 현중 일행을 영국 경찰관이 너무나 단호하게 막아서자 마크는 그럴 줄 알았다는 듯 체념하고 고개를 돌렸다. 효성도 대충 아는 눈치였다. 하지만 현중은 지금의 상황을 이해 못하고 있었다.

상식적으로 경기에서 졌다고 폭동이 일어나는 것 자체가 이상한 것이다. 이미 아스날 응원단과 맨유의 응원단은 서로 기다렸다는 듯 나가자마자 패싸움이 시작되었고, 처음에는 몇 명의 패싸움이었던 것이 급기야 수백 명까지 커져 버렸다.

더 웃긴 것은 영국의 경찰들은 그걸 미리 알고 있는 듯 경기장 입구에 대기하고 있다가 맨유의 남은 응원석에 있는 사람들을 통제해 버린 것이다.

"현중 씨는 처음이죠? 이런 경험."

"그러네요. 경기에서 졌다고… 폭동이라니……."

정말 폭동이라는 말이 어울릴 정도였다. 지금도 차 두 대가 불타고 있었고, 진압을 위해 대기하던 영국의 경찰들이 애를 쓰고는 있지만 수적으로 상대가 되지 않았다. 가볍게 패싸움 정도로 끝날 것이라 예상한 영국 경찰은 경기장 주변만 지킬 100여 명 정도만 배치한 것이다. 솔직히 100여 명도 많은 숫자였다.

그런데 이날 경기장을 찾은 관객이 수천 명이라는 것이 문제였다. 겨우 몇몇으로 시작된 시비는 순식간에 몇 백 명을 넘어서, 급기야 몇 천 명이 서로를 얼싸안고 땅바닥을 뒹굴고 있었다.

재수 없게 가까운 곳에 주차된 차는 이미 산산이 부서지고 몇 대는 불타고 있는 모습을 경기장 안에서 지켜보는 현중은 도대체 축구가 얼마나 엄청난 마력을 가지고 있기에 이 정도로 열정적인 것일까 하는 의문만 들 뿐이었다.

그냥 보기에는 축구 경기에 져서 화풀이로 싸우는 것 같지만 현중이 보기에는 조금 달랐다. 좋아하니까, 자신의 모든 이성을 한순간 잃어버릴 만큼 미치도록 사랑하니까 저렇게 폭발한다고 느낀 것이다. 그것을 증명하듯 폭동이 일어나고 있는 경기장 근처에 마나의 흐름도 마치 커다란 파도가 몰아치듯 심하게 흔들리고 있었다.

"쩝, 부끄럽구만. 이런 모습을 보여주고 싶은 건 아니었는데……."

마크는 혹시나 동양에서 온 현중이 이런 모습을 보고 영국의 모든 사람이 저런 폭력성을 가지고 있는 것은 아닌지 오해할까 봐 슬쩍 멋쩍게 한마디 했다. 그러자 현중은 웃으면서,

"오히려 부럽네요."

"그게… 무슨 소리인가?"

"그게… 저희 한국이라는 나라는 이렇게 무언가에 열광하고 정열적으로 미치는 게 없으니까요."

현중은 어쩌면 내년에 2002 월드컵이 열리면 대한민국이 하나가 되는 기적이 일어날 수도 있을까 하는 의문을 가져 봤

지만 확신은 없었다.

한일 월드컵, 국가와 국가 간의 경기에만 시청률이 비정상적으로 높은 한국의 축구 현실을 생각하면, 비록 폭동이 일어날 정도로 극으로 치닫긴 하지만 그만큼 미치도록 좋아하는 것이 있는 영국이 조금은 부러웠다.

"자네는… 정말 특이하구만."

마크는 현중의 독특한 사고방식에 고개를 저으면서 너털웃음을 지었고, 효성도 현중의 말에 뭔가 고개를 끄덕이면서도 현중을 이상하다는 듯 바라봤다. 같은 영국 사람들도 훌리건을 말할 때 고개를 저으면서 깡패나 축구에 미친 사람으로 취급하기 일쑤인데, 지구 반대편에서 온 현중은 오히려 훌리건을 부러워하고 있는 듯 말하고 있으니 말이다.

"방금 그 말 진심인가요?"

"응?"

"엇!"

현중 일행의 뒤에서 나직하면서도 귀를 부드럽게 해주는 듯한 목소리가 들렸다. 뒤를 돌아보니 남자가 봐도 굉장한 미남이 서 있었다.

그 미남자를 바라본 모두의 반응은 한마디로 '엇!' 이거였다.

"데이비드 베컴……."

효성은 스스로도 자각 못할 만큼 무의식적으로 그 미남자의 이름을 중얼거렸다. 마크와 폴린은 말을 잇지 못했다.

베컴의 옆에는 마크의 친구이자 이번에 2군에서 1군으로 올라선 파셀이 웃으면서 서 있었다.

"베컴, 이쪽이 내 친구인 마크야. 2대째 맨유 골수팬이지."

파셀의 소개에 베컴이 손을 내밀자, 유령을 만난 것 같은 표정 그대로 마크는 베컴과 악수를 했다.

현재 영국의 가장 인기남이자 축구를 좋아한다면 누구나 꼭 한 번은 만나고 싶어하는 선수가 바로 데이비드 베컴이었다.

프리킥의 마술사라는 별명을 가졌고, 세계에서 가장 정확한 프리킥과 패스를 한다고 소문이 자자한 선수다. 연봉만 들으면 '억!' 소리가 절로 나오는 엄청난 사람인 것이다.

걸어다니는 기업이라는 소리가 그냥 나온 게 아니었다.

마크와 폴린을 지나 효성과도 악수를 나눈 베컴은 현중을 마주했다.

"보니 영국식 억양에 익숙하던데……."

"그냥 공부 좀 했을 뿐이죠."

베컴과 마주하면서도 전혀 주눅 들지 않는 현중의 태도와 영국 사람이 들어도 전혀 어색함이 없는 현중의 영어 실력은 베컴에게 호감으로 다가왔다.

그런데 그보다 더 베컴의 호기심을 자극한 것은 바로 현중이 방금 전에 말한 생각이었다.

"축구란 재미있는 거죠?"

베컴이 그냥 웃으면서 한마디 하자 현중도 같이 웃으면서,

"그러네요. 그냥 공놀이라고 생각했는데… 그 생각이 오늘 바뀌었으니까요."

"후후훗, 여기 파셀의 이야기를 들어보니 나름 맨유의 1군 선수를 가지고 놀 정도의 실력이라고 하던데."

베컴이 굳이 파셀을 따라 이렇게 마크와 폴린이 있는 곳으로 온 이유는 바로 현중에 대한 소문 때문이었다. 원래 파셀은 베컴과 같이 스카우트된 재능 있는 인재였다. 하지만 그 특유의 튀는 행동과 재능만 믿고 제멋대로 구는 성격 때문에 2군으로 떨어졌다.

2군으로 떨어지고 나서도 거드름 떨면서 자신의 재능만 믿고 잘난 체하던 파셀이다. 실력은 있지만 팀에 아웃사이더 같은 녀석은 맨유 부동의 감독으로 있는 알렉스 퍼거슨 감독의 눈에 들 수 없었다.

그런데 그런 녀석이 하루아침에 바뀌었다. 코치도 그것을 알고 몇 번 더 시험해 봤는데 날뛰던 야생마 같은 파셀이 길들여진 늑대가 되어 돌아온 것이다. 때마침 그날 퍼거슨 감독이 2군에 잠시 왔다가 새롭게 바뀐 파셀의 행동과 실력이 눈

에 띄었고, 곧바로 1군으로 올라왔다.

베컴도 파셀을 알고 있었다. 고향 친구이자 누구보다 파셀의 실력을 잘 알고 있는 사람이기에 한순간에 바뀐 친구에게 사정을 물었고, 듣게 된 것이 바로 현중이었다.

동양에서 온, 한국이란 나라의 젊은 남자.

파셀이 말하는 현중에 대한 표현은 딱 한 가지였다.

"난 바람과 싸웠다."

그 말 한마디와 함께 자조적인 웃음을 짓는 파셀.

얌전히 퍼거슨 감독의 명령에 따르는 파셀의 모습은 베컴에게 충격을 전해줌과 동시에 현중에 대한 호기심을 피우기에 충분했던 것이다.

"흠⋯⋯."

베컴은 현중을 유심히 봤다. 세계적인 선수가 된 베컴의 눈에는 현중의 몸은 정말 이상적으로 좋았다. 옷으로 가려져 있지만 베컴은 알 수 있었다, 가려진 옷 속에 숨겨진 근육이 꿈틀거리고 있다는 것을.

이상하게 현중을 보면 볼수록 한번 붙어보고 싶다는 욕구가 생겼다.

"한번 저 잔디밭에서 뛰어보고 싶은데⋯⋯."

현중을 향해 노골적으로 말하는 모습에 현중은 씨익 웃으면서 고개를 끄덕였다. 현중의 눈에는 열정의 오라와 장인의 오라가 동시에 뒤섞여 보이는 베컴이 재미있어 보였다. 거기다 빙빙 돌리지도 않고 직설적으로 하고 싶은 말을 하는 것도 마음에 들었다. 세계적인 선수답지 않게 털털한 모습과 거드름이라고는 찾을 수 없는 행동거지가 현중에게 먹혀든 것이다.

뜻하지 않게 마크와 폴린은 폭동 때문에 운동장에 발이 묶여 있던 맨유 주전은 물론이고 현재 원정 경기에 온 모든 선수들과 인사를 나누는 행운을 가졌다. 효성도 마크와 같이 인사하고 악수하고 사진 찍기에 정신이 없었다.

현중만 조용히 베컴과 마주 보고 구석에 앉아 있었다.

"현중은 관심이 없나 보군."

"같은 사람일 뿐이니까요."

"푸하하! 혹시 자네는 4차원적이라는 말을 자주 듣지 않나?"

현중은 대답 대신 그냥 살짝 웃었다. 그러자 베컴도 같이 웃으면서,

"현중의 미소, 너무 매력적이야. 아, 이러면 안 되는데, 남자의 미소가 이렇게 좋아질 수도 있다니."

장난 식으로 악동 같은 표정을 지어 보이는 베컴의 모습에 현중도 맞받아쳤다.

"베컴의 미소는 이미 많은 여자의 가슴을 녹이지 않았나요?"

"크크큭. 그래, 그렇지. 뭐 틀린 말은 아니니까."

다른 사람이 저렇게 말한다면 당연히 건방지다는 둥 하는 말이 나올 테지만 베컴은 전혀 그런 감정이 들지 않았다. 가식이 없었다. 잘난 체도 없었다. 정말 있는 그대로 자신의 생각을 말하는 것이다. 현중은 자신이 그런 성격이기에 알 수 있었다. 베컴이 보기보다 좋은 녀석이라는 것을 말이다.

"아, 이번에는 좀 길어질 것 같다."

락커룸 안으로 들어오면서 앓는 소리를 하는 남자에게 모두의 시선이 모였다.

"매니저, 왜 그래?"

"아, 이번 폭동이 생각 이상이야. 군대가 동원될 것 같아."

"군대?"

아무리 훌리건이 극성이지만 군대가 출동하는 경우는 흔한 게 아니기에 다들 살짝 긴장했다. 혹시나 경기장 안으로 들어오면 맨유 선수인 자신들의 안전이 위험할 수도 있기 때문이다.

거기다 이번 원정 경기에 사활을 걸고 있던 퍼거슨 감독은 주축 멤버를 모두 데리고 왔기에 혹시라도 사고가 생기면 맨유 팀 자체가 무너질 위험이 있었다.

"그렇게 긴장할 건 없어. 이미 경찰이 경기장 입구를 완전히 봉쇄해 버렸으니까. 물론 그 때문에 우리도 못 나가지만."

쩝. 그냥 편히 쉬고 있으면 될 것 같아. 감독님도 이번 승리로 나름 기분이 좋으신 듯하니까."

"뭐 그럼 다행이고."

파셀은 자신이 1군에 다시 올라와 뛴 첫 경기를 이겨서 기분은 좋았지만 훌리건의 폭동이 너무 심해서 군대까지 출동하는 경험을 해야 했다.

그때 베컴이 벌떡 일어서더니,

"매니저, 지금 경기장은 어때? 위험해?"

"경기장? 아니, 아예 모든 입구를 막았으니 크게 문제 될 것은 없는데."

"그럼 잠깐 몸 좀 풀어보려고."

매니저는 배컴의 말에 눈을 동그랗게 뜨면서 놀랐다. 베컴은 경기가 끝나면 자신의 몸을 최상의 컨디션으로 유지하기 위해서 쉬는 것도 결코 허술하게 하는 성격이 아니었다.

최상의 자리에 오른다는 것은 자기관리도 철저하다는 말이 된다. 몇몇 세계적으로 대단한 선수들은 갑자기 찾아온 유명세에 정신을 빼앗겨서 망가지는 경우가 적지 않게 있지만 베컴은 달랐다.

프리미어리그에는 이미 수많은 세계적인 선수들이 있었고, 그들과 경쟁하는 것에 긴장을 놓지 않는 베컴이었다. 그런 그는 경기가 끝나고 나면 철저하게 휴식을 취하며 다음 경기를 대비하는 편이었다.

"자네가… 웬일로?"

"그냥 이 친구 실력이 궁금해서."

"응?"

매니저는 베컴이 슬쩍 현중을 가리키자 그제야 베컴과 마주 앉아 있는 현중이 눈에 들어왔다. 하지만 잘생긴 얼굴에 훤칠하고 늘씬한 몸을 제외하고는 베컴이 저렇게 말할 정도의 특징이 없어 보였다.

"누구?"

매니저가 물어보자 베컴은,

"파셀의 친구야. 마크는 자네도 알지?"

그제야 한쪽에서 맨유 주전들과 사진 찍고 있는 마크와 폴린, 그리고 효성을 발견했다.

"베컴, 감독님이 아시면… 쩝."

퍼거슨 감독의 성격상 락커룸에 외부인이 들어오는 것을 극도로 싫어하는 것을 알기에 한마디 하려다가 베컴의 웃는 얼굴에 그만두어 버렸다. 어차피 이긴 경기에 지금은 오도 가도 못하는 신세가 아닌가. 자신만 입 다물면 뭐 크게 문제될 것은 없어 보였다.

그보다 천하의 베컴이 관심을 보이는 현중에게 매니저도 호기심이 생긴 것이다. 축구 선수가 몸을 풀겠다는 것은 간단하게 축구 한판 뛰겠다는 말이다.

"뭐, 베컴이?"

"설마… 진짜네?"

다른 선수들도 베컴이 경기가 끝나고 몸을 푼다는 말에 다들 모여들기 시작했고, 어쩌다 보니 현중과 베컴은 방금 전까지 여러 명의 선수가 땀을 흘리면서 뛰던 경기장에 서서 서로를 바라보게 되었다.

베컴이 먼저 공을 발로 툭 차서 현중에게 보냈다.

떼구루루.

굴러서 현중의 발 앞에 정확하게 멈춘 축구공을 바라본 현중은 베컴의 장난스런 도발에 웃었다. 정확하게 발 앞에 공이 멈춘 것이다. 잔디밭에서 상대편의 발 앞에 정확하게 공을 멈추게 하는 것은 대단한 기술이 필요했다. 보기에는 쉬워 보이지만 공을 찰 때 정확한 역회전을 걸어야만 원하는 위치에 공이 멈추기 때문이다.

현중도 베컴의 도발에 응수하듯 똑같이 공에 역회전을 걸어서 베컴의 발 바로 앞에 멈추게 했다.

"훗."

베컴은 설마 자신과 똑같은 방법으로 공을 돌려줄 것이라고는 예상하지 못했다. 하지만 발놀림에 힘의 조절까지 무엇 하나 나무랄 데가 없는 현중의 솜씨에 순수하게 감탄했다.

하지만 그와 같이 베컴의 표정도 변했다.

정말 가지고 싶은 장난감을 발견한 어린애 같은 순수한 미소를 보이면서도 얼굴과 반대로 온몸의 근육이 꿈틀거렸다.

탁.

베컴의 발이 움직였고, 그와 함께 축구공이 잔디밭을 굴렀다. 깨끗한 드리블로 일직선으로 현중을 향해 달려가는 모습에 다른 선수들도 시선을 집중할 수밖에 없었다. 베컴의 드리블은 보기에는 쉬워 보이지만 몸에 중심이 잘 잡혀 있고 양발 모두 사용하는 킥커답게 균형이 잘 맞는 편이었다. 그가 현중 앞에 딱 멈춰 서서,

"뺏으면 오늘 저녁 멋지게 한턱 쏘지."

자신감이었다. 한번 덤벼볼 테면 덤벼보라는 자신감 말이다.

현중도 입가에 미소를 지으면서 오른발을 슬쩍 움직였다. 그런데 그 순간 베컴의 눈앞에서 그가 사라져 버렸다.

"……!!"

"저건……."

주변에서 구경하던 맨유의 모든 선수들도 입을 벌린 채 말을 잃어버렸다. 속임수나 발재간이 아니었다. 정말 말 그대로 현중이 사라져 버린 것이다.

인간의 눈동자는 좌우로는 빠르게 움직인다. 하지만 아래

위로는 늦게 움직이는 특성 때문에 재빨리 고개를 숙이면 가끔 사라지는 것처럼 보일 수 있었다. 하지만 그건 그냥 속임수에 불과했다.

"참, 이걸 어떻게… 받아들여야 하나."

베컴은 현중이 사라지고, 이어 자신의 발에서 축구공이 사라진 것을 느낀 순간 직감적으로 뒤를 돌아봤다. 그리고 그곳에 축구공을 밟고 처음 서 있던 자세에서 변하지 않는 모습으로 자신을 바라보는 현중을 본 것이다.

바람.

베컴은 파셀의 말은 그냥 비유라고 생각했다. 바람처럼 빠르고 운동 능력이 좋은 사람을 만났다고 생각한 것이다. 그런데 그게 아니었다. 파셀은 있는 그대로 말했던 것이다.

거짓말 하나 조금도 보태지 않고 현중의 움직임은 바람이었다. 그 누구도 잡을 수 없고 볼 수 없는 바람을 베컴은 느꼈다.

까딱까딱.

손가락을 세워 베컴을 향해 오히려 덤벼보라고 하는 현중의 행동에 웃어버린 베컴은 그대로 달려들었다. 이제부터가 진짜인 것이다.

베컴과 함께 일대일로 붙어서 제법 버티는 사람은 많았다. 베컴은 개인기가 탁월하게 좋은 선수는 아니었다. 하지만 그는 팀플레이에서 진정한 능력을 발휘하는 선수였다.

축구는 단체 경기이다. 개인기는 아무리 잘해봐야 결국 혼자이다. 하지만 베컴과 같이 경기를 지배하는 능력을 가진 사람이 있다면 흐름이 달라지고 팀의 능력치가 달라지는 것이다. 그렇기에 다들 베컴을 최고의 선수로 말했다.

이미 인간의 능력을 벗어난 현중에게 베컴은 너무나 손쉬운 상대였다. 일대일로 현중을 이길 사람이 있을 리가 없기 때문이다.

결국 베컴이 현중을 상대로 한 번도 공을 뺏지 못한 채 5분 만에 잔디밭에 주저앉아 버리자 맨유의 다른 주전들이 운동장으로 뛰어들어 왔다.

그중에는 파셀도 있었다.

"현중, 우리 맨유 주전을 모두 상대로 11대 1 어때?"

"뭐?"

"말도 안 돼."

오히려 다른 맨유 선수들이 파셀의 말에 손사래를 치면서 말도 안 된다고 거부했지만,

"그것도 재밌겠군요."

현중은 오히려 웃으면서 한번 해보면 좋겠다고 승낙했다. 베컴을 비롯해 모든 선수들이 멍한 표정으로 현중을 바라봤지만 파셀만은 오히려 어쩌면 해볼 만할지도 모르겠다는 표

정으로 급히 베컴에게 다가갔다.

"내가 말했지, 바람이라고."

"파셀, 크크큭, 진짜 바람이었어. 마치… 절대로 누구도 막을 수 없는 바람의 기사를 상대하는 기분이랄까?"

수비수를 뚫고 골을 넣어야 하는 스트라이커는 개인적인 재능이 가장 중요한 포지션이다. 뒤에서 패스해 준 공을 어떻게든 상대 골문에 꽂아 넣어야 하는 위치가 마치 적진을 뚫고 적장의 목을 베어버리는 기사와 같다고 해서 스트라이커를 기사로 부르는 경우가 많았다.

베컴은 스트라이커가 아니었다. 오히려 스트라이커를 막아야 하는 입장에서 현중을 상대해 본 결과 확실하게 느낄 수 있었다. 현중은 기사라고, 그것도 그 누구도 막을 수 없는 바람의 기사라고 말이다.

"하자!"

베컴이 일어서면서 모두에게 외치자 현중을 상대해 보지 않았던 다른 선수들은 기겁을 했다. 11:1이라는 축구 경기는 아무리 장난스런 경기라도 말이 안 되는 것이다. 거기다 열한 명이 맨유 주전이다. 물론 한 시간 전에 경기를 뛰긴 했지만 크게 다친 사람도 없고 제법 몸도 회복된 상태의 영국 최고의 축구팀 전원을 상대로 경기를 하겠다는 말이다.

"파셀도, 베컴도… 미친 거야?"

"아, 이건 축구 경기가 아니잖아."

다들 고개를 저었지만 그 누구도 경기장 밖으로 나가는 이는 없었다. 모두의 머릿속에 처음 베컴을 제치면서 보여준 현중의 보이지 않는 움직임이 뇌리에 각인되었기 때문이다.

'나도 한번 상대해 보고 싶다.'

모두 내로라하는 축구 선수들이다. 당연히 잘하는 사람을 보면 한번 상대해 보고 싶어지게 마련이다.

특히나 재능 면에서는 맨유 안에서도 다섯 손가락에 꼽히는 베컴과 파셀이 인정하는 만큼 이미 그들의 마음에 불이 붙어버렸다.

"이거 이겨도 어디 가서 말 한마디 못하겠군."

다들 말로는 싫은 척하지만 천천히 움직여 베컴 쪽으로 다가가 모여들었다.

"베컴, 종주국의 축구가 어떤 건지 보여주는 걸로 생각하지, 뭐."

"그래, 그런 거야. 우리는 종주국의 힘을 보여줄 뿐 축구 경기는 아니야."

그렇게 웃기지도 않는 연습 경기가 시작되어 버렸다.

정작 안절부절못하는 사람은 바로 매니저였다.

"미쳤어, 다들. 11:1이라니……. 감독님이 아시면 어떡하려고, 나 참."

퍼거슨 감독의 성격상 말도 안 되는 짓을 벌이는 걸 가만히 두고 볼 리가 없다.

그런데 호랑이도 제 말 하면 온다고 했던가? 퍼거슨 감독이 경기장에 나타났다.

구단주와 대화가 끝나고 선수들을 찾으러 나왔다가 아무도 없어야 하는 경기장에 맨유의 주전들이 모두 보이자 이상해서 와본 것이다.

“매니저.”

“헉!!”

매니저는 갑자기 뒤에서 퍼거슨 감독의 목소리가 들리자 어깨를 움찔하면서 슬그머니 뒤를 돌아보고는 어색하게 웃었다.

“……”

퍼거슨 감독은 매니저가 웃는 모습에 뭔가 말도 안 되는 짓을 벌이고 있다고 직감적으로 알아채고는 바로 앞까지 다가가서는,

“저건 뭐지?”

“…하하하, 그게, 감독님, 그냥 파셀이 아는 친구가 경기를 보러 왔다가 저희 맨유의 팬이라고 해서 그냥 잠시 놀아주고 있는 겁니다.”

퍼거슨 감독의 눈썹이 슬쩍 꿈틀거리는 모습에 매니저는

급히 고개를 돌려 버렸다.

"놀아주고 있다……."

퍼거슨 감독이 누구인가? 명장 중의 명장으로 인정받는 사람이다. 당연히 매니저의 말을 100% 믿을 사람이 아니었다. 거기다 맨유의 주전들이 모두 오늘 경기 때 보인 전술대로 각자 포지션을 찾아 자리를 잡는 모습에 퍼거슨 감독의 눈동자가 날카로워졌다.

'아, 미치겠네. 차라리 그냥 감독님께서 말리시지. 베컴 너도 좀… 감독님을 봤으면 멈춰야지… 어쩌자는 거야!!'

마음속으로는 이미 베컴을 향해 고래고래 소리 지르고 싶은 마음이 굴뚝같다.

하지만 차마 입 하나 뻥끗하지 못하고 좌불안석 서 있을 뿐인 매니저였다.

베컴은 퍼거슨 감독을 곁눈질로 봤고 퍼거슨 감독도 베컴을 봤다. 서로 눈이 마주친 것이다.

하지만 베컴도 모른 척했고 퍼거슨 감독도 모른 척했다. 베컴의 성격상 이런 일을 그냥 벌일 리가 없다는 것을 잘 알고 있는 퍼거슨 감독은 궁금했다.

지금 모습을 보면 맨유 주전 열한 명과 반대편에 공을 잡고서 있는 흑발의 동양인 젊은이 한 명과 축구 시합을 하는 것 같은 모습인 것이다.

"시작!!"

그리고 베켬의 우렁찬 목소리와 함께 결국 시합은 시작되
어 버렸다.

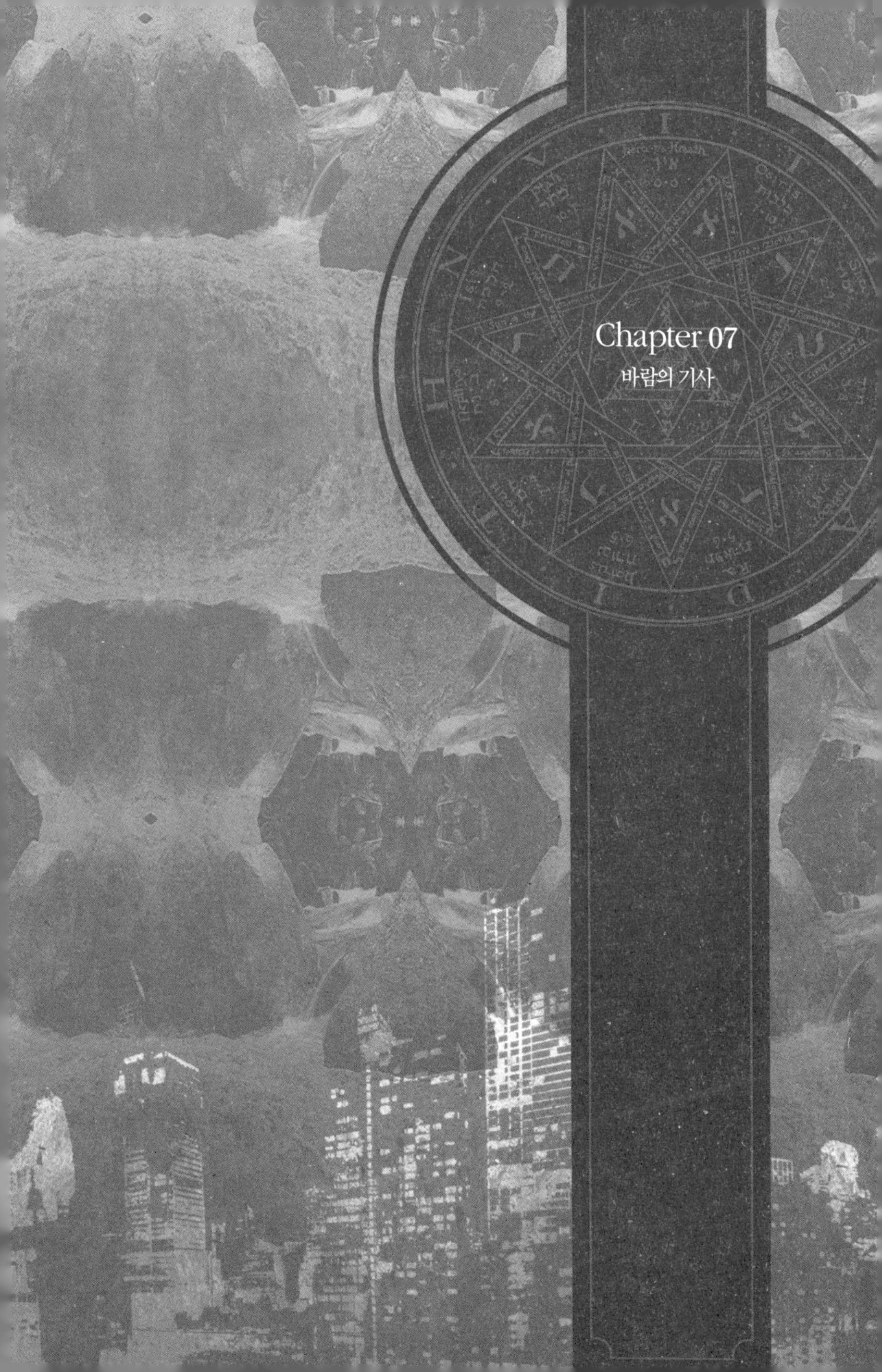

Chapter 07
바람의 기사

통통통.

현중은 잠시 밟고 있던 공을 살짝 발길질로 들어 올려 앞꿈치로 트래핑을 하면서 자신을 향해 달려오는 일곱 명의 맨유 주전를 보고 있었다. 그중에 베컴도 있고 파셀도 있었다.

그렇지만 현중의 표정은 편안했다. 마치 전차가 달려오는 것 같이 자신을 향해 모두 달려오는 모습에도 볼 트래핑만 하면서 오히려 기다리고 있는 모습이었다.

"차핫!"

첫 번째로 달려온 선수가 그대로 현중을 향해 태클을 걸었다. 하지만 이미 그 자리에 현중은 없었다.

주르륵.

허무하게 혼자 애꿎은 잔디만 쓸고 지나가 버린 뒤 황급히 돌아보면서 현중을 찾는 선수는 그 자리에서 일어서려던 것도 잊어버렸다.

"저건… 도대체 뭐야?"

뒤이어 달려오던 일곱 명의 선수 모두 귀신에 홀린 듯 멍하니 서 있는 모습, 그 뒤편에서 현중이 천천히 걸으면서 드리블을 하는 모습이 보였던 것이다.

그리고 다시 달려든 나머지 두 명의 수비수도 가볍게 제쳐 버리고, 골키퍼 바로 앞에서 가랑이 사이로 굴려 골을 성공시켜 버리는 모습에 경기장에 서 있는 열한 명의 맨유 선수 모두 얼어붙었다.

"뜨아!"

경기장 밖에서 구경하던 마크도 벌레가 들어가도 모를 정도로 크게 입을 벌리고는 얼이 완전히 나가 버렸다. 전에 홧김에 현중과 했던 축구 시합에서도 자신이 저렇게 당했구나 하는 생각에 도저히 정신을 차릴 수가 없었다.

효성도 마찬가지였다. 현중이라면 그저 돈 좀 있고 비싼 차 타는 사람으로 생각했다. 그런데 이건 도무지 말로는 설명이 안 되는 장면을 본 것이다.

현직 맨유 열한 명 주전을 상대로 혼자 골을 넣었다. 그것도 단 40초 만에 말이다.

당연히 그렇게 안달하던 매니저는 거의 기절하기 직전이었다.

하지만 단 한 명, 퍼거슨 감독만 똑바로 현중을 직시하면서 입가에 미소를 띠었다.

"크크큭, 베컴이 움직인 이유가 이것이었나. 기사라……. 대단하군."

맨유 주전 열한 명을 상대로 단 한 번의 몸싸움 없이 골대 앞까지 가서 골을 넣은 모습은 지금까지 그 어떤 축구 시합에서도 연출된 적이 없는 장면이었다. 그런데,

"저게 뭐야? 방금 찍었어?"

"응, 찍었어!!"

폭동으로 경기장에 발이 묶인 사람은 적긴 하지만 제법 많은 사람이 남아 있었고, 거기에는 기자와 방송국 카메라도 있었다. 폭동을 촬영하고 있던 방송국 기자는 라커룸에 있어야 할 맨유 선수들이 운동장에 모여 있자 호기심을 가지고 촬영하다가 완전 대박 특종 하나를 건지게 되었다.

그날 훌리건 폭동 사태를 가볍게 찍어 누른 기사가 탄생했다.

맨체스터 유나이티드 선수 11명을 상대로 40초 만에 골을 성공시킨 기적의 기사 탄생. 흑발의 젊은 동양인, 퍼거슨 감독에게 바람의 기사라는 칭호를 얻음.

이렇게 말이다.

거기다 편집 없이 경기 장면이 방송을 타버렸다. 일부 사람들은 연습이라 맨유 선수들이 봐줬고, 경기를 치른 지 얼마 되지 않아서 사실상 말이 안 되는 경기라고 했지만 11대 1이라는 구도가 그 모든 것을 묻어버렸다.

멀리서 찍어 얼굴이 자세하게 찍히지 않은 현중에 대한 궁금증과 소문이 퍼져 나갔다. 하지만 그건 나중에 일이고, 허무하게 1분도 안 되는 시간에 경기가 끝나 버린 현중과 맨유의 대결은,

"당장!! 들어와!!"

퍼거슨 감독의 호통 소리에 정신을 차린 선수들이 다시 라커룸으로 들어가 버리면서 모두에게 아쉬움만 남겼다. 특히 방송국 기자들에게는 초대박 특종에서 한 단계 낮은 대박 특종으로 살짝 단계가 내려갔다.

"도대체 무슨 정신으로 방송국 기자들도 있는데 그런 짓을 벌인 거냐!!"

뒤늦게 맘껏 화를 내면서 맨유 선수들을 다그치고 나무라

기 시작하는 퍼거슨 감독은 현중 일행을 외부인이라고 락커룸 안으로 들어오지 못하게 했다.

밖에서도 모든 소리가 다 들릴 만큼 한참 선수들에게 호통을 치고 나온 퍼거슨 감독은 편안하게 앉아 있는 현중과 눈이 마주쳤다. 그는 눈썹만 슬쩍 꿈틀거리고는 고개를 돌려 몇 걸음 가다가 멈췄다.

그리고 뒤를 슬쩍 돌아보며 현중을 향해,

"자네 누군가?"

"한국에서 온 김현중입니다."

"한국이라면 남한? 북한?"

외국인들은 한국이라고 하면 헷갈려 한다. 남북으로 갈라진 유일한 분단국가이기 때문이다.

"남한입니다."

"축구 해볼 생각 있는가?"

"아니요."

단호하게 거절한 현중이었다.

"흠… 뭐, 본인이 싫다면 어쩔 수 없지."

퍼거슨은 그대로 현중의 한마디에 고개를 돌려 걸어가면서,

"현중, 자네는 맨유에 놀러 오고 싶다면 언제든 오게. 환영이니까 말야."

현중은 퍼거슨 감독의 말에 웃으면서 자리에서 일어섰다. 그리고 고개를 숙여 인사하면서,

"그러겠습니다."

"크흠."

현중의 대답에 나름 만족스러운지 퍼거슨 감독은 헛기침을 한번 하고는 그대로 걸어 나가 버렸다. 주변엔 정적만 남아버렸다. 퍼거슨 감독이 노골적으로 현중에게 추파를 던진 것이다.

지금까지 그 누구도 저런 퍼거슨 감독의 모습을 본 적이 없었다. 한껏 야단맞은 맨유의 선수들도 문틈으로 구경하다가 퍼거슨 감독이 사라지자 득달같이 쏟아져 나와 현중에게 몰려들었다.

"현중, 누구에게 축구를 배운 거야?"

"그 기술, 나도 가르쳐 줘."

"나랑 같이 축구하자. 어때, 맨유에서 같이 뛰는 건?"

하나같이 폭발적인 반응이었다. 현중은 시기하면서 약간의 텃세나 그런 게 있을 것으로 생각했는데 전혀 없었다. 물론 어중간했으면 시기심이라도 생겼을 것이다. 하지만 이건 어느 정도 차이가 나야 시기심이 생기지 않겠는가? 자신들이 허무하게 패했다는 것은 이미 머릿속에 없었다. 퍼거슨 감독의 현중을 향한 이례적인 배려도 한몫을 했다.

현중은 일일이 웃어주었지만 실질적인 것은 대답하지 않았다. 맨유 선수들도 더 이상 물어보지 않았다. 프로는 자신의 기술을 쉽게 말해주지 않는 법이다. 맨유 선수들은 프로페셔널로 무장한 사람들이다. 당연히 처음이야 한 번 물어볼 수 있지만 굳이 대답하지 않는 것을 두 번 물어보는 것은 실례임을 스스로가 잘 알고 있는 것이다.

"이제 가자! 집으로!"

군대가 출동하자 순식간에 정리된 폭동에 매니저가 기쁨에 들떠서 외쳤고, 현중도 그제야 선수들에게서 해방되었다.

그런데 정작 집중적으로 질문을 받은 현중은 멀쩡한 반면 효성은 거의 지쳐서 쓰러지다시피 앉아 있고 마크도 비슷했다. 폴린만이 현중 옆에서 초롱초롱한 눈으로 뭔가 묻고 싶은 것을 억지로 참고 있는 듯 보였다.

"자네 정말… 대단하군."

옆에서 보는 것만으로도 질렸는데 땀 한 방울 흘리지 않고 여유있는 태도를 보이는 모습에 마크도 엄지손가락을 치켜들었다.

뜻하지 않게 축구 관람이 이상하게 흘렀지만 한국이라면 대서특필되어 떠들썩할 만한 기사거리가 조용히 사라졌다. 물론 영국 내에서는 난리가 났다.

더 이상한 건 퍼거슨 감독이 그 기사에 대해서 아무 말도 하지 않았고, 맨유 구단에서도 그 어떤 설명도 하지 않았기에 소문이 커져 나중에는 퍼거슨 감독이 새롭게 키우는 비밀병기라는 루머까지 생겼다.

그런데 웃기게도 하나의 소문이 그 모든 소문을 잠재워 버렸는데, 그것은 한 장의 사진 때문이었다.

맨유 선수들이 탄 버스에서 현중이 내리는 것을 찍은 한 장의 사진으로 인해 맨유 팬들은 바람의 기사가 언제 데뷔할지 기대감만 계속 키웠다.

*　　　*　　　*

"아주 영국을 완전 들었다 놨다 했더군요."

마리아는 다시 연구실로 돌아온 현중을 향해 웃으면서 한마디 했다. 하지만 현중은 웃을 뿐이고 효성은 슬그머니 눈치만 봤다.

"그래도 설마… 맨유 주전 선수 열한 명을 상대로… 이건… 웃음밖에 나오지 않네요."

물론 마리아도 마스터이기에 맨유 선수 열한 명이 아니라 백열 명이라도 상대할 수 있다. 하지만 현중처럼은 죽었다 깨어나도 안 된다는 것을 스스로가 잘 알고 있기에 핀잔 비슷하게 한마디 한 것이다.

마스터라고 해도 일반인보다 빠르고 강할 뿐이다. 즉, 현중처럼 사라질 수는 없었다. 인터넷에 올라온 동영상을 통해 마리아는 현중이 선수들과 부딪치기 직전에 완전히 사라졌다가 뒤에서 나타난 것을 보았다.

혹시나 동영상이 문제인가 싶어 몇 번이나 조사했지만 아무런 이상이 없었다. 거기다 경기장에 설치된 모든 CCTV까지 동원해서 알아봤는데 완벽하게 사라졌다 나타났다를 반복하면서 골을 넣은 것이다.

"그보다 준비하세요. 여왕 폐하께서 시간을 조금 앞당기셨어요."

"그러죠."

현중은 여유있게 걸어서 미리 준비된 옷을 갈아입으러 들어가자 ,그 모습을 바라보던 마리아는 한숨을 푹 내쉬었다.

"효성 씨."

"네?"

"현중이 혹시라도 당황하거나 화내는 모습을 본 적이 있나요?"

"아니요. 언제나 웃던데요."

효성의 말에 마리아는 그럼 그렇지 하는 표정으로 다시 한숨을 쉬더니,

"도대체가 속을 알 수가 없는 사람이라……."

마리아가 현중이 들어간 탈의실을 보면서 한동안 가만히 서 있자 효성이 슬그머니 마리아에게 다가왔다.

"혹시 현중 씨 좋아하세요?"

움찔!

그냥 효성은 찔러본 말이었는데 당황하는 마리아의 반응에 덩달아 놀랐다.

"정말이에요?"

"큼, 아, 아니에요. 제가 무슨……. 그런 일 없어요."

급격히 당황하는 마리아는 고개까지 돌렸지만 이미 빨갛게 달아오른 귀는 미처 숨기지 못했다.

"뭐 어때요? 사람 좋아하는 게 흉인가요?"

효성은 별것 아닌 것처럼 말했지만 솔직히 효성 자신도 살짝 마음이 덜컹거리긴 했다. 이만한 재력에 능력, 미모 등 뭐 하나 빠질 것 없는 여자가 현중을 좋아하는 것이다. 은근히 현중을 마음에 담아두고 있던 효성도 속으로는 당황했지만 겉으로 드러내지 않았다.

거기다 효성이 듣기로는 마리아는 영국에서 백작이라는 작위의 귀족이라는 말을 들었다. 그런데 현중은 이런 완벽한 여자를 가까이 두고도 무심하다는 게 여자로서 이해가 되지 않았다.

같은 여자가 봐도 마리아는 정말 완벽에 가까운 여자이기 때문이다. 오히려 효성은 그런 마리아가 부러웠다. 최소한 당당하게 현중에게 좋아한다고 말할 수 있는 자격이 있는 것처럼 보였기 때문이다.

하지만 반대로 마리아는 효성이 부러웠다.

자신은 외국인이고 효성은 같은 한국 사람이다. 보통 자신과 같은 국적의 이성에게 더 끌리는 법이다. 그걸 마리아도 알고 있기에 현중의 뒤를 따라다니는 효성이 부럽기만 했다. 자신은 그렇게 현중의 뒤를 따라다닐 수 없기 때문이다.

"여기 다들 모여서… 좋은 구경거리라도 있는 건가?"

"앗! 스승님!"

두 여자 앞에 한국에서 내리자마자 다시 영국행 비행기를 타고 온 베이스퍼가 나타났다.

마리아는 황급히 돌아서면서 인사를 꾸벅 했다. 베이스퍼는 실눈을 뜨고서 슬쩍 마리아를 바라보았다.

"무슨 일이 있기에 내가 오는 기척도 느끼지 못했단 말이냐?"

"죄, 죄송합니다, 스승님."

마리아는 설마 이렇게 베이스퍼가 일찍 올 줄 몰랐고, 이 타이밍에 나타날 줄은 더더욱 몰랐다가 완전히 당한 것이다.

결국 효성의 말 한마디가 영국 왕실의 검이라는 영국 공인 마스터 마리아 스핀 바로슈 백작의 혼을 빼놓은 결과를 만들었다.

"일찍 오셨군요."

"여왕 폐하의 연락을 받았거든, 같이 와달라는."

"여왕 폐하께서요?"

"그래. 아무래도 미국과의 이번 인어 사건 때문에 미국에서 귀찮게 하는 모양이야. 거기다 내가 영국으로 간다는 것을 녀석들이 모를 리가 없으니까 말이다."

"네. 그보다… 그거 정말인가요?"

마리아는 효성을 한번 슬쩍 보고는 오리하르콘이라는 말을 빼고 물었다. 그러자 베이스퍼는 고개를 끄덕이면서 확신에 찬 얼굴로,

"내가 직접 확인했다. 사실이더구나."

"알겠습니다. 그럼 본격적으로 저희도 움직이도록 하겠습니다."

마리아가 베이스퍼의 확신에 찬 말에 완전히 마음을 굳히자 그가 말했다.

"단, 그들을 완전히 믿지 마라."

베이스퍼가 의미있는 한마디를 하자 마리아도 뭔지 알겠다는 듯 고개를 끄덕였다.

베이스퍼가 완전히 믿지 말라는 것은 바로 MI−6였다. 이미 한번 정보가 새어 나갔던 경험이 있다. 그냥 일반적인 정

보면 대충 넘겼을 테지만 델타포스가 마리아가 있는 방에 정확하게 쳐들어왔다는 것은 일급비밀이 새어 나갔다는 의미였다.

그 말은 MI—6 고위층에 스파이나 배신자가 있다는 결론이 나온다. 아직 조사는 하고 있지만 누군지 확실하게 의심 가는 사람이 없었다. 베이스퍼도 원래는 그레이 파든을 두들겨 패서라도 MI—6 내부 협력자를 알아내려고 했지만 완전히 틀어져 버린 것이다. 국가를 위해 어쩔 수 없는 선택이었다고 우기는 녀석을 상대로 힘으로 몰아붙여 봤자 미국 정부와 사이만 나빠질 것이 뻔하기 때문이다.

"그럼 나중에 내가 여왕 폐하께 직접 말하도록 하마."

베이스퍼가 자세한 것은 나중으로 미루면서 연구실을 나가 버렸다. 그러자 마리아는 곰곰이 생각하면서 잠시 서 있었고, 효성은 이러지도 못하고 저러지도 못하는 어중간한 상태가 되어버렸다. 스스로도 참 답답한 표정이었다.

한참을 생각하던 마리아가 문득 효성을 보더니,

"효성 씨도 준비하세요. 여왕 폐하께서 현중 씨와 관련된 사람이라고 하니까 보고 싶다고 하셨어요."

"네? 저도요?"

갑자기 날벼락 같은 말이 떨어지자 얼떨떨해진 효성이 당황했다. 하지만 마리아는 웃으면서 마치 아까의 복수를 하듯

천천히 다가오더니,

"별것 아니에요. 아까 말한 대로 사람과 사람이 만나는 건 데요. 안 그래요?"

"그, 그렇죠."

억지로 대답하는 효성과 환하게 웃는 마리아.

효성은 은근히 뒤끝 있는 마리아의 성격을 조금은 파악하는 기회가 되었다.

현중도 준비된 턱시도를 입었고, 효성과 메로우는 드레스를 입었다. 메로우는 마리아가 입던 것을 입으니 딱 맞았지만 효성은 키가 조금 작아 약간의 수선을 해야만 했다. 결과 드레스는 효성에게 맞춰져서 더 이상 마리아가 입지 못하게 되었다.

하지만 마리아는 웃으면서 효성에게 선물로 줬고, 효성은 한동안 드레스를 선물로 받았다는 것에 정신이 잠시 안드로메다로 갔다 왔다.

"이제 가죠."

당연히 궁전에서 만날 것이라는 모두의 예상을 깨고 마리아가 모두를 이끌고 도착한 곳은 런던에서도 조금 외곽에 있는 돌로 쌓아 올린 성이었다. 낮에 보았다면 고풍스럽다고 하겠지만 이미 해가 떨어지고 어둠이 내린 뒤에 도착한 성은 한

순간 드라큘라 성을 연상시키는듯했다.

넝쿨이 성벽을 가득 채우고 있는 모습이 마치 손질을 하지 않은 듯한 모습이지만 성 내부에 들어가 보니 밖에서 보던 것과는 완전 다르게 깔끔하게 손질된 정원부터 나름 반전이었다.

"바로슈 백작님, 기다리고 계십니다."

마리아가 앞장서서 정원을 지나 성의 내부로 통하는 문 앞에 서자, 흰머리가 인상적인 집사복의 남자가 나타났다.

"콜린 남작님도 정정하시네요."

"폐하를 모시는 입장에서 자기관리도 제 일의 일부이니까요."

가볍게 농을 건네는 마리아의 말에도 정석으로 대답하는 콜린의 모습에 마리아는 웃었다. 베이스퍼가 슬쩍 앞으로 나서더니,

"어째 나보다 더 늙어 보이는구만."

"베이스퍼님, 오랜만입니다."

이미 마이스터에 올라 젊어진 베이스퍼가 나타나자 콜린은 놀라는 기색도 없이 인사했다. 그 평정심이 대단했다. 보통 베이스퍼를 아는 사람들은 젊어진 베이스퍼의 모습에 당황하거나 놀라게 마련이다. 하지만 콜린은 표정 하나 변하지 않았다.

"회춘하셨군요."

"크크큭, 회춘이라……. 뭐, 그런 셈이지. 아들보다 더 젊어졌으니까."

실제로 베이스퍼가 콜린보다 열 살이나 많았다. 하지만 지금은 오히려 베이스퍼가 콜린의 아들로 보여도 이상하지 않는 모습이다.

"그럼 이쪽 분이 김현중님, 옆에 분이 이효성 양이군요. 그리고……."

콜린은 인어에 대해서는 뭔가 이야기를 듣지 못했지만 마리아를 한번 슬쩍 보고는 말없이 뒤로 물러났다.

"이쪽입니다. 따라오시지요."

콜린의 절도 있는 걸음걸이에 현중은 살짝 놀랐다. 무인이 아닌데도 걸음걸이가 전혀 어색하거나 흔들리지 않는 것이다.

보통은 사람들이 자신의 걸음걸이가 이상적이라고 생각하지만 그건 틀린 말이다. 사람마다 자주 사용하는 손이 있듯 발도 자주 사용하는 쪽이 있다. 보통 오른손을 많이 쓰면 오른발이 중심을 잡는 역할을 하는 편이다. 그러니 양손을 완벽하게 똑같이 다루지 않는 이상 걸음걸이가 한쪽으로 치우칠 수밖에 없다.

수십 년 무술을 하고 수양을 쌓은 사람들도 몸의 중심을 완벽하게 잡기는 힘들었다. 무의식적으로 자주 사용하는 손이나 발이 있게 마련이니 말이다.

하지만 콜린은 현중이 봐도 전혀 흔들림이 없었다. 무술을 수련했을까? 살짝 고민해 봤지만 그래 보이진 않았다. 마나도 일반인 수준이고 몸의 근육 발달도 마찬가지였다.

그렇다면 결론은 하나뿐이었다. 걷는 것 하나에도 품위를 위해서 끝없이 노력했다는 것이다.

달인이라고 불러도 손색이 없었다.

'생활의 달인인가?'

잠깐 엉뚱한 생각을 한 현중은 혼자 속으로 웃고 말았다.

'응?'

베이스퍼는 현중의 입가에 미소가 살짝 나타났다 사라지는 모습을 보고는 뭔가 기분이 좋은가 보다 생각했다.

솔직히 베이스퍼는 여왕 폐하를 만나는 것이 그리 유쾌한 적이 없었다. 아무래도 미국 공인 마스터이다 보니 당연히 공무에 관해서 만나는 일이 대부분이고, 분위기가 딱딱할 때가 대부분이었다. 물론 지금도 크게 다를 것은 없었다.

다만 이번에는 나라와 나라 간의 일이 아니라 여왕 폐하와 베이스퍼 둘 사이의 일이 주제였다.

'늙어도 나보다 더 생각이 깊은 분이니, 나참, 무슨 말을 하려고 그러는 건지.'

베이스퍼가 어렵게 생각하는 사람을 꼽으면 여왕 폐하가 아마 다섯 손가락 안에 들어갈 것이다. 영국의 여왕이라서 어려운 게 아니었다. 이미 마스터에 올랐던 베이스퍼에게 지위란 그저 껍데기에 불과했다. 다만 처음에 마주했을 때 정말 왕이란 저런 것이구나 하는 기분을 느끼게 해준 유일한 사람이기 때문이다. 그리고 왜 대영제국이라는 꿈을 꿨고 실제로 한동안 이뤘는지 알 만했다.

제왕은 하늘이 내린다고 했다. 뭔가 다른 게 있기는 했다.

그 후로 베이스퍼는 여왕과 만나면 왠지 모르게 불편했다. 이유도 없었다. 그냥 불편했다. 하지만 만나지 않을 수도 없었다. 마리아의 스승이고 미국의 공인 마스터인 이상 자주는 아니라도 일이 생기면 꼭 개인적으로라도 만나는 경우가 제법 되니 말이다.

끼이익.

"이곳입니다. 그럼."

콜린이 문 앞까지만 안내하고는 물러나자 마리아가 익숙하게 문을 열고 들어갔다. 이어 모두 따라 들어갔다.

의외로 그곳은 접대를 위한 곳이 아니었다.

"왔군요."

족히 100년은 넘어 보이는 엔티크한 모습의 소파에 앉아 있는 흰머리의 여성이 마리아를 보면서 한마디 하자 마리아는 그 자리에서 무릎을 꿇고 고개를 숙였다.

"마리아 스펀 바로슈 백작, 여왕 폐하를 배알합니다."

하지만 그렇게 무릎을 꿇고 인사하는 것은 마리아 혼자였다.

베이스퍼는 미국 사람이니 영국 왕에게 굳이 무릎을 꿇으면서 경의를 표할 이유가 없었다. 물론 현중도 마찬가지다. 효성만 얼떨결에 슬쩍 마리아를 따라 숙이려다 현중이 손을 잡으면서 고개를 흔드는 바람에 멈출 수 있었다.

"베이스퍼, 이제는 나를 할머니라고 불러도 될 것 같군요."

가장 먼저 베이스퍼에게 장난스럽게 농을 건넨 여왕이 웃으면서 모두에게 앉으라고 손짓했다. 그들은 여왕을 마주 보는 곳에 한 줄로 모두 앉았다.

"왜 그러죠? 서재라서 조금 실망했나요?"

여왕이 베이스퍼의 표정을 읽고 웃으면서 말하자,

"크흠. 아닙니다, 폐하. 그저 이 늦은 시간에 저희를 보자고 하신 것이 의외라서 잠시 생각 중이었습니다."

"어쩌다 보니 시간이 이렇게 되었네요. 그보다 바로슈 경."

"네, 여왕 폐하."

여왕의 말에 마리아가 벌떡 일어서면서 대답하자,

"말했던 존재는 누구죠?"

인어를 말하는 것이다. 마리아는 손짓으로 베이스퍼와 효성 사이에 있는 룸 메로우를 가리키면서,

"대화를 하시려면 저를 통해야 합니다. 대화하는 방식이 저희처럼 입을 통해서 하는 게 아니라서 폐하께 선처를 부탁드립니다."

"음, 그래요?"

여왕은 직접 이야기를 하고 싶었는데 대화하는 방식이 전혀 다르다면 어쩔 수 없었다.

그녀는 곧 입가에 인자한 미소를 지으면서 현중과 눈을 마주쳤다.

"…그대가 김현중이군요."

"네, 여왕 폐하."

현중은 슬쩍 일어나 90도로 고개를 숙여 인사를 하고는 다시 앉았다.

그런 현중의 모습에 여왕은 웃으면서,

"귀족의 예절을 아시는 분이군요."

"저도 왕가의 자손입니다."

뭐 틀린 말은 아니다. 우리나라 국민 99%는 족보를 따져서 거슬러 올라가면 다 왕가의 핏줄인 것이다. 즉, 거짓말은 아니었다.

하지만 현중이 지금 귀족의 예절을 아는 이유는 모두 대륙

에서의 경험 때문이었다. 귀족이라는 녀석들은 대륙이나 지구나 크게 다를 게 없었다.

지금의 영국 왕실은 그 예법이 많이 바뀌고 좀 더 편하게 변한 것도 있었다. 하지만 대답할 때 일어서서 이야기하고 다시 앉는 것은 변하지 않았다.

"그렇군요."

여왕은 그냥 간단한 담소 같은 것을 나누려고 부른 것인지 크게 중요한 이야기는 한마디도 하지 않았다. 중간에 홍차가 들어왔을 때도 향을 음미하고 홍차가 얼마나 몸에 좋은지와 자신이 좋아한다는 말을 할 뿐이었다.

하지만 베이스퍼는 그런 여왕의 모습에 그리 편한 표정이 아니었다. 그는 여왕의 성격을 알고 있었다. 지금은 차후 꺼낼 화제를 위해 미리 분위기를 편안하게 만들려고 하고 있는 것이다. 의도대로 편안해지면 곧 여왕이 본색을 드러낼 것이다.

"베이스퍼."

"네, 폐하"

"이번에 베이스퍼 나라에서 재미있는 소식을 가져왔더군요."

"아, 네."

오리하르콘에 대해서 말하는 것이다. 사람들은 영국에서

왕실이 통치력을 잃었다고 생각하는 사람들이 많다. 실제 영국 국민들도 왕실이 통치력을 잃고 상징적인 의미로 남아 있다고 생각하는데, 베이스퍼가 아는 정보를 토대로 알아보면 전혀 아니었다.

지금도 왕실은 뒤에서 영국을 움직이고 있었다. 상징적인 의미뿐만이 아니었다. 템플재단이라는 엄청난 자금줄이 있고, MI—6라는 정보단을 운영하고 있으며, 지금도 영국 총리조차 알지 못하는 오리하르콘을 가장 먼저 알고 만나자고 한 것만 봐도 영국을 움직이는 자가 누군지 두말하면 잔소리였다.

거기다 영국의 여왕은 제왕의 운명을 타고났다. 베이스퍼는 그걸 누구보다 잘 알고 있는 사람 중 하나였다.

"그건 천천히 이야기 듣도록 하고… 오늘 여러분을 보자고 한 것은 순전히 저의 호기심 때문입니다. 뭐 늙으면 궁금한 것이 많아지게 마련이라고들 생각하세요."

웃으면서 대화를 리드하는 모습에 다들 영국 여왕은 카리스마도 있지만 포근한 면도 있다고 생각하고 있었다. 베이스퍼만 빼고 말이다.

"오늘은 이만 하죠. 어차피 영국에 한동안 머물 것이라고 들었으니 언제고 늙은이 말벗이나 되어줄 생각이 있다면 한번 찾아오세요. 안 그런가요, 베이스퍼?"

굳이 베이스퍼를 콕 집어서 이야기하자 베이스퍼는 살짝 풀이 죽은 얼굴로 고개를 끄덕이면서,

"그렇습니다, 폐하."

"후후훗, 고마워요. 늙은이 편을 들어줘서. 마음 같아서는 더 이야기하고 싶지만 젊은 사람들을 오래 잡아두는 건 나중에 흉이 될 수 있으니 오늘은 이만 준비한 저녁 식사를 하고 돌아가도 됩니다."

그렇게 말한 여왕이 일어서자 마리아가 직접 나서 그녀를 부축했다. 노구에도 허리를 꼿꼿이 세운 그녀는 모두의 인사를 받으며 천천히 걸어 서재를 나갔다.

"에휴……."

여왕이 사라지자 가장 먼저 한숨을 내쉰 것은 베이스퍼였다. 뒤늦게 돌아온 마리아도 긴장을 풀기 시작했다.

한편 모두를 긴장시킨 여왕은 서재를 나와 자신의 방으로 들어와서는 콜린과 마주하고 있었다.

"콜린."

"네, 여왕 폐하."

"자네가 보기에 바로슈 백작이 우리 왕실과 혼인을 하지 않는 이유가 뭐라고 생각하는가?"

탬플재단을 이끌고 있고 실질적으로 영국에서 가장 강한

권력과 재력을 가지고 있는 사람이 바로 마리아 스핀 바로슈 백작이었다.

원래 바로슈 가문은 대대로 왕실과 혼인 관계로 맺어져서 절대로 등을 돌릴 수 없는 동지로 살아왔다. 하지만 그것도 마리아의 아버지 대에 깨져 버렸다. 평범한 일반 여자와 사랑을 하면서 처음으로 왕실의 공주가 아닌 일반 여자와 결혼을 한 것이다.

물론 왕실에서 유감을 강력하게 표현했고 바로슈 백작도 왕실의 수호는 가문의 존재 이유이기에 변함없이 왕실을 수호한다는 약속을 했다. 그리고 실제로 변함없이 바로슈 가문은 영국 왕실을 수호했다.

하지만 변수가 생겨 버렸는데, 바로 마리아였다. 그냥 평범하게 귀족가의 여식으로 태어나 살아왔다면 왕자와 짝을 맺어 왕실은 다시 든든한 우군을 되찾을 수 있었다. 그런데 베이스퍼의 제자가 되더니 느닷없이 최연소 마스터가 되어버린 것이다. 그것도 국가 공인 마스터가.

국가 공인 마스터는 그 자체만으로도 이미 국가에 가지는 상징적인 의미가 컸다. 재력과 권력을 가지고 있던 바로슈 가문에 마리아 스핀 바로슈라는 마스터가 탄생하면서 무력까지 지니게 되자 발등에 불이 떨어진 것은 바로 왕실이었다.

물론 마리아도 선대의 유지를 그대로 이어받아 왕실을 수호하고 있지만 사람의 마음이라는 게 언제 변할지 모르는 것이다. 선대의 유지란 해를 거듭할수록 약해지고 인간이란 잊어버리기 쉬운 동물이었다. 당연히 확실한 연결고리가 필요한데 그 무엇도 없는 상황에 왕실은 마리아를 어떻게든 왕자와 맺어주려고 했다.

그런데 권력, 재력, 무력까지 모두 갖춘 마리아가 그냥 혈통 하나로 왕자로 살아온 남자가 눈에 찰 리가 없었다. 머리는 좋고 배경이 좋긴 하지만, 그것뿐이었다. 카리스마도 없고, 남자로서의 매력이 없는 사람에게 마리아가 사랑을 느낄 리가 없었다. 이미 아버지가 한번 왕실을 벗어나 결혼을 했으니 자신도 굳이 왕실과 인연을 맺을 필요가 없다고 생각하고 있는 것도 한 가지 이유였다.

결과적으로 왕실은 어떻게든 마리아를 며느리로 들여야 하는 입장이었다.

"우선 저의 개인적인 생각을 말씀드리겠습니다."

"말해봐요."

"김현중이라는 동양인이 아무래도 걸림돌이 될 것 같습니다."

"흠, 동양이라……. 남한이라고 했죠?"

"네, 여왕 폐하."

"뭐 특별한 점이라도?"

마리아가 평범한 남자에게 매력을 느낄 리가 없다. 그건 이미 여왕인 자신이 더 잘 알고 있지 않는가. 특히나 왕자들과 친근감을 쌓으라고 검술선생을 마리아에게 맡겼는데 결과적으로 친근감은커녕 왕자들에게 실망만 더해 버린 마리아였다.

제법 고지식한 면이 있기에 한 번이라도 마리아가 남자에게 마음을 주는 상황이 벌어지면 그걸로 끝이었다. 요즘 젊은 이들처럼 쉽게 만나고 헤어지고 그런 게 아니라 한번 마음을 주고 사랑하게 되면 그걸로 끝까지 가는 성격인 것이다. 그 고집스런 성격 때문에 포기를 모르고 도전해 베이스퍼의 모든 것을 단기간에 받아들여 마스터에 오르지 않았는가.

영국 전체로 보면 마리아가 마스터에 오른 것은 경사였지만 왕실만 놓고 보면 악재가 겹친 것이었다.

"알아본 결과 재력이 상당합니다."

"재력이?"

여왕은 콜린에 말에 고개를 갸웃거렸다. 분명히 잘생기고 건장하게 보이긴 했지만 특별하게 귀티가 난다거나 그런 건 아니었다. 턱시도도 마리아가 급하게 준비했다는 말을 듣지 않았던가? 그런데 재력이 상당하다니?

"석유회사 하나를 가지고 있습니다. 현재 가장 이슈가 되고 있는 칼리조 석유개발회사가 바로 김현중의 것입니다."

“오호~!”

여왕도 석유개발회사를 소유하고 있다는 말에 제법 놀랐
다. 석유란 황금알을 낳는 오리였기에 그걸 일개 개인이 소유
하고 있기가 쉽지 않다는 것을 잘 알고 있었다. 어떻게든 날
파리가 꼬이게 마련이다. 사실 그런 날파리는 모두 탬플재단
에서 미리 차단을 했기에 현중은 그런 위험이 있다는 것도 몰
랐다.

“거기다 스위스 은행에 개인 명의로 상당한 돈이 있고 하
루에도 수백억을 움직이는, 증권가에서는 이미 소문난 사람
입니다. 아라크네라고 여왕 폐하께서도 일전에 들어보신 적
이 있는 이름이 바로 김현중입니다.”

“아라크네…….그가 바로 김현중이었다는 말인가? 허, 생
각 이상으로 거물이군.”

현재 현중이 하루 북미 증시에 움직이는 돈만 해도 엄청났
다. 그리고 현중이 움직이는 것에 따라 같이 움직이는 사람들
도 제법 많았다. 최소한 현중을 따라 투자하면 손해는 보지
않는다는 소문이 이미 증권가에서는 하나의 정설이었다. 실
제로 현중이 100억만 투자해도 그곳에 수천억이 몰려드는 경
우가 다반사였다. 현중을 따라 투자하는 사람들이 일시에 몰
리기에 생기는 웃지 못할 현상이었다.

테른은 이미 그런 것도 모두 계산에 넣어서 미래가 괜찮은

곳마다 과감하게 투자했고, 실제로 실리콘밸리에서는 아라크네의 축복이라는 말이 떠돌았다. 아라크네가 투자하면 무조건 성공한다는 말이었고, 실제로도 대부분 성공을 거두었다.

"증권가에서는 김현중이 투자하는 곳에 아라크네의 축복이 내렸다는 말까지 돌고 있습니다."

"아라크네의 축복? 후후후훗, 정말 재미있군요."

여왕은 눈동자를 반짝이면서 콜린을 바라보더니,

"그럼 마리아가 김현중과 맺어질 수도 있다는 말이군요?"

"확률적입니다. 남녀의 마음이란 원래 그 누구도 알 수가 없는 것이라고 생각됩니다."

"그렇겠죠. 남녀란 원래 당사자들만이 아는 것이니. 후, 데이비드가 마리아의 마음에 들었으면 좋겠는데……."

현재 여왕은 자신의 직계 자손인 찰스보다는 왕위 계승권이 멀고 세간에 알려지지 않았지만 왕실의 자손인 데이비드가 마리아의 마음을 잡아주었으면 하는 마음이 간절했다. 어차피 자신이 죽으면 왕위는 찰스 왕세자에게 돌아가기 때문에 데이비드는 왕위계승권이 있긴 하되 없는 것이나 마찬가지였다. 직계 손자인 윌리엄도 제법 건장하기 때문이다. 데이비드는 한마디로 방계 자손이었다.

"데이비드는 불렀겠지?"

"네, 여왕 폐하. 바로슈 백작이 좀처럼 오지 않는 상황에 이런 기회를 놓칠 리가 없지 않겠습니까? 이미 데이비드 도련님도 성에 도착해서 준비를 마친 걸로 알고 있습니다."

여왕의 표정은 그제야 조금 밝아지면서 편안하게 소파에 몸을 기대었다.

"콜린."

"네, 여왕 폐하."

"늙어서 내가 주책 부리는 것으로 보일 수도 있겠지."

"아닙니다."

"하지만 말야, 난 걱정이 되네. 지금이야 아직 내가 건장하고 탬플재단이 뒤에서 왕실을 수호하기 때문이지만 그게 과연 윌리엄까지 갈 수 있을지 의문이 들어."

"……."

콜린도 방금 말에는 대답할 수가 없었다. 여왕도 콜린의 성격을 알기에 그냥 웃어 넘겼다. 차라리 말을 하지 않으면 않았지 절대로 여왕에게 거짓이나 입에 발린 말은 하지 않는 콜린이었다.

"시대는 바뀌어갔으니 예전처럼 명령으로 할 수는 없겠지. 거기다 마스터에 오른 바로슈 백작을 더 이상 왕실은 제어할 수가 없기도 하고 말야."

"바로슈 가문은 역사적으로 절대 충성을 맹세했고 지금까지 그랬던 가문입니다. 등 돌리는 일은 없을 것입니다."

콜린도 바로슈 가문이 왕실과 등을 돌린다는 것은 생각하지도 않았다. 하지만 여왕은 그렇지 않았다. 사람이란 변하게 마련이니까 말이다. 특히나 늙어서 죽을 날이 얼마 남지 않게 되자 후손이 걱정이 되는 것도 당연했다.

"늙은이의 주책이라고 생각하게. 데이비드가 바로슈 백작의 마음을 사로잡는다면 영국 왕실은… 역대 그 어떤 왕실보다 튼튼하고 번영할 것이야. 하지만 그렇지 못한다면… 다른 방법을 강구해 봐야 할지도 모르겠어."

"…여왕 폐하."

"젊은 세대는 젊은이가 알아서 하겠지."

늙은 여왕의 걱정은 생각 이상으로 왕실의 번영을 심각하게 받아들이고 있었던 것이다. 콜린도 그 마음을 충분히 이해는 했다. 하지만 데이비드가 바로슈 백작을 사로잡을 수 있을지는 확신할 수 없었다. 확실히 검술에서 발군의 재능을 보이고 항간에는 바로슈 백작의 이전을 보는 것 같다는 말도 들렸지만 마스터에 오르진 못했으니 말이다.

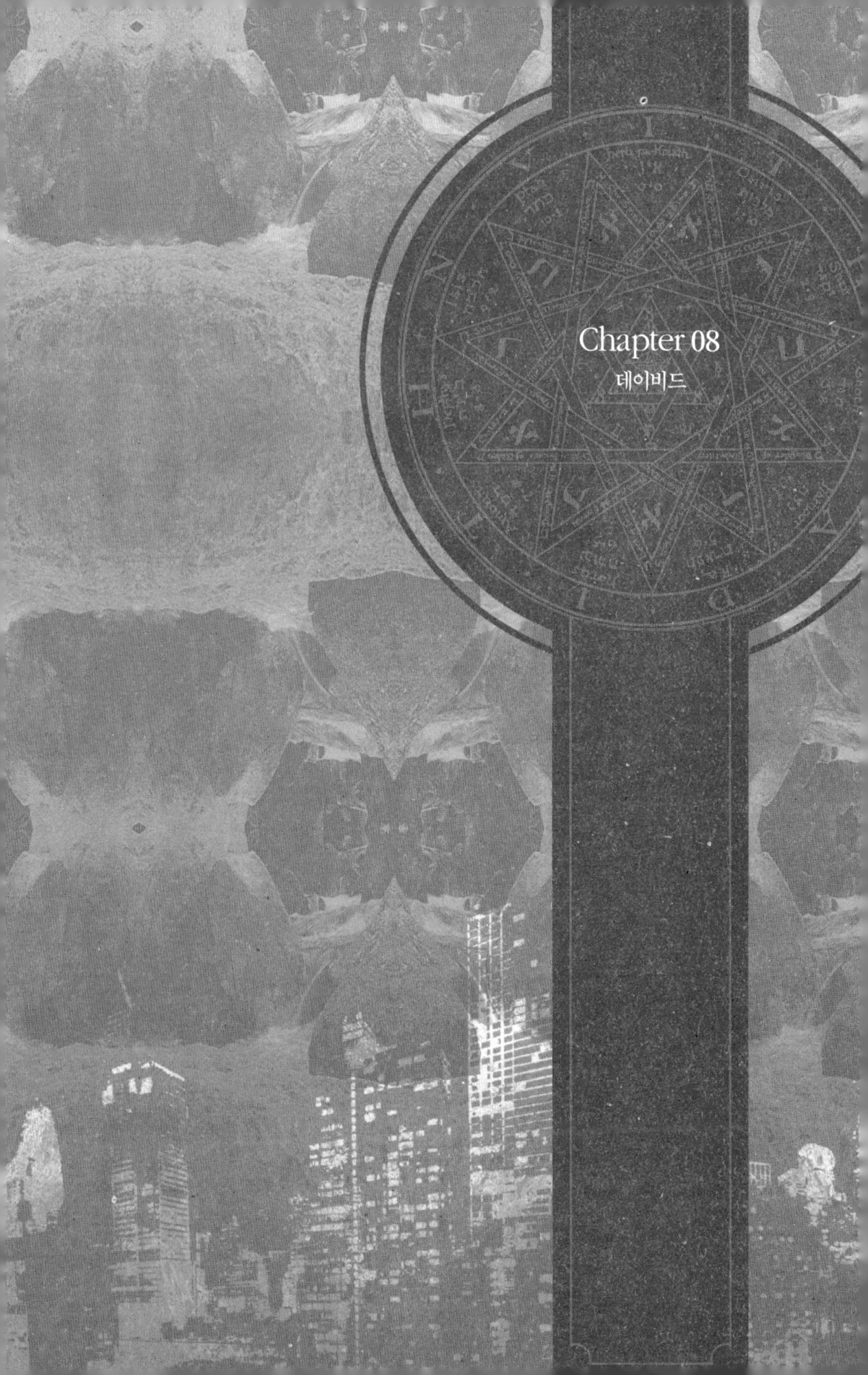
Chapter 08
데이비드

여왕이 이렇게 흉계(?)를 꾸미고 있는 줄은 전혀 모르고 있는 현중 일행은 서재에서 책을 조금 보다가 결국 지루해져서 밖으로 나왔다.

"이곳은 왕실의 별장 같은 곳이에요."

마리아는 그 누구보다 왕실을 자세하게 알고 있는 몇 안 되는 인물 중 하나였다.

"별장이라……. 후후훗."

현중은 마리아의 말에 갑자기 작게 웃었다. 마리아는 왜 웃는지 몰라 현중을 빤히 바라보자,

"그냥 아는 사람이 생각나서 잠시 웃었네요."

현중은 별장으로 있는 고성을 보자 대륙의 갈릭 공작이 생각난 것이다. 어찌나 귀찮게 하는지 왕실에만 있는 현중을 조금이라도 밖으로 끌어내기 위해 별장이라는 명목으로 대륙 전체에 황제의 집무실용으로 성을 쌓아 올려 버렸다. 일체 보고도 없이 말이다.

마침 대륙을 구한 영웅을 위한 것이기에 드워프들도 손을 걷고 나섰고, 엘프도 발 벗고 나선 적이 있다. 물론 결국 현중은 5년 만에 황제를 때려치우고 지구로 넘어와 버렸지만 말이다.

"그래요."

고성에 오면서도 전혀 흔들림이 없고 마치 성에서 살아본 것 같은 현중의 자연스러운 행동은 마리아도 조금은 이상하긴 했다. 하지만 생각만 할 뿐이다.

그렇게 현중과 마리아는 성을 둘러보고 효성과 베이스퍼, 메로우는 한쪽에 한가로이 앉아서 담소를 나누면서 시간을 보냈다. 여왕이 저녁을 먹고 가라고 했으니 싫어도 먹고 가야 하는 것이다.

그런데 막상 저녁 시간이 되어 모였는데 모인 인원이 겨우 여섯 명이었다.

현중, 효성, 메로우, 마리아, 베이스퍼, 그리고 처음 보는 데이비드라는 젊은 남자였다.

"이런, 이번에도……."

마리아는 데이비드를 보자 미간을 살짝 찡그렸다. 베이스퍼도 한번 씨익 웃고 말았다. 여왕이 왜 저녁을 먹고 가라고 엄포를 놓았고, 낮에 만나서 좋은 이야기로 사람들을 구슬렸는지 이유가 드러났기 때문이다.

"아직도 포기하지 않았나 보구만."

베이스퍼는 조용히 뒤로 물러나 현중 옆에 앉으면서 슬쩍 현중을 살폈다.

"흠… 쩝."

너무나 평온한 모습 그대로의 현중이었다. 반대로 마리아는 노골적으로 싫은 내색을 풍기고 있었고, 데이비드는 아랑곳없이 마리아에게 다가와서는 고개를 숙여 인사했다.

"바로슈 백작님, 오랜만입니다."

"네, 데이비드 자작님."

계급은 자작이지만 왕실의 방계이고 여왕이 가장 밀어주고 있는 사람이기에 권력은 찰스왕세자 다음으로 강한 사람이기도 했다. 하지만 마리아에게는 그저 귀찮은 녀석에 불과했다.

"이번에는 쉽지 않을 겁니다, 바로슈 백작님."

"네."

　짧게 대답한 마리아는 그대로 베이스퍼 곁으로 가서 앉아버렸고, 결과적으로 큰 테이블 한쪽 끝에는 데이비드 혼자 앉아 있고 반대쪽에는 다섯 명이 옹기종기 모여서 식사하는 보기에 묘한 상황이 연출되었다. 그렇지만 데이비드는 연신 웃으면서 식사를 했다.

　"마야."

　"네, 스승님."

　"데이비드는 너와 같은 공간에서 식사하는 것도 좋은가 보구나."

　슬쩍 장난을 걸자 곧장 살기가 실린 무서운 눈빛 공격이 베이스퍼의 얼굴을 따갑게 했다.

　"허허허, 이 늙은 스승에게 살기라니."

　"엮지 마십시오, 스승님."

　"엮은 적 없다. 그냥 있는 그대로 말했을 뿐이니까 말이다. 허허허허."

　오히려 베이스퍼는 웃자고 한 농담이 독이 되어 식사를 마치는 순간까지 찬바람만 불어대는 저녁 시간이었다.

　저녁을 끝내고 티타임까지 초스피드로 끝낸 마리아는 그대로 돌아가려고 했다.

　하지만,

　"대련을 부탁드립니다. 그때 약속하신 다섯 번의 대련 중에 세 번이 남았습니다, 바로슈 백작님."

"…그러죠.."

결국 옛날에 한 번 실수로 했던 약속 때문에 붙잡히고 만 마리아였다. 사실 다섯 번의 대련 약속은 왕실의 모든 남자들에게 했던 약속이다. 하지만 딱 한 번만 마리아와 대련을 하고 나면 그 후에 다시는 마리아와 대련하겠다고 나서는 남자가 없었다.

말이 대련이지 그건 하나의 구타에 가까웠다. 봐준다? 그런 거 없었다. 찰스 왕세자도 그렇게 구타에 가까운 대련을 하고 나서 마리아가 한 말은 딱 하나였다.

"실전에 두 번이란 없습니다."

그 말 한마디에 왕실은 수긍할 수밖에 없었고, 그렇게 마리아의 미모와 재력과 권력을 보고 덤벼들었던 불나방 같은 녀석들은 한 번의 대련으로 사라져 버렸다.

찰스 왕세자는 검술을 제대로 배우지도 않았고 군대를 갔다 왔다는 이력만 있을 뿐이었다. 하지만 도전했고, 한 달간 누워 있어야 했다.

데이비드는 찰스 왕세자가 누워 있는 것을 보고도 도전을 했고, 그 결과 두 달간 병원에 입원해야 하는 고초를 겪었다.

그런데 이 녀석은 좀 달랐다. 또 도전한 것이다. 그것도 베이스퍼에게 검술을 배워서 당당하게 도전장을 내밀었다.

"같은 스승님에게 사사했으니, 사형의 가르침을 한 수 받고 싶습니다."

씨알도 안 먹힐 핑계를 들고 마리아에게 용감하게 도전했던 데이비드다. 하지만 그 대가는 컸다. 무려 2개월의 집중 입원 치료와 함께 3개월의 통원 치료까지 받아야 하는 엄청난 부상을 당한 것이다.

그런데 그렇게 데이비드를 박살 내놓고 마리아가 한 말은 또 딱 하나였다.

"일단 검을 마주하는 순간 적입니다. 적에게 자비란 자신이 죽는 길입니다."

여왕은 그 말에 결국 수긍할 수밖에 없었다. 천생 기사인 마리아는 절대로 틀린 말을 하지 않았다. 그리고 개인적인 감정이 있어서 한 것도 아니라는 걸 여왕도 알고 있었다. 원래 마리아는 적에게 자비란 없는 성격이었다. 베이스퍼가 그러했든 마리아도 똑같이 닮은 것이다.

"재미있는 구경이 벌어지겠군."

베이스퍼는 간만에 데이비드가 또 도전하는 것에 얼른 대련장 중에서 가장 좋은 자리에 앉았고, 현중과 효성, 메로우는 얼떨결에 따라와 앉았다.

"제법 기본은 잘 닦았군요."

현중이 롱 소드를 들고 이리저리 휘둘러보는 데이비드의

모습에 작게 칭찬하자 베이스퍼가 살짝 놀랐다.

"자네는 지금 간단하게 휘두르는 것만으로도 알 수 있는 가?"

"네."

"어째서지?"

"간단합니다. 검을 잡는 악력이 좋기에 검을 휘두르면서도 팔꿈치가 흔들리지 않으며, 진검을 휘두르는데 중심이 흔들리지 않고 있군요. 그리고 무엇보다 검을 잡는 순간 눈빛이 차분하게 가라앉는 것을 보니 재미로 검술을 배운 것은 아닌 것 같네요."

"…자네… 혹시 저 녀석 뒷조사했나?"

정확하게 알아보는 현중의 눈썰미에 베이스퍼가 놀라서 말했지만 돌아온 것은,

"저 정도는 마스터에 오르면 다 보입니다."

"…그, 그렇지. 하하하. *끄응.*"

본전도 못 찾은 베이스퍼였다.

실제로 데이비드는 기본기를 탄탄하게 배웠다. 가르친 사람이 바로 베이스퍼 자신이기 때문이다. 데이비드는 처음엔 마리아의 미모에 반해서 시작했지만 지금은 마리아처럼 마스터가 되는 것이 목표였다. 대련장 위에 우뚝 서 있는 마리아의 모습은 정말 감동 그 자체였다.

특히나 감수성이 예민한 어린 나이의 데이비드는 그런 마리아의 모습에 모든 마음을 빼앗겨 버렸다. 그리고 목검 하나를 들고 베이스퍼 자신에게 찾아와서는 죽어도 좋으니 검술을 가르쳐 달라고 말했던 당돌한 면도 있는 녀석이다.

'왕가의 혈통이 무슨 변덕으로…….'

당연히 다른 왕세자들처럼 그냥 마리아에게 졌다는 마음 때문에 찾아왔을 것이라고 생각했고, 그런 모두에게 베이스퍼는 마리아가 했던 중급 단계의 훈련을 시켰다. 결과는 모두 일주일을 버티지 못하고 포기해 버렸다. 당연히 베이스퍼는 데이비드도 그럴 것이라는 생각에 곧바로 중급 단계의 훈련을 시켜봤다. 그런데 뜻밖이었다.

'잘 따라오잖아?'

마리아 정도의 재능은 아니지만 나름 검술에는 수재라는 소리를 들을 정도로 재능을 보이면서 베이스퍼의 마음에 들어버렸다. 그래서 결국 기본기 정도는 가르쳐 줘야겠다는 생각에 가르쳤던 것이다. 제법 고집도 있고 끈기도 있는 것이 검사로서의 자질은 충분했다.

하지만 그만큼 성격도 급했다. 기본기만 배워서 마리아에게 죽지 않을 만큼만 맞았고, 두 번째는 정말 죽다 살아날 만큼 맞았다. 그런데 이번에 또 덤비는 것이다.

사실 이 모든 것은 바로 여왕의 계획이었다.

미운 정도 정이라고, 어떻게든 마리아와 부딪치도록 한 것이다.

"이도류?"

베이스퍼는 느닷없이 데이비드가 롱 소드 두 자루를 양손에 쥐고 대련장에 나서는 모습에 놀랐다. 그러고 현중도 그런 데이비드의 모습을 흥미롭게 바라보기 시작했다. 대륙에도 쌍검을 다루는 검사가 있긴 했다. 물론 여자이고 레이피어이긴 했지만 결코 흔한 부류는 아니었다.

"데이비드가 사형인 바로슈 백작님이게 대련을 신청합니다."

철컥!

롱 소드를 곧바로 치켜세우면서 인사를 하자 마리아도 평소 잘 쓰는 클레이모어가 아닌 연습용 롱 소드를 들고는 똑같이 기사의 예로 대답했다.

"마리아 스핀 바로슈는 사제인 데이비드의 대련을 허락합니다."

철컥!

인사를 나누고 곧바로 대련은 시작되었다. 양손에 롱 소드를 들고 신중하게 마리아의 곁으로 다가가는 데이비드와 달리 마리아는 가만히 서서 롱 소드를 바닥에 늘어뜨린 채 무방비 상태로 서 있기만 했다.

마스터와 일반 검사의 대련이라니, 이미 말이 안 되는 대련이었다.

"하압!!"

챙!

천천히 다가가던 데이비드는 곧바로 롱 소드 하나를 허공으로 던져 버렸다. 그리고 재빨리 마리아의 품으로 파고들면서 가슴을 향해 사정없이 찌르기를 했다. 보통이라면 그냥 몸을 살짝 돌려 피해 버리면 그만이다 그런데 마리아는 피하지 않고 데이비드의 공격을 롱 소드로 막아버린 것이다.

"…하하하! 설마 저런 꼼수를……."

"크크크큭."

베이스퍼는 방금 마리아를 향해 달려든 데이비드가 양쪽에 들고 있던 롱 소드 중 하나를 던져 버리기에 뭔가 잔뜩 기대를 했는데 결과는 너무나도 어이없었다. 데이비드는 일부러 오른쪽을 공격했다. 그럼 당연히 마리아는 왼쪽으로 피해야 한다. 그런데 방금 공격하면서 허공에 던진 롱 소드가 정확하게 마리아가 피해야 할 왼쪽 지점에 떨어진 것이다.

마리아도 그걸 알고 어쩔 수 없이 피할 타이밍을 완전히 놓쳐서 막을 수밖에 없었다.

결과로 보면 정말 어이없는 꼼수였다. 하지만 그 누구도 데이비드를 비판하지 않았다. 현중은 실전에서 이길 수 있다면 당연한 것이고, 베이스퍼도 같은 마음이었다. 막상 어이없는 꼼수에 당한 마리아도 화를 내기보다는 입가에 미소를 지었다. 지금까지 이런 식으로 자신에게 공격한 사람이 없었기 때문이다.

명백히 방심한 자신의 실수였다는 것을 곧바로 인정한 마리아였다.

하지만 꼼수는 어차피 꼼수일 뿐이었다. 처음으로 마리아와 검을 섞은 것은 잘했지만 결과는 똑같았다.

챙!

휘리리리릭.

턱!

데이비드의 롱 소드는 허공을 돌면서 땅에 떨어져 박혔고, 데이비드는 그 자리에 쓰러져 움직일 줄 몰랐다. 대련장은 이미 피가 사방에 튀어 난리였다. 하지만 마리아는 오히려 웃는 얼굴로 데이비드를 향해 말했다.

"이번 공격… 정말 좋았습니다. 하지만 두 번은 통하지 않을 겁니다. 제가 방심하지 않을 테니까요."

그녀가 데이비드를 향해 던지는 첫 칭찬이었다.

마리아가 대련장을 내려가자 대기하고 있던 의료진들이 서둘러 데이비드를 실어 나갔다. 나중에 전해 들은 의사 말로는 병원으로 실려 가는 와중에도 데이비드는 오히려 입가에 웃음을 띠면서 이렇게 말했다고 한다.

"처음으로… 가르침을… 내려줬어. 크크큭, 쿨럭쿨럭!"

이전의 대련은 일방적인 구타였다면 오늘의 대련은 조금 달랐기 때문이다. 마리아가 검술을 이용해서 데이비드의 약점과 급소를 공격했고, 데이비드는 그것을 막는 것만으로도 벅찼다. 하지만 처음이었다. 마리아가 검술을 사용해서 대련한 것은 말이다.

데이비드는 그게 좋았던 것이다. 비록 몇 개월간 병원에 있어야 하는 신세이긴 했지만 처음으로 마리아가 진심으로 가르침을 줬다는 것에 감격하고 있는 것이다.

그리고 그런 데이비드의 웃음을 본 사람이 또 있었다.

"그 상황에 웃다니… 크크큭."

현중은 들것에 실려 나가는 데이비드의 입가에 걸린 미소를 놓치지 않았다. 초주검이 되도록 두들겨 맞은 뒤 그가 보인 미소 하나에 현중은 데이비드가 마음에 들었다. 검술을 시작한 계기가 어찌 되었든 상관없었다. 현중이 본 데이비드의 머릿속에는 오직 검술만이 꽉 차 있는 것 같았다.

데이비드는 몰랐다. 그 자신도 모르게 지었던 미소 하나로 인해서 자신의 인생이 송두리째 바뀔게 될 줄은 말이다.

"현중 씨는… 역시 남자인가 봐요."

효성은 비록 자리가 자리인지라 소리 지르거나 하진 않았지만 피를 뿌리는 대련을 본 것이 태어나 처음이라 아직도 콩 닥거리는 가슴을 진정시킬 수 없었다.

"남자는 바보니까요."

웃으면서 효성에게 말하고는 현중은 모두를 데리고 성을 떠났다. 결과적으로 성에 와서 뭐하나 건진 것도 없고, 그냥 여왕에게 눈도장 찍고 데이비드와 대련 한판 한 게 전부였던 하루지만 나름 재미있는 경험이었다.

마리아는 더 이상 처음 목적과 달리 메로우를 연구할 수 없기에 그녀를 데리고 레이스가 있는 안전 가옥으로 가기로 했다. 베이스퍼도 그녀와 함께 움직였다. 현중과 효성은 마리아가 준비해 준 UCL대학 근처의 집으로 향했다.

어떻게 준비했는지 마리아는 효성이 묵을 곳은 현중의 바로 옆방으로 준비해 주는 센스까지 발휘했다.

—오셨습니까.

방으로 들어가자 이미 시리가 모든 정리를 마친 상태로 현중을 기다리고 있었다.

"영국이라……. 괜찮은 곳이네."

현중은 창밖으로 보이는 거리의 풍경도 좋고, 어둠이 내려앉은 가운데 가로등과 함께 보이는 은근한 야경도 보기 좋았다. 지금 상황을 보니 마리아가 제법 신경을 많이 써준 것이 분명했다.

얼핏 봐도 제법 비싸 보이는 집이었다. 물론 템플재단에서 소유하고 있는 건물이라 상관없다고 하지만 신경을 써주는 데 싫어할 사람이 어디 있겠는가.

―식사 준비할까요?

"아니, 먹고 왔어. 그보다 시리."

―네, 주인님

"적응은 어때?"

―이제 웬만큼 컨트롤은 할 수 있습니다.

실제로 보기에도 시리가 많이 안정되어 보였다. 처음에는 살기도 제어 못해서 애먹은 적이 한두 번이 아닌데 지금은 거의 완벽하게 스스로를 제어하는 것이다. 혈족은 스스로를 제어 하지 못하면 위험했다. 피를 갈구하는 혈족의 특징 때문에 한번 피의 마력에 미쳐 버리면 같은 혈족을 죽여야 하는 결과까지 불러올 수 있기 때문이다.

시리는 운이 좋은지 혈족의 피를 받아 변화하는 도중에, 테른이 봉인을 풀어 각성하여 생긴 힘의 여파 때문에 현중의 예상보다 더욱 마족에 가깝도록 변하고 있는 중이었다.

현중이 혹시나 지구에서 테른의 힘이 파장을 일으킬까 싶은 마음에 조용히 살고 싶어서 봉인을 했었다. 물론 현중의 마음먹기에 따라 봉인이야 얼마든지 풀고 다시 할 수 있는 것이다. 그런데 시리에게는 인도에서 테른의 봉인이 풀리는 그 몇 시간 동안 엄청난 행운이 찾아왔다.

그때는 몰랐지만 지금에서야 뒤늦게 천천히 그 효력이 나타났는데, 인간이 혈족이 되면 혼혈이 되어 본능적으로 피를 갈구하게 되는 부작용이 있었다. 그것이 없어져 버렸다. 그리고 시리의 몸이 마족에 가깝게 변해가고 있다는 것도 어차피 혈족으로 살아야 하는 시리에게는 행운으로 작용하게 되었다.

"시리."

—네, 주인님.

"이걸 한번 만져 봐라."

현중은 바로 옆에 시리가 장식해 놓은 이름 모를 꽃을 하나 들어 자신의 마나를 꽃에 스며들게 했다.

활짝~

현중의 마나는 천기(天氣), 즉 거의 신성력에 가까운 마나였다. 치우천왕이 마족을 상대하기 위해서 치우천황무를 만들 때부터 그것을 염두에 두고 만들었기에, 현중의 마나는 마기를 상대할 때는 신성력에 버금가는 위력을 가지고 있었다.

반대로 살아 있는 생명체에게는 활력을 불어넣어 주는 기능도 있었다. 물론 현중이 마나의 공급을 끊어버리면 곧 원래대로 돌아갔다. 마족을 상대하기 위해서 편법으로 치우천왕이 만들어서 그런지 신성력처럼 치유의 힘 같은 것은 없었다.

휙~

현중은 자신의 마나를 머금어 활짝 만개한 꽃을 시리에게 던져 주었다. 시리는 반사적으로 꽃을 받았다.

치직! 퍽!!

시리가 현중이 던진 꽃을 받는 순간 번쩍하는 빛과 함께 시커멓게 타버리면서 부서져 버렸다.

시리는 순간 당황해서 그대로 현중 앞에 엎드렸다.

"일어서라. 일부러 시험해 볼 게 있어서 그런 것이니."

―네, 주인님.

혹시라도 자신의 능력 때문에 그런 것인지 걱정했던 시리는 아직도 약간 불안한 눈빛이었다.

"거의 마족화가 되어가는구나."

현중의 마나에 극명하게 반응하는 것을 보니 확실했다. 만약에 혼혈인 채로 있다면 마나만 사라질 뿐 꽃이 가루가 되는 현상은 일어나지 않을 것이다. 인간의 몸을 가지고 있는 혈족이기 때문이다. 그런데 꽃이 가루가 되었다는 것은 지금 시리의 육체는 더 이상 인간의 육체가 아니라 테른처럼 정신력으로 이룬 육체에 가깝게 변했다는 증거였다.

"시리."

―네, 주인님.

“너에게 어느 정도의 자유는 허락한다.”

—네? 그게 무슨 말씀… 이신지…….

“직접 물어봐.”

현중이 그 말만 하고 그대로 방으로 들어갔다. 현중이 방으로 들어가고 난 뒤 시리의 시선은 방금 현중이 서 있던 자리에 아직 남아 있는 검은 그림자에 집중되었다.

—마스터.

시리가 급히 바닥에 그림처럼 남아 있는 현중의 그림자를 향해 고개를 숙이자 쑤욱 하고 그림자가 솟아오르더니 곧 테른의 모습으로 변했다.

—현중 마스터의 허락이 떨어졌군.

테른은 구분을 위하여 시리에게는 현중 마스터라고 부르기로 했다. 물론 현중에게 허락을 받은 상태였다.

—네. 하지만 아직 기간이 남은 걸로 알고 있습니다.

당연히 시리는 한동안 적응이라는 훈련을 목적으로 집과 테른의 공간에서만 지내야 했던 것이다.

—시리, 현중 마스터께서 왜 너의 자유를 허락하지 않았는지 아느냐?

—저는 잘 모르겠습니다.

그냥 테른의 말만 듣고 그렇게 지내왔다.

—넌 혼혈이다. 혈족의 입장에서 보면 인간과 혈족의 중간

이지. 그리고 그런 녀석들은 꼭 높은 확률로 피를 갈구하는 녀석들로 변한다. 하지만 넌 내가 봉인이 풀려 있던 동안의 영향 때문인지, 아니면 네가 운을 타고났는지 모르지만 90% 정도 거의 마족화가 진행이 된 상태다. 넌 피를 갈구할 이유가 없기 때문에 현중 마스터의 허락이 떨어진 것이니 나도 허락하마.

―네, 마스터.

그렇게 시리는 영국에 와서 처음으로 멀리만 가지 않는다면 자유롭게 움직이는 것을 허락 받았다. 시리의 주된 임무는 현중의 시중이긴 했다. 그래서 크게 나갈 일은 잘 없지만 시리에게는 마음대로 나갈 수 있다는 것과 없는 것의 차이는 하늘과 땅 차이였다.

나름 속으로 감동 먹은 시리를 뒤로하고 테른은 현중이 들어간 방으로 따라 들어갔다.

―마스터.

"말해봐."

현중은 의자에 앉아서 방에서도 바깥이 잘 보이도록 만들어진 창문을 보면서 야경을 구경 중이었다.

―증권가를 통해 대동그룹에서 마스터를 뵙고 싶다는 연락이 왔습니다.

"하주혁인가?"

─네, 마스터. 하주혁이 직접 뵙고 싶다고 합니다.

"애가 닳은 모양이군."

현중은 대충 뭣 때문에 보자고 하는지 짐작하고도 남았다.

"테른, 현재 내가 보유하고 있는 대동그룹의 주식은?"

─간단하게 종합해서 65%를 넘었습니다. 이미 대동그룹이 끝났다는 소문과 함께 은행 자금줄이 끊겨서 그런지 대동그룹 내에서 주식을 보유하고 있던 녀석들도 모조리 매매하려고 내놓고 있는 실정이라 늦어도 내일이면 70%는 넘을 것 같습니다.

"70%라……. 큰손들은 모두 팔아치웠다는 말이군."

─거의 그렇습니다.

아직 몇 명이 남긴 했지만 소위 말하는 굵직한 큰손들은 모두 팔았다. 후니전자와 중국에서 팔아치운 게 대동그룹에게는 이미 하주혁의 몰락을 예정하고 있었다고 할 수 있었고, 증권가는 소문이 한번 돌면 걷잡을 수 없는 특성이 있었기에 오히려 하주혁의 몰락에 가속도를 붙이는 결과를 낳기도 했다.

"그럼 개미투자자들만 남은 건가? 크크큭, 그건 그런데, 설마 이렇게 쉽게 무너지리라고는 생각지도 못했는데 말야."

현중은 뭔가 다른 계획을 테른이 실행한 줄 알았다. 대동그룹에서 하주혁의 몰락이 너무 생각 이상으로 쉽고 빠르게 진행되었기 때문이다. 하지만 현중도 예상 못한 것이 바로 인터넷이라는, 실시간으로 이뤄지는 엄청난 정보 교류였다.

특히나 한번 기업 이미지가 무너지면 엄청난 타격을 받게 마련이다. 거기다 사활을 걸고 진행한 신형 액정 패널이 그렇게 되어 모든 것을 뒤집어쓴 대동그룹은 한순간 자금줄이 끊겨 버린 것이다.

후니전자에서 액정에 문제가 있다고 무조건 대동그룹에 책임을 물었고, 중국에서도 나 몰라라 하면서 발 빼기 바쁘다 보니 중간에서 샌드위치로 모든 구멍이 막혀 버린 대동그룹은 하주혁이 아무리 날고 긴다고 해도 방법이 없었다. 거기다 후니전자가 대동전자의 주식을 팔아치우면서 자신들이 손해 입은 것을 어떻게든지 메우려고 한다는 움직임이 포착되자 은행에서도 대동그룹을 향해 제동을 걸어버렸다.

귀신이 나오는 이유가 노동자의 고혈을 쥐어짜서 이룩한 그룹이기 때문이라는 소문이 거의 기정사실로 받아들여지는 마당에 회생 가능성이 없다고 판단한 것이다. 원래는 대주주들이 모여서 하주혁을 밀어내고 새로운 회장을 뽑아서 어떻게든 해보려고 했다. 그런데 중국에서까지 주식을 팔아치우면서 손을 떼버리자 대동그룹의 구조를 알고 있는 사람들은 고개를 흔들면서 손을 놔버린 것이다.

수십 년의 피땀으로 일군 대동그룹이 무너지는 것은 정말 한순간이었다. 안팎으로 주식을 팔아치우는 사람들 때문에 결국 하주혁은 믿는 도끼에 발등을 찍힌 거나 다름없는 형국이었다.

"크크큭, 인과응보인가, 아니면 내가 개입해서 하주혁의 운명이 바뀐 걸까."

현중은 처음으로 하주혁의 몰락에 어쩌면 자신의 개입으로 인해 미래가 바뀐 건 아닐까 생각했지만 곧 지워 버렸다. 대륙으로 현중이 끌려갔던 일이 이미 정해진 운명이었다고 들었다. 대륙의 주신인 카일라제는 치우천왕처럼 두 번째 마족대란도 지구에서 데려와 종결시킬 계획이었으니, 어차피 하주혁은 이렇게 될 팔자나 마찬가지였다고 생각하기로 한 것이다.

"결국 나에게 적일 뿐."

현중은 잡념을 머릿속에서 깨끗이 지워 버리고는 고요히 흐르는 야경을 뒤로하고 자리에서 일어나 테른과 같이 한국으로 이동했다. 도대체 하루에 몇 번을 한국과 영국을 이동하는지 모르지만 현중에게 이미 지구 반대편이라는 거리는 의미가 없었다.

한국으로 돌아온 현중은 조용히 거리를 걸으면서 천천히 대동그룹으로 갈 생각이었다. 증권가를 통해서 연락이 왔다면 탬플재단이 한국을 떠나면서 현중에 대한 정보 차단도 어느 정도 풀렸다고 봐야 했기에 서두를 필요가 없었던 것이다. 어차피 하주혁이 급하지 현중은 전혀 급할 게 없으니 말이다.

현중은 걸어가는 김에 신문이나 볼 생각으로 하나 집어 들었는데 신문 1면에 대문짝만 한 기사가 현중의 시야를 사로잡았다.

대동그룹 이대로 무너지는 건가? 하주혁의 몰락, 충격 그 자체! IMF 때도 살아남았던 하주혁의 몰락은 현 국내 기업의 구조 방식에 문제가 있다는 것을 알려주는 하나의 표본이다. …중략……. 이대로 외국 자본에 넘어간다면 심각한 문제가 생길 것으로 보인다.

씨익~

기사를 본 현중은 웃었다. 시끄럽게 떠들고 있지만 그 정도로 심각하진 않은 것이다. 테른의 저주는 어차피 몇 개월 안에 사라질 것이다. 그리고 신문 내용과 다르게 하주혁이 몰락할 뿐이지 대동그룹은 여전히 건재했다. 현중이 어떻게 하지 않는 한 무너질 이유도 없는 기업을 언론들은 자극적인 기사로 도배하면서 마치 이미 대동그룹은 끝났다는 식으로 보도하고 있는 것이 웃긴 것이다.

"한국이라는 나라… 그동안 살면서 몰랐는데… 이제 보니 참 웃긴 나라야.”

―저도 그렇게 생각합니다.

테른도 현충의 말에 동의하면서 한마디 거들자 현충은 더 이상 신문에서 볼 것이 없었다. 대동그룹에 대한 현재 소문을 알고 싶기에 신문을 본 것인데 이미 1면에 모두 드러났으니 필요가 없는 것이다.

휙!

신문을 쓰레기통에 던져 버리고는,

“가자. 늙은이 더 기다리게 해봐야 독만 오를 테니까.”

현중과 테른은 조금 으슥한 골목으로 들어가더니 곧 사라져 버렸다.

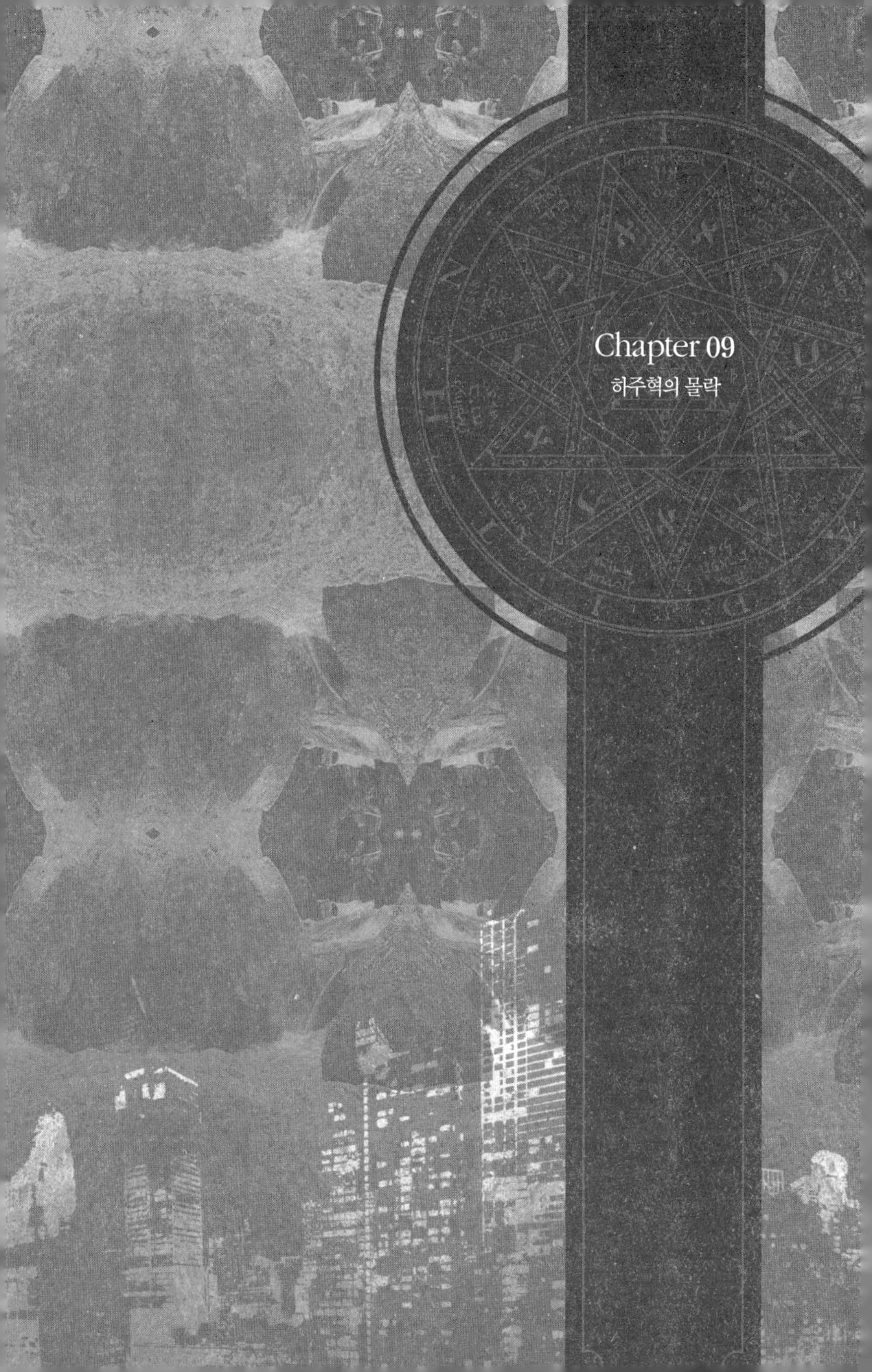
Chapter 09
하주혁의 몰락

"흠……."

대동그룹의 회장실에 홀로 앉아 있는 하주혁은 이미 며칠 사이에 몇 년은 더 늙어 버린 얼굴이었다. 그도 그럴 것이, 대동그룹에서 하주혁은 완전히 실권을 잃어버린 것이다. 거기다 숨겨둔 비자금도 도대체 어떤 놈이 가져갔는지 모르지만 하주혁으로 변장해서 10원짜리 하나 남기지 않고 싹 긁어가 버렸기 때문에 희망도 미래도 더 이상 보이지 않았다.

그나마 하주혁의 곁에는 믿을 수 있는 서 부장이 있어 그에게 다른 방법을 모색하도록 지시를 해놓긴 했지만 아무리 유능한 서 부장이라도 별다른 방법이 없다는 것은 하주혁 자신이 잘 알고 있었다.

마냥 가만히 있다가 이대로 쫓겨날 것이냐, 아니면 어떻게든 뭔가 방법을 찾아야 할 것이냐?

그건 모두 이제 곧 만나게 될 현중의 생각에 따라 결정되기에 하주혁의 한숨은 끊이질 않았다.

"그렇게 한숨 쉰다고 방법이 있습니까, 하주혁 회장님?"

"누구냐?!"

아무도 없는 회장실에서 낯선 목소리가 들리자 하주혁은 벌떡 일어서면서 호통을 쳤다. 그러나 좀 전처럼 회장실에는 아무도 없었다.

"…설마……."

하주혁은 짧은 순간이지만 현중의 부하로 보이던 녀석이 사라지는 재주를 가졌다는 것을 기억해 내고는 무섭게 정면을 노려보면서 고함을 쳤다.

"김현중, 왔으면 당장 모습을 드러내라! 숨어서 지켜보는 고약한 취미를 가졌느냐!"

"크크큭."

"헛!!"

하주혁이 바로 뒤에서 들리는 웃음소리에 황급히 뒤돌아보았다. 그곳에는 현중과 함께 하주혁의 간담을 서늘케 했던 테른이 서 있었다.

"고얀 놈!! 정식으로 들어올 것이지 도둑고양이처럼 이게 무슨 짓이냐!!"

하주혁은 어떻게든 기세를 잡기 위해서 일부러 더 흥분한 척하면서 호통을 쳤다. 하지만 현중은 전혀 아랑곳하지 않고 천천히 하주혁을 지나 사무실 중앙에 있는 소파로 가더니 털썩 앉았다.

"뭐하십니까? 이리 와서 앉으시죠?"

"…네놈… 이… 끝까지… 나를……."

으드득!!

대놓고 무시하는 현중의 태도에 하주혁은 노년에도 치과를 다니면서 관리해 온 치아가 부서질 만큼 강하게 이를 갈았다. 하지만 결국 하주혁은 현중의 말을 따를 수밖에 없었다. 현재 강자는 현중이었고 약자는 바로 자신이니 말이다.

하주혁은 분명히 약자이지만 허리를 꼿꼿이 세운 채 소파로 다가가서는 자신이 늘 앉던 가장 상석의 소파에 앉았다. 그 행동은 무언의 시위나 마찬가지였지만 현중은 애초에 그 따위 허세는 안중에도 없었다.

"단도직입적으로 묻죠. 나를 보자는 이유가 뭡니까?"

현중은 애초에 말싸움할 생각도 없었고 또 하기도 싫었다. 가장 편하고 확실한 주먹이 있는데 뭐하러 말로 싸운단 말인

가? 힘없는 놈들이나 말로 상대를 제압하려고 노력하지, 현중
은 그런 것에 전혀 해당 사항이 없었다.

법이니 뭐니 하지만 현실은 약육강식의 세상이다. 냉정하
게, 비정하게 강자가 모든 것을 가지고 정하는 게 현실이 아
니겠는가?

"흠……."

하주혁은 눈동자를 굴려가면서 현중의 의중을 어떻게든
알아보기 위해서 자신의 모든 경험을 동원했다. 하지만 태어
나 처음이었다, 현중처럼 흔들림없이 또렷이 상대를 직시하
는 눈동자는.

"대동그룹에 일어난 모든 일… 자네 짓이지?"

씨익~

현중은 하주혁의 물음에 대답은 하지 않고 입가에 미소를
머금었다가 입을 열었다.

"제가 했다……. 뭘 말이죠?"

"네놈이 끝까지……!!"

어떻게든 침착하려는 하주혁은 기적적인 인내력으로 아직
까지 잘 참고 있었다.

"네놈이 일으킨 귀신 소동 말이다!! 저기 네놈 뒤에 서 있
는 녀석이 나에게 전부 다 말했단 말이다! 그런데도 이제 와
서 발뺌할 셈이냐 !"

악을 쓰면서 큰소리쳤지만 현중은 능글맞게 이제야 알았
다는 듯 대놓고 놀란 표정을 지으면서,

"아! 그거 말이군요? 그런데요?"

놀리듯 순진한 표정으로 하주혁을 향해 계속 되묻는 현중
의 행동은 누가 봐도 하주혁을 가지고 노는 것이었다.

하주혁이 그걸 모를 리가 없었다.

"네놈!!"

하주혁은 결국 자리에서 벌떡 일어서면서 손가락으로 삿
대질을 하며 현중을 향해,

"어린것이!! 돈만 믿고 이런 짓을 하다니!! 하늘이 부끄럽
지도 않느냐!!"

"크크크크큭… 크크큭."

"뭐가 우스우냐!!"

"돈만 믿고… 하늘이 부끄럽지 않냐? 그거 날 보고 한 말인
가, 하.주.혁?"

갑자기 현중의 표정이 바뀌었다. 눈빛 또한 방금 전의 장난
스러움이 아니라 닿기만 해도 모든 것을 잘라 버릴 것 같은
스산한 분위기를 풍겼다.

현중의 몸에서 쏟아져 나오는 엄청난 위압감은 모두 하주
혁을 향하고 있었다.

"크윽! 네놈은… 도대체……."

하주혁은 또다시 현중의 엄청난 위압감을 마주하자 악으로 버텼던 첫 번째와 달리 그 자리에 주저앉아 버렸다. 그저 약간의 훈계 겸이었던 처음과 달리 이번에는 나름 힘을 쓴 결과 하주혁은 위압감을 상대로 한 번의 대항도 못하고 그대로 주저앉아 버린 것이다.

“하주혁, 내가 하늘이다. 불만 있나?”

“뭣이? 쿨럭!”

위압감에 마치 가슴이 오그라드는 듯한 고통을 느끼면서도 하주혁은 독기 어린 눈으로 현중을 노려봤다.

“크크큭, 아주 웃겨. 돈만 믿고? 그건 네놈이 아닌가?”

“쿨럭! 웃기지 마라. 내가… 왜…….”

“쯧쯧쯧, 늙더니 기억력도 없어졌나? 분명히 말했지? 최강석이 저지른 모든 잘못과 함께 네놈의 행동이 마음에 들지 않는다고 말했을 텐데. 그리고 네놈의 모든 것을 거두어가겠다는 말도 잊어버렸나?”

“쿨럭! 하지만… 설마… 이런 방식으로…….”

하주혁은 억울했다. 아니, 이건 누구에게 하소연할 수도 없는 억울함이었다. 가진 자가 좀 더 힘을 사용했을 뿐이다. 지금은 돈이 최고였다. 그리고 그 돈으로 좀 힘을 휘두른 게 뭐가 잘못이란 말인가? 오히려 지금 하주혁에게 현중이라는 존재가 사기였다. 그 누구도 맞설 수 없는 가장 강력한 힘을 가진 사기꾼 말이다.

"힘을 가진 자에게는 권리와 함께 책임도 따르는 법이지. 안 그래? 하지만 네놈과 최강석 그놈은 너무 심했어."

"쿨럭! 억울하다. 억울… 하……."

"크크큭, 억울해?"

하주혁의 넋두리 같은 말에 현중은 오히려 웃으면서 하주혁의 눈동자를 가만히 바라보았다. 최대한 발휘한 천심통으로 알게 된 하주혁의 속마음에 현중은 고개를 천천히 흔들면서 한심한 듯 내려다봤다.

"내가 하면 로맨스, 남이 하면 불륜이라 이거지?"

가장 간단하게 표현하자면 딱 맞는 말이었다. 자신이 힘을 휘두를 때는 당연하고 반대로 당할 때는 억울하다는 말 자체가 웃기니 말이다.

"하주혁."

"쿨럭! 네놈을 갈아 마시겠다. 꼭… 기필코……."

현중은 이제는 독기만 남아서 눈빛만으로도 살인을 할 듯한 하주혁을 바라보면서,

"억울하면 네가 하늘이 돼서 복수해. 안 그래?"

"쿨럭!!"

결국 자기 성질을 못 이기고 급격하게 흥분하더니 피를 토해냈다. 선명한 빛을 보니 그저 스트레스성인 듯 보였지만 나

이를 생각하면 결코 좋은 건 아니었다.

"미련한 놈."

현중은 그런 하주혁을 향해 일체의 자비도 없는 눈빛으로 내려다보면서,

"그런데 미련한 네놈은 복수할 기회가 없을 거야. 왜냐고? 네가 살아 있으면 아무래도 귀찮아질 것 같거든. 내가 대동그룹에 편안하게 발을 들이려면."

"뭣이라! 네놈은 결국! 쿨럭!!"

마지막 현중의 말에 발작하듯 온몸을 흔들면서 압박감에 대항하려고 하는 늙은 하주혁의 몸부림이 있었지만, 결국 그뿐이었다.

"테른."

─네, 마스터.

"그냥 자살로 보이게 해서 보내 버려. 뼛속까지 썩어빠진 녀석이니까 살려둘 필요가 없다."

조금 전 천심통으로 하주혁의 깊은 내면을 들여다본 현중은 역시나 핏줄은 속일 수 없다는 것을 알게 되었다. 최강석이 지독하다고 생각했는데 하주혁도 마찬가지였다. 아니, 오히려 더했다. 연적은 기본이고 라이벌이 될 것 같으면 교묘하게 죽이는 것도 서슴지 않았던 것이다.

한마디로 돈을 위해서라면 무슨 짓이든 망설이지 않고 저

질러서 지금의 자리에 올라 있는 것이다. 현중이 세상에서 가
장 싫어하고 인간 취급을 하지 않는 부류 중 하나였다.

─음, 옥상에서 투신자살한 걸로 만들까요?

"오~ 그거 좋겠는데?"

─알겠습니다.

현중의 허락이 떨어지자 테른은 곧바로 하주혁의 곁으로
다가가 똑바로 눈을 바라보면서,

─너의 의지를 잊어라. 넌 나의 종이다. 나의 명령을 들어
라. 지금 걸어서 나가 옥상으로 가서 너를 부르는 땅의 부름
에 응답하라. 그리하면 넌 안식을 얻게 될 것이다.

평소에 쓰던 마법의 주문이 아닌 혈족 권능을 발휘해서 하
주혁의 머릿속을 지배해 버렸다. 그러자 정말 방금 전까지 현
중을 향해 난리치던 하주혁이 조용해지더니 스스로 일어나
천천히 걸어 회장실을 나갔다.

"괜찮은 방법이군."

현중은 테른의 일 처리 방법에 나름 만족했고, 테른은 현중
이 만족했다는 것에 기분이 좋았다.

그리고 5분 뒤 현중이 바라보는 창문으로 검은 무언가가
휙 하고 떨어져 내렸다.

"꺄악!!"

정확하게 검은 물체가 떨어져 내리고 나서 들린 귀를 찢는

듯한 여성의 고함 소리를 시작으로 사방에서 난리가 났다. 대동그룹 본사 건물에서 사람이 뛰어내린 것이다. 그리고 그 사람이 현 대동그룹의 회장인 하주혁이라는 것에 다들 한동안 충격에서 벗어나질 못했다.

언론은 현재 대동그룹의 현실을 비관한 하주혁의 우울증으로 인한 자살로 단정 지었고, 경찰도 CCTV 등 모든 것을 조사했지만 하주혁 스스로 걸어서 옥상까지 올라간 것을 확인했다.

옥상에 설치된 카메라에도 하주혁이 스스로 뛰어내리는 장면이 고스란히 녹화되어 있자 경찰은 자살로 사건을 마무리해 버렸다. 명백한 증거가 있고 현재 대동그룹의 상황이 이러하니 당연했다.

언론은 죽은 하주혁을 욕하기 시작했다.

"천벌을 받은 거야."

"당연하지. 얼마나 원한이 깊었으면……. 쯧쯧, 그러게 기업이라고 노동자의 고혈을 쥐어짜는 짓을 하면 결국 저렇게 되는 거지."

"당연하지. 암, 그렇고말고."

시민들은 하주혁이 죽은 것을 오히려 당연하게 받아들였다.

하지만 결코 하주혁의 죽음을 받아들일 수 없는 사람이 있었다. 바로 최태식으로, 그나마 대동그룹에서 바람막이가 되어주던 하주혁이 돌연 자살해 버리자 그는 정말 낙동강 오리알보다 못한 존재가 되어버린 것이다.

특히나 하주혁의 카리스마로 운영되던 방식 때문에 갑작스런 하주혁의 죽음은 대동그룹 자체를 부서지기 쉬운 상태로 몰아가고 있었다.

주주총회가 열렸다.

대동그룹의 분위기는 최악이었다. 갑작스럽게 하주혁이 죽어버리는 바람에 벌써 나라에서 세무 조사가 시작되었고, 자신만 살겠다고 나가는 사람도 하나둘이 아니었다. 하지만 아직 남아 있는 주주들과 소규모 주주들의 대표자가 모이고 하니 얼추 스무 명은 넘게 회의장에 자리하고 있었다.

사람들이 모두 모이고 어느 정도 분위기가 만들어졌다고 생각하자 한명희 사장은 앞장서서 주주총회의 주주들을 향해 연설을 시작했다.

"이번 사고로 하주혁 회장님을 잃은 것은 저희 대동그룹의 큰 불행입니다. 하지만 이대로 넋 놓고 있을 수는 없습니다. 그건 여러 주주님들도 동의하시리라 생각됩니다."

한명희 사장의 또렷하면서도 빠르지만 정확한 발음에 다들 집중하기 시작하자 한명희는 입가에 미소를 지었다.

‘됐다. 이번 기회에 내가 회장으로 올라서서 혁신을 하면 된다.’

가장 걸림돌이던 하주혁 회장이 죽어주는 바람에, 궁지에 몰렸던 한명희 사장은 단번에 전세를 역전시켜 버렸다. 지금 저쪽 구석에 힘없이 어깨를 축 늘어뜨린 채 앉아 있는 최태식을 보고 있자니 이긴 것이나 다름없었다.

본래 능력이 없는 것으로 평가받던 최태식이다. 잠깐 귀신 소동 때문에 반짝하긴 했지만 결국 귀신을 보고 가장 먼저 도망가면서 오히려 전보다 평가는 더 하락해 버렸다.

그 사이 한명희는 조용히 뒤에서 자기 사람을 만들어가면서 반격의 기회를 노리고 있었다. 그런데 절호의 기회가 찾아온 것이다.

하주혁의 자살.

이건 한명희에게 하나의 빛이요, 구명줄이나 마찬가지였다. 한명희를 인정하면서도 결코 회장 자리를 물려줄 것 같지 않은 하주혁의 모습에 속이 썩어들어 가던 한명희가 아니던가. 아마 하주혁이 살아 있었다면 최태식에게 힘을 실어주었을지도 몰랐다. 최강석을 그렇게 예뻐하면서 노골적으로 회사를 물려주겠다고 말했으니 말이다. 하지만 이제 그런 하주혁이 없다.

호랑이가 없는 산에는 여우가 왕이라고 하지 않던가? 호랑이 하주혁이 죽고 없는 이 순간을 놓친다면 한명희는 죽어서도 눈을 못 감을 것이 분명했다.

한명희의 연설은 계속되었다.

주주들의 마음을 어떻게든 자신 쪽으로 돌리기 위해서였다. 물론 가장 많은 주식을 가진 사람이 이번 주주총회에 아직 나타나지 않았다는 것이 조금 마음에 걸렸지만 괜찮았다. 주주총회에 참석하지 않은 자는 결정 난 사항에 대해서 나중에 뭐라고 할 수 없기 때문에, 지금 있는 주주들을 자신의 편으로 끌어들이는 데만 집중하기로 한 것이다.

"전 이번 기회에 대동그룹이 이미지 쇄신을 해야 한다고 생각합니다. 전 회장님은 정말 전설적인 업적을 이루셨지만, 보십시오. 지금 국민은 오히려 하주혁 회장이 죽은 것을 당연하다고 받아들이고 있습니다. 이게 무슨 망신입니까?"

처음에는 하주혁 회장을 은근히 존경하는 것처럼 말하더니 얼마 되지 않아 곧 한명희는 본색을 드러내기 시작했다. 대놓고 하주혁의 죽음은 당연한 것이라고 말하면서 주주들을 설득하기 시작했다. 그리고 실제로 여론을 들먹이면서 자신의 말이 옳다고 말하는 한명희의 화술에 다들 넘어가기 시작했다.

"그렇지, 국민이 그럴 정도면……."

"오죽하겠어. 나도 대동그룹의 주식을 가지고 있다고 어디

대놓고 말을 못해.”

“하긴 나도 요즘 대동그룹과 관련되어 있다고 하면 사람들이 노려보기부터 하니 원.”

실제로도 대동그룹은 하주혁의 죽음으로 약간 이미지를 회복할 수 있는 발판을 만든 셈이었다. 하지만 사람의 마음이라는 게 어디 그리 쉽게 바뀌겠는가? 오히려 하주혁의 죽음과 대동그룹의 조사로 드러난 여러 가지 비리와 사건이 연일 나라를 시끄럽게 하고 있었고, 외국에서도 기업의 회장이 자살했다는 소식에 시끄러웠다.

“그래서 말씀드리는 겁니다! 이번 기회에 대동그룹을 싹 바꾸는 겁니다!!”

주주들이 자신의 말에 설득되는 것을 보자 한명희는 더욱 목소리에 힘을 넣었다. 분위기는 거의 한명희의 바람대로 흘러가고 있었다.

“그럼 주주님들의 투표로 결정하겠습니다. 대동그룹의 대표 자리를 이대로 비워둘 수는 없지 않습니까? 당장 조사 나온 검찰도 상대해야 하고 안팎으로 정비할 일이 얼마나 많습니까. 현명한 결정을 기다리겠습니다.”

한명희는 연설을 마치고 단상을 내려오면서 보이지 않게 입이 찢어지게 웃었다. 주주들의 모습을 보니 거의 100% 자신에게 넘어온 것이 확실해 보였기 때문이다. 이대로 대동그룹의 사장 자리에 오르면 그때부터는 한명희의 세상이었다.

'하주혁 늙은이, 너무 고맙네. 크크큭. 이렇게 나에게 대동
그룹을 통째로 넘겨줘서 말야. 크크큭!'

한명희는 야망이 컸다. 하주혁도 그걸 알고 한명희를 자신
의 옆에 둔 것이다. 하지만 지금의 결과만 놓고 보면 하주혁
은 한명희에게 대동그룹을 통째로 고스란히 넘겨준 것밖에
되지 않았다.

'내가 이겼다! 푸하하하하하하하하하!!'

한명희의 소리 없는 승리의 외침이 울릴 때 주주들의 투표
가 시작되었다. 좋든 싫든 새로운 대표를 뽑긴 해야 했다. 이
대로는 대동그룹의 주식이 휴지조각이 되는 것은 시간문제인
것이다.

주주들도 자선사업가가 아니었다. 돈을 투자했으니 벌어
들이는 게 있어야 하는데 지금까지 참고 기다린 것만 해도 이
미 한계였기에 하주혁이 죽은 지금 어떻게든 일어서야 한다
는 건 모두 같은 마음이었다.

투표는 의외로 간단했다. 주주들이 앉은 그대로 거수로 결
정하는 것이었다. 그런데 후보자는 한명희 외 최태식 단둘뿐
이었다. 그 외의 녀석들은 모두 한명희가 이미 자신의 사람으
로 만든 지 오래였다. 한명희는 하주혁이 죽자 곧바로 작업에
들어간 것이다. 그리고 그 결과 최태식은 혼자였고 한명희는

수많은 임원들이 뒤에서 밀어주고 있었다.

"만장일치입니다."

이미 보나마나였다. 한명희의 화술에 홀라당 넘어간 주주들은 모두 한명희가 새로운 대표가 되는 것에 찬성했다.

"감사합니다. 정말 이 한명희, 뼈가 부서지도록 대동그룹을 일으켜 세우겠습니다. 믿어주십시오."

짝짝짝짝짝!!

그렇게 한명희는 대동그룹의 새로운 대표가 되었고, 모든 것이 순조롭게 끝나는 것 같았다.

그런데 그렇게 모든 것이 끝나갈 때쯤 회의장의 문이 열리면서 말쑥한 정장 차림에 20대 초반으로 보이는 젊은 남자와 보기만 해도 색기가 흘러넘치는 모습의 금발 남자가 천천히 걸어 들어왔다.

'누구지?'

한명희는 갑자기 주주총회장에 난입한 젊은 남자 두 명을 보고는 고개를 갸웃거렸다. 그런데 그 남자는 그대로 계속 걸어서 주주들이 앉아 있는 자리를 지나 한명희가 서 있는 단상까지 걸어왔다.

그리고 단상을 올라가는 계단을 천천히 걸어서 올라오는데, 이상한 것은 보안요원 중 그 누구도 젊은이를 막거나 제지하지 않았다. 오히려 올라가기 편하도록 길을 터주기까지

하는 것이다.

"누구냐?"

한명희는 새파랗게 어린 것이 너무나 여유 있게 걸어서 한명희 곁으로 다가오자 한마디 했다. 젊은 남자는 한명희를 천천히 바라보다가 눈을 마주쳤다. 그리고 잠깐이지만 젊은 남자의 숨이 막힐 듯한 맑은 눈동자에 한명희는 정신이 아찔한 것을 느꼈는데, 아주 잠깐이기에 스스로도 알지 못했다.

"한명희 대동전자 사장."

"……!!"

한명희는 사장님도 아니고 마치 아랫것을 부르듯 혀 짧은 소리를 하는 젊은이가 문득 이상하다는 것을 느꼈다. 분위기랄까? 직감적으로 뭔가 이상하다는 것을 깨달은 것이다.

"한명희 사장, 그동안 수고 많이 했어."

"뭐, 뭐라고?"

한명희는 젊은 남자의 말에 순간 화가 치밀어 한소리 하려고 했다. 하지만 갑자기 자신의 어깨를 짓누르는 이상한 느낌에 입을 열 수가 없었다. 머리는 좋고 간신배에 가까운 한명희 사장은 하주혁만큼의 배짱이 없었다. 그렇기에 현중이 위압감으로 내리누르자 말 한마디 못하고 쩔쩔매기 시작한 것이다.

"넌 해고야."

“……!!”

압박감에 입을 열지 못한 한명회는 놀란 듯 두 눈을 부릅뜨고 현중을 바라만 봤다. 현재 어떤 상황인지 전혀 이해가 되지 않는 것이다.

현중은 아랑곳하지 않고 몸을 돌려 자신의 등장으로 어수선한 주주들을 바라봤다.

“쯧쯧쯧, 겨우 20%를 나눠 가진 것들이 하는 짓이라는 게 웃기지도 않는군.”

“뭣!!”

“어린것이!!”

주주들은 현중의 말에 단번에 버럭 하면서 일어섰지만 일어서는 것만큼이나 빠르게 주저앉아 버렸다. 현중이 주주들에게도 위압감을 형상화해서 하나하나마다 어깨를 눌러 내려 앉혀 버린 것이다.

“내가 궁금하지? 궁금할 거야. 크크큭. 테른.”

현중이 작게 테른을 부르자 테른이 앞으로 나오더니,

“현재 대동그룹의 주식 80%를 소유하신 김현중님입니다. 그리고 앞으로 대동그룹의 실질적인 주인이 되실 분이기도 합니다.”

“……!!”

“……!!”

주주총회장은 한순간에 찬물이 쏟아진 듯 싸늘하면서도 조용해져 버렸다. 무엇보다 모두의 정신을 잃게 만든 건 바로 대동그룹의 주식 80%를 가지고 있다는 말이었다. 그 말을 증명이라도 하듯 주주총회장의 안전요원들은 현중의 말만 듣고 있었다.

그때 현중의 압박감에 어쩔 줄 몰라 하던 주주들 사이에서 뚱뚱하고 나름 강단이 있어 보이는 한 명이 억지로 일어서려고 했다. 현중은 그 녀석만 풀어주었다.

벌떡!

갑자기 자신의 몸이 가벼워진 것에 살짝 놀란 녀석은 곧 잊어버리고 현중을 향해 소리쳤다.

"당신이 80%의 주식을 가지고 있다고 하더라도 우리도 대동그룹의 주식을 가지고 있는 사람이요! 이렇게 함부로 대할 것은 아니라고 생각하오!"

현중은 강단 있는 녀석의 말에 살며시 미소를 짓고는 천천히 단상을 걸어서 내려갔다. 정확하게 기세 좋게 나선 녀석의 앞에 현중은 머리 하나 차이가 나는 녀석을 내려다보았다. 자연스레 그 남자는 현중을 올려다보는 꼴이 되고 말았다..

"주주라……. 그래서?"

"그게… 당신이 80%라고 해도 우리의 의견도 중요하다는… 거요."

　현중의 모습에 너무나 쉽게 기가 꺾여 버린 녀석은 말꼬리를 슬그머니 줄이긴 했지만 그래도 할 말을 끝까지 했다.

　"이렇게 내가 맘대로 하는 게 배알이 꼴리면 주식 팔고 떠나던가."

　"뭣!!"

　현중의 막나가는 말투에 녀석은 발끈했지만 곧 현중이 위압감으로 내리누르자 찍소리도 못했다. 현중은 주주들이 다 들으라는 듯 큰 소리로 말했다.

　"나 주식 80% 가지고 있고, 앞으로 대동그룹은 내 맘대로 할 건데 말야. 그게 배알이 꼴리고 아니꼬우면 주식 팔고 떠나."

　현중은 끝까지 말을 짧게 하면서 주주들을 대놓고 무시했다. 전원 얼굴이 붉어지면서 현중을 향해 뭐라고 욕이라도 쏟아 부을 듯한 기세였다. 하지만 겨우 압박감 하나도 이겨내지 못하는 녀석들이 뭘 하겠는가? 찍소리도 못하고 속만 끓이고 있을 뿐이었다.

　"젠장, 나 때려치운다!"

　방금 기세 좋게 나섰던 녀석이 결국 가장 먼저 신경질적으로 외쳤다. 현중은 기다렸다는 듯 모두의 압박감을 풀어버렸다.

　"아씨! 나도 안 해!! 이따위 망해가는 귀신 붙은 회사!"

"에이씨!! 때려치운다, 나도!"

홧김이라지만 한두 명이 그동안 속으로만 품고 있던 불안한 마음을 폭발시키자 순식간에 모든 주주들이 나섰다. 그들이 주식을 팔아버리겠다고 하자 현중은 테른을 불러 그들의 주식을 사들이게 했다.

"재수없는 놈! 이제 이 대동그룹은 망할 것이다! 지금 부채가 얼마인데! 미친놈!!"

"한 달이라도 버티면 칭찬해 주마!"

각자 저주에 가까운 말을 퍼붓고 주주총회장을 나가 버렸다. 하지만 현중은 오히려 원하는 것을 얻은 듯 입가에 미소를 지으면서 천천히 다시 단상으로 올라가 한명희를 바라봤다.

"봤지? 내 맘대로 할 거야. 그러니까 너도 그만 꺼져."

"이익!!"

한명희는 이를 악물고 현중을 무섭게 노려보더니, 곧 비틀거리면서 단상을 내려가 회의장을 나가 버렸다.

모두가 나가 버린 회의장에는 현중과 테른, 그리고 경호원으로 있던 몇 명이 전부였다. 그렇게 모두가 떠난 회의장을 바라보던 현중은 힘껏 기지개를 켜더니,

"으샤! 생각보다 쉽네."

—마스터의 탁월한 능력 덕분입니다.

테른은 옆에서 기분 좋은 소리를 했다.

지금 이런 상황 모두 테른이 미리 계획한 것임을 참석했던 주주들은커녕 한명회도 몰랐을 것이다. 결과적으로 현중은 남아 있던 대동그룹의 주식을 독식할 수 있었고, 덤으로 나중에 쫓아낼 생각이었던 한명회도 조금 일찍 해고시켜 버렸다.

"아, 간만에 또 서류 보는 짓을 해야 하나."

현중은 황제 시절에 했던 서류 업무를 다시 해야 한다는 것에 슬쩍 짜증나는 듯한 표정을 지었지만 웃고 있었다. 어차피 대동그룹의 소유주는 현중이었지만 실제로 움직이는 것은 테른일 것이다. 그리고 거기다 시리까지 이곳에 데려올까 생각 중인 현중이었다.

자신이 원하는 것을 쉽게 얻은 현중은 기분이 좋았지만 주주총회장에서 모욕과 함께 홧김에 주식까지 모두 팔아버린 주주들은 곧장 소문을 퍼뜨리기 시작했다. 새파랗게 젊은 녀석이 새로운 대동그룹의 회장으로 앉았다는 말과 함께 온갖 욕이란 욕은 다 하면서 나쁜 소문까지 퍼뜨렸다.

거기다 쫓겨난 한명회마저 자신이 알고 있던 대동그룹의 치부를 모조리 까발리면서 세무 조사를 하던 검찰은 아예 대동그룹을 뒤집어놓기 시작한 것이다.

부채는 몇 천억이 있고 당장 이번 달 유통시킬 현금도 바닥난 대동그룹을 본 사람들은 도대체 현중이 왜 저런 회사의 주식을 모조리 사들였는지 이해할 수가 없었다.

하지만 조사를 시작한 지 하루도 지나지 않아서 또다시 대동그룹으로 인해 국내 모든 언론이 들썩거렸다.

'대동그룹의 새로운 젊은 회장, 3,600억 원의 대동그룹 부채를 하루 만에 갚아버렸다'라는 제목으로 신문과 인터넷과 뉴스는 온통 떠들어댔다. 1차로 3,600억 원이고 곧 2차로 4,000억 원의 부채가 있는데, 그것마저 모두 갚아버렸다는 것이다.

결국 대동그룹은 국내 역사상 처음으로 주식을 상장하고 주식회사라는 이름을 가지고 있는데도 유일하게 은행에 부채가 전혀 없는 그룹이 되어버렸다. 아니, 오히려 부채를 해결한 것은 시작에 불과했다.

현중은 회장 자리에 오르자마자 테른이 그동안 패밀리어를 이용해서 모아온 정보를 토대로 모든 임원들을 깡그리 정리하기 시작했다. 고위 임원은 기본이고 각 부장이나 과장급도 가차 없었다. 법인카드를 개인 용도로 사용한 것까지 모조리 알아내서 경찰에 고발해 버리고 스스로 검찰을 불러서 조사를 시켰다. 한동안 대동그룹이라는 이름을 유치원생도 알 정도로 엄청난 유명세를 치러야만 했다.

―마스터.

"응?"

─지점의 과장급까지 걸리는 녀석들은 모조리 해고와 동시에 검찰에 고발했습니다. 그 결과 20% 정도 확률로 성희롱이 가장 많았습니다. 특히 지점에서 여직원을 상대로 수위가 높은 녀석들이 대부분입니다.

"동영상 확보는?"

─이미 패밀리어를 통해 모두 확보했습니다. 목소리까지 녹음해 놓았습니다.

"그냥 다 처넣어 버려. 그딴 녀석들 동정할 생각은 없으니까."

─알겠습니다.

대동그룹은 작은 개인 사업체가 아니었다. 체계가 있고 각자 맡은 바 임무가 있기에 톱니바퀴처럼 각자 자리에 사람이 있어야 제대로 돌아가는 거대한 몸체를 가지고 있는 그룹이었다.

그런데 이번에 새로 온 젊은 회장은 아주 가차 없다 못해 살벌하기까지 한 것이다.

거기다 무슨 특수요원이라도 풀어놨는지 그 어떤 비리나 작은 횡령도 놓치지 않고 싹 알아내서 검찰이나 경찰에 고발해 버린 것이다.

그러다 보니 대동그룹에서 하나의 유행어가 생겼는데 바로 '회장님은 모든 걸 보고 있다' 라는 말이었다.

거기다 현중의 이런 행동은 주변의 다른 그룹들에게 하나의 충격으로 다가왔다. 현중의 조사로 밖으로 새고 있는 돈이 몇 십억을 가볍게 넘어 몇 백억까지 나오자 뜻하지 않게 다른 기업들도 자신들 집안 단속하기에 바쁜 모습이었다.

그런데 그렇게 시원하게 모조리 처넣는 건 좋은데 당장 문제가 불거지기 시작한 것은 바로 한순간에 빠져나가 버린 과장급 이상의 인원 부족이었다.

모든 서류나 소통에 문제가 생기고, 당장 지점 같은 경우는 대리가 책임지고 일을 처리하는 경우도 생겼다. 그러다 보니 자발적으로 그만두는 사람도 생겨나기 시작했다. 누구라도 갑자기 엄청난 업무가 쏟아진다면 당황하고 그만둘 생각을 할 것이다.

하지만 그만둔 사람은 모두 신입이거나 들어온 지 얼마 되지 않는 사람이 대부분이었다. 가정이 있는 사람들은 그만두고 싶어도 나이도 있고 당장 다른 곳으로 갈 곳도 없기에 결국 울며 겨자 먹기로 산더미처럼 쌓인 업무를 처리할 수밖에 없었다.

꼴도 보기 싫은 과장이나 지점장이 없어서 좋아했지만 과도한 업무량이 부메랑처럼 되돌아왔다.

"지금쯤 다들 죽어나겠군."

현중은 느긋하게 앉아서 지금 벌어지고 있는 상황을 모두

체크하고 있었다. 이미 테른의 패밀리어가 아주 작은 지점이라도 대동그룹의 직원이 있는 곳이라면 모조리 감시하기 때문에 회장실에 앉아서도 모두 보였다.

하지만 아직 현중이 생각하는 것을 행하기 위해서는 시간이 더 필요했다.

"테른."

—네, 마스터.

"한 달만 이대로 계속 유지해."

—알겠습니다. 역시 대륙에서 하셨던 그 방법을 쓰실 생각이시군요.

씨익~

현중은 테른의 말에 웃으면서 고개를 끄덕이고는 회장실에서 일어섰다. 며칠 동안 영국과 한국을 오가면서 바쁘게 움직였지만 그것도 이제 끝이었다. 테른이 있으니 당장 현중이 할 일이 없는 것이다.

그 길로 현중은 영국으로 돌아가 버렸다. 물론 마리아는 현중이 벌인 일을 이미 알고 있기에 궁금해서라도 몇 번 물어본 적이 있었다. 하지만 그때마다 돌아온 현중의 대답은,

"메로우에게 아틀란티스의 위치도 들었을 텐데 언제 조사대가 떠나죠?"

말을 돌려 버리는 것이다.

결국 마리아도 포기해 버렸다. 도대체가 무슨 생각을 가지
고 있는지 짐작이라도 된다면 좋겠는데 전혀 예상 밖으로 움
직이니 말이다.

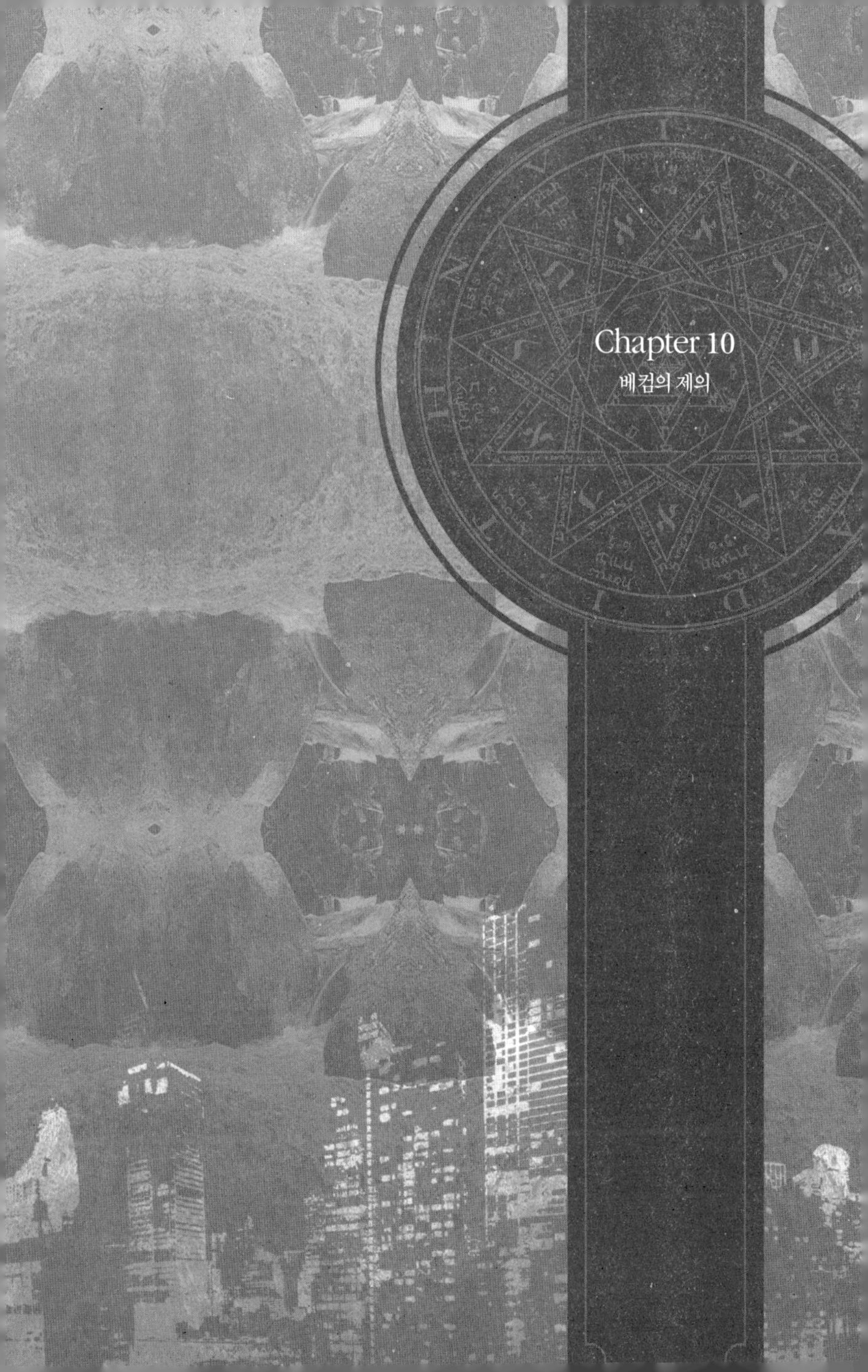

Chapter 10

베컴의 제의

　　현중은 교환학생으로 UCL대학에 다니면서 착실히 졸업 준비를 했다. 효성도 마리아가 대충 서류를 만들어서 현중과 같이 대학 생활을 잠깐이나마 하도록 배려를 해주었다.

　　역시나 영국에서도 현중의 인기는 식을 줄을 몰랐다. 특히나 현중이 타고 다니는 맥라렌 F1은 영국의 대학에서도 이슈가 되긴 마찬가지였다. 다만 영국에는 한국처럼 유일하게 한 대 있는 게 아니라 현중 외에도 일곱 대가 더 있긴 했다. 하지만 20대 초반의 대학생이 타고 다니는 건 현중이 유일했다.

　　물론 그중에 베컴도 포함되어 있었다.

그냥 잘생기고 멋지고 비싼 차 타고 다니는 동양의 교환학생이라는 이미지가 전부였던 현중을 한순간에 UCL대학에서 모르는 사람이 없도록 유명인으로 만드는 사건이 벌어져 버린 것은 따뜻한 날이 계속되는 어느 평일이었다.

"…정말이야?"

"응. 내가 봤다니까."

금발의 여학생들이 학교 정문에서 수군거리면서 들어오기 시작하는데 그 소문은 순식간에 대학교 내에 퍼졌다.

"베컴이 지금 학교 앞에 와 있대."

"정말?"

"응. 내가 전에 말했잖아. 그 교환학생으로 왔다는 현중과 같은 차 타고 다닌다고 했잖아. 거기다 베컴을 못 알아보는 영국 사람이 어디 있겠어?"

"정말? 나도 봐야지."

대학교에서 처음으로 교수까지 수업하다 말고 학교 정문으로 몰려가 정말 베컴이 왔는지 확인하는 웃지 못할 사태까지 벌어졌다. 베컴의 인기는 상상 이상이었다. 특히나 여학생들은 소리를 지르진 않았지만 난리도 이런 난리가 없었고, 학생회가 나서서 학생들을 진정시키려고 노력했지만 소용이 없었다.

그런데 그 슈퍼스타 베컴의 입에서 나온 말이,

"교환학생으로 있는 김현중 군을 찾아왔는데 어디 있는지
알려줄 수 있나요?"

부드럽게 여학생에게 물어보는 베컴의 말에 여학생은 마
침 현중과 같은 과에 있는 학생이었다. 곧바로 현중에게 안내
가 되었고, 현중은 효성과 책을 보면서 공부하던 와중에 갑작
스런 베컴의 방문을 받아야만 했다.

베컴이 직접 찾아오는 친구.

UCL대학에서 현중을 새롭게 부르는 별명이자 현중의 이름
이나 얼굴을 모르는 사람이 없게 만든 사건이 바로 이것이었
다.

"어쩐 일이에요? 아직 시즌으로 알고 있는데?"

현중은 베컴이 직접 찾아올 것은 예상도 못했기에 물었다.
베컴은 웃으면서 자신의 발목을 가리켰다. 얇게 감긴 했지만
스포츠 선수들이 자주 한다는 붕대를 감고 있었다.

"자네한테 당한 거 복수하려고 좀 무리하다가. 하하하하!
이 꼴이지, 뭐."

베컴은 인상 좋은 웃음을 지으면서 현중의 어깨에 손을 올
려 어깨동무를 하는 등 마치 몇 십 년 동안 알고 지낸 친구 같
이 친근하게 다가왔다. 현중도 그런 베컴이 싫지는 않았다.
사심이나 뭔가 목적이 있는 게 아니라 정말 순수하게 현중이

보고 싶어서 온 것을 알기 때문이다.

"이런, 레이디 효성, 오랜만입니다."

베컴은 어디서나 현중과 같이 다니는 효성을 기억하는지 인사하자 효성은 귀까지 빨개져서는 허겁지겁 인사를 받았다.

"네, 베컴 씨."

"하하하하, 그렇게 긴장하지 않아도 됩니다. 사람과 사람이 만나는데 뭘 그렇게 긴장하세요. 그저 전 축구를 잘하는 사람일 뿐이니까요. 물론……"

현중을 한번 슬쩍 바라보고는 고개를 흔들면서,

"인간 같지도 않게 축구를 잘하는 녀석도 있지만요."

"푸홋!"

베컴의 농담에 효성이 웃음을 터뜨렸고, 그걸 시작으로 효성도 베컴을 조금은 편하게 대하기 시작했다.

"정말 다리를 다쳐서 온 건가요?"

현중이 슬쩍 물어보자 베컴은 보기 좋게 미소를 짓고는,

"뭐, 겸사 겸사지. 마크한테 이야기 들으니 자네 피쉬 앤 칩스 좋아한다면서?"

경기장에 갔을 때 현중이 두 개나 먹었던 것을 마크가 기억하고 있었던 모양이다.

"영국에서 먹은 것 중에서 현재까지는 가장 맛있는 음식이

었습니다.”

“크크큭, 자네가 뭘 아는구만. 나도 그거 좋아하거든. 식사
전이지?”

베컴은 자리에서 일어서면서 현중에게 손을 내밀었다. 잡
으라는 뜻이다.

덥석.

현중이 웃으면서 베컴의 손을 잡고 일어서자,

“레이디 효성도 같이 가실까요? 오늘은 제가 점심을 쏘고
싶은데요.”

“네~”

효성은 웃으면서 일어서더니 베컴의 옆으로 가서 섰다.

“오~ 자네의 여인이 내 옆에 섰는데 이거 내가 실례하는
건 아닌가 모르겠는걸.”

“훗.”

현중이 별다른 반응 없이 그냥 웃어버리자 베컴도 대충 눈
치를 챘는지 효성에게 팔을 내밀면서,

“레이디, 오늘 저에게 당신의 팔짱을 끼는 영광을 주시겠
습니까?”

“네?”

효성은 슬쩍 현중의 눈치를 한번 살펴봤다. 하지만 현중은
앞만 보고 있을 뿐이었다.

'내가 무슨 생각을 하는 거야. 아직 우린 그런 사이가 아니 잖아.'

그동안 UCL대학을 다니면서 현중과 붙어 다니다 보니 자신도 모르게 현중을 신경 쓰게 된 것이다. 물론 좋아하는 감정은 그전에 현중을 처음 만날 때부터 있었다.

"좋아요."

효성이 웃으면서 허락하고 나자 베컴은 개선장군이 된 듯 익살스런 모습으로 걸으면서 분위기를 재미있게 만들었다.

하지만 거의 학교 입구에 다 와서 효성이 순간 너무 들떴는지 발을 헛디뎌 옆으로 몸이 기울었고, 마침 팔짱을 끼고 있던 베컴이 효성을 잡아주었다.

그게 실수였는지 효성이 베컴과 함께 쓰러졌다.

"꺄악!"

털썩!

"하하하, 이거 못난 꼴을 보였구만."

베컴은 어색하게 웃으면서 다시 일어섰지만 표정은 그리 밝아 보이지 않았다. 이미 다친 발목에 효성의 무게가 갑자기 더해지면서 또다시 삐끗한 것이다.

현중은 그런 둘을 보고는 고개를 흔들고는 베컴의 팔을 잡아 자신의 어깨에 걸쳤다.

"이런, 뜻하지 않게 남자에게까지 팔짱을 끼는군."

유머를 섞어서 말했지만 제법 고통이 있는 듯 베컴은 이마에 식은땀을 살짝 흘렸다.

"이래서는 운전 못하시겠군요."

현중은 우선 베컴의 차까지만 가면 더 이상 걷지 않아도 되니 베컴의 발목 상태를 볼 수 있을 거라는 생각했다. 서둘러 그의 차를 향했을 때, 베컴 씨익 웃었다.

"현중, 저거 운전하기 쉽지 않을 텐데."

현중의 눈에 보인 베컴의 차는 바로 와인레드가 인상적인 맥라렌 F1이었던 것이다.

"뭐, 해본 적이 있으니 걱정 마세요."

"저걸?"

현중이 맥라렌을 보고 놀라거나 신기해하지 않아서 오히려 베컴이 놀랐다.

운전석이 중앙에 있는 맥라렌을 보고는 당황하는 사람이 많았다.

오죽하면 호텔을 가도 베컴이 직접 주차하는 경우가 간혹 가다가 있을 정도로 운전석이 중앙에 있는 것은 특이하면서도 운전하기 결코 쉽지 않는 차인 것이다.

하지만 이런 베컴의 걱정을 단번에 무너뜨린 현중은 너무나 익숙하게 차문을 열어 베컴을 뒷좌석에 앉히고는 운전석에 앉았다.

그리고 효성도 익숙한 듯 올라타더니 안전벨트를 하는 것이다.

"이거 내가 놀라야 되는 건가?"

베컴이 여유있는 현중의 모습에 한마디 하자 효성이 웃었다.

"후훗."

"베컴 씨, 우선 병원으로 먼저 가도록 하죠. 다리는 시간이 생명이니까요."

"아~ 나의 외출이 이렇게 되다니. 미안하네."

"후훗, 아니에요."

현중이 그대로 시동을 걸고 능숙하게 핸들링을 시작하자 베컴은 손으로 이마를 짚으면서 큰 소리로 웃었다.

"후후훗, 자네 도대체 못하는 게 뭔가?"

"없는 것 같군요."

현중의 대답에 결국 베컴도 웃을 수밖에 없었다. 가만히 듣고 있던 효성이 슬쩍 베컴에게,

"현중 씨도 베컴 씨와 같은 차를 가지고 있어요. 피아노블랙이라고 하던가? 아무튼 검은색이에요."

"정말요?"

베컴이 놀랐다. 맥라렌의 차 가격을 누구보다 잘 알고 있기

때문이다. 슬쩍 운전하는 현중을 보고는 베컴이 고개를 흔들었다.

"정말… 현중은 알면 알수록 양파 같은 사람이군."

베컴은 그냥 한 말이었지만 옆서 듣던 효성이 거들 듯 말했다.

"이건 시작이에요. 정말 옆집에 사는 저도 모르는 게 대부분이니까요."

그렇게 현중은 베컴을 데리고 전문 병원으로 가서 치료를 받게 했다.

그러나 좋은 소식은 듣지 못했다. 베컴의 발목은 생각 이상으로 좋지 않은 듯했다.

"어쩌죠. 저 때문에……."

옆에서 어쩌다 베컴의 발목 상태를 듣게 된 효성은 미안해서 어쩔 줄 몰라 했지만 베컴은 웃으면서 손사래를 쳤다.

"아닙니다. 팔짱을 끼자고 먼저 신청한 것은 저니까요."

"하지만……."

"후후훗, 저 같은 프로선수에게 부상은 언제나 따라다니는 친구와 같은 겁니다. 그러니 신경 쓰지 마세요."

"…네, 미안해요."

그래도 끝내 미안한 듯 말하는 효성을 향해 베컴은 웃으면서,

“별말씀을…….”

아무렇지 않게 대답했지만 현중은 베컴의 눈동자에서 읽을 수 있었다. 생각보다 심해져 버린 부상은 인대가 크게 찢어지면서 염증이 생기고, 발목의 뼈에까지 염증이 옮아 버린 상태였다. 이 정도면 후유증도 후유증이지만 당장 시즌이 문제였다.

베컴은 맨유의 사령탑이나 마찬가지였기에, 베컴의 발목 부상으로 퍼거슨 감독은 매우 고민 중이었다.

정말 중요한 시즌에 부상이라는 악재는 베컴에게나 맨유에게나 좋지 않은 상황을 만들게 된 것이다. 그러다 보니 베컴은 그냥 기분 전환 겸 현중이 갑자기 생각나서 찾아왔고, 결국 다시 삐끗하면서 심하진 않지만 치료 기간이 늘어나 버렸다.

“못난 꼴을 보였군.”

베컴의 눈동자에서 약간의 공허함이 보였다. 현중이 보기에는 자신의 성급함과 이기심으로 인해 입게 된 발목 부상으로 팀이 가장 필요로 할 때 자신이 찬물을 끼얹은 것으로 생각하고 자책하는 걸로 보였다.

“사람은 누구나 실수를 하는 법이죠. 그리고 지금은 베컴 씨가 그럴수록 효성 씨가 더 미안해할 겁니다.”

씨익~

현중이 웃으면서 베컴에게 한마디 하자 베컴은 효성을 한 번 보더니,

"효성 씨는 상관없습니다. 애초에 처음 다친 것도 모두 저의 이기심 때문이니까요. 한 달간 요양할 것이 며칠 더 늘었을 뿐이에요."

기분을 바꿔보려고 현중을 찾아온 베컴은 애써 웃으면서 분위기를 환기하려 했다. 하지만 효성이 쉽게 그러지 못했다.

"가지. 내가 밥 산다고 했으니."

"그러죠."

전혀 상관없다는 듯 표정의 변화가 없는 현중의 모습을 본 베컴은 오히려 웃으며 그에게 말했다.

"현중."

"……?"

"혹시 프리미어리그에서 뛰어볼 생각 없어?"

베컴의 말에 현중은 살짝 장난스럽게 손사래를 치는 시늉을 해 보였다.

"전 축구선수를 할 생각이 없습니다. 물론 흥미는 느끼지만… 그냥 내키지가 않네요."

현중이 축구를 하게 되면 그건 사기가 되는 것이다. 인간과 인간의 범주를 벗어난 초인의 대결인 셈인데, 아무리 현중이 힘을 감춘다고 해도 소용없었다. 몸이 먼저 반응하고 움직이

는 것이다.

현중의 경지에 오르면 자기 자신을 충분히 컨트롤할 수 있다. 하지만 거꾸로 말하면 그만큼 경험을 쌓아서 이룬 경지라는 말이다. 아무리 힘을 제어해도 결국은 일반 사람이 상대가 될 리 없는 것이다.

특히 현중은 승부욕이 강한 편이라 지고는 못사는 면이 있었다. 은근히 지는 걸 싫어한다고 해야 할까?

거기다 마족과의 전쟁으로 몸에 자연스럽게 스며든 경험으로 인해 아무리 축구를 천재적으로 잘한다는 사람들이 모여 있는 프리미어리그라고 해도 현중의 시선에는 그저 그런 수준일 뿐이다.

"현중은 욕심이나 그런 거 없어?"

베컴은 물에 물 탄 듯 술에 술 탄 듯 흥미를 잘 보이지 않는 특이한 현중의 성격에 한마디 했다. 물론 현중도 베컴이 하는 말이 무슨 뜻인지 잘 알고 있었다. 본인도 생각해 본 적이 있으니 말이다.

"글쎄요. 아직은 모르겠네요."

"후후후훗. 배부른 고민이군."

베컴이 보기에는 지금 현중은 재능이 너무 좋아서 흥미를 잃어버린 것으로 보였다. 얼마 전까지 파셀이 그랬었으니 잘 알고 있었다.

너무나도 천부적인 재능이나 능력이 때로는 독이 되는 경우가 있다. 왜냐하면 성취감을 느끼지 못하기 때문이다. 베컴도 경기 중 정말 힘들 때 단 한 번, 혼신의 힘을 담은 패스 한 번에 그날 경기 흐름이 바뀌는 쾌감을 잊지 못해서 축구를 좋아하고 사랑하게 된 것이다.

현중은 그 모든 것을 허무하게 만드는 능력과 재능까지 있다. 문제는 그 능력이 너무 강하다는 것이다.

맨유 주전선수 열한 명을 1분도 걸리지 않아 모두 무너뜨리는 능력. 현중의 재능은 베컴으로서도 질투가 나서 도저히 잠을 이룰 수 없을 정도였다.

그렇기에 베컴은 혼자서 무리하게 연습하다가 결국 이렇게 다친 것이다. 물론 후회는 없지만 팀에 미안한 마음은 있었다.

"후훗, 정말 내가 바보 같군."

현중은 아무 말 없이 베컴을 바라보면서 그냥 이야기를 듣기만 했다. 효성도 가만히 들었다.

"솔직하게 말하지. 사실 내가 오늘 찾아온 이유는, 발목 부상을 현중의 책임으로 억지를 부려서 나 대신 이번 리그에 몇 번, 단 몇 번만이라도 출전해 줄 수 없을까 하고 부탁하러 온 거야."

베컴은 숨겨 두었던 말을 하면서 현중을 똑바로 바라봤다.

처음이었다. 누군가가 이토록 질투가 나 스스로가 한심하게
느껴지는 경우는 말이다.

사실 베컴은 세계에서 내로라하는 유명선수들도 나름대로
인정했다. 하지만 그건 자신도 노력에 따라 얼마든지 그들을
상대할 자신이 있기 때문이었다.

하지만 현중은 달랐다. 막는다? 어림도 없는 소리였다. 막
기는커녕 현중의 옷자락 하나 건드려 보지 못했다. 처음에는
단지 치욕이자 굴욕이었는데, 시간이 지날수록 그 재능이 부
러우면서도 도저히 막을 수 없다는 판단을 내린 것이다.

명백한 질투였다. 자신이 가질 수 없는 재능을 가진 자에
대한 순수한 질투 말이다.

그리고 정신을 차렸을 때는 발목의 인대가 거덜 날 정도로
공을 차고 있는 자신을 발견한 것이다.

"현중은… 정말 부러운 사람이군."

베컴은 정말 이 순간만큼은 현중이 부러웠다. 세계의 유명
스타라는 것도, 영국이 자랑하는 프리킥의 마술사라는 별명
도 머릿속에 남아 있지 않았다. 욕심이 강하고 많은 사람이
성공하는 법이다. 그만큼 열정적이니 당연하다. 그리고 그만
큼 단순하면서도 순수하다는 말이기도 하다.

현중은 조용히 베컴의 눈동자를 바라보면서 천심통으로
마음을 들여다보고, 그리고 생각하고 또 들여다보기를 반복

하면서 고민했다.

왠지 베컴을 도와주고 싶다는 생각이 든 것이다. 그냥 그랬다.

결정적인 이유는 방금 본 베컴의 눈동자에서 현중은 자신이 알고 있던 사람의 얼굴을 발견해서였다.

'버틀러… 갈릭 공작.'

현중이 대륙에서 처음 여행을 시작할 때 만나 마지막 떠나기 전날까지 함께 있었던 친구, 아니, 동지에 가까운 사람이 떠오른 것이다. 열정적이고 시샘도 많고, 욕심도 많았던 버틀러는 그 열정 하나로 소드 마스터에 오른 녀석이었다.

씨익~

현중은 갑자기 베컴을 보다가 웃으면서,

"그런데 프리미어리그를 저 같은 평범한 사람이 출전하고 싶다고 해서 할 수 있는 건가요?"

베컴은 놀란 눈으로 그를 바라보았다.

"당연하지, 현중은 현재 UCL대학의 학생으로 등록이 되어 있으니까. 그런데 왜 갑자기 마음을……?"

"그냥… 베컴 씨의 열정에 감동했다고나 할까요?"

베컴은 현중의 장난스런 대답에 그만 피식 웃어버렸다. 아무리 봐도 열정에 감동했다는 말은 거짓말인 것이 훤히 보이기 때문이다. 하지만 베컴은 그제야 안도감으로 온몸의 힘이 빠지는 것을 느꼈다.

퍼거슨 감독을 볼 면목이 드디어 생겼기 때문이다. 맨유 최강의 스트라이커, 아니, 바람의 기사의 등장이라는 면목 말이다.

『현중 귀환록』 6권에 계속…

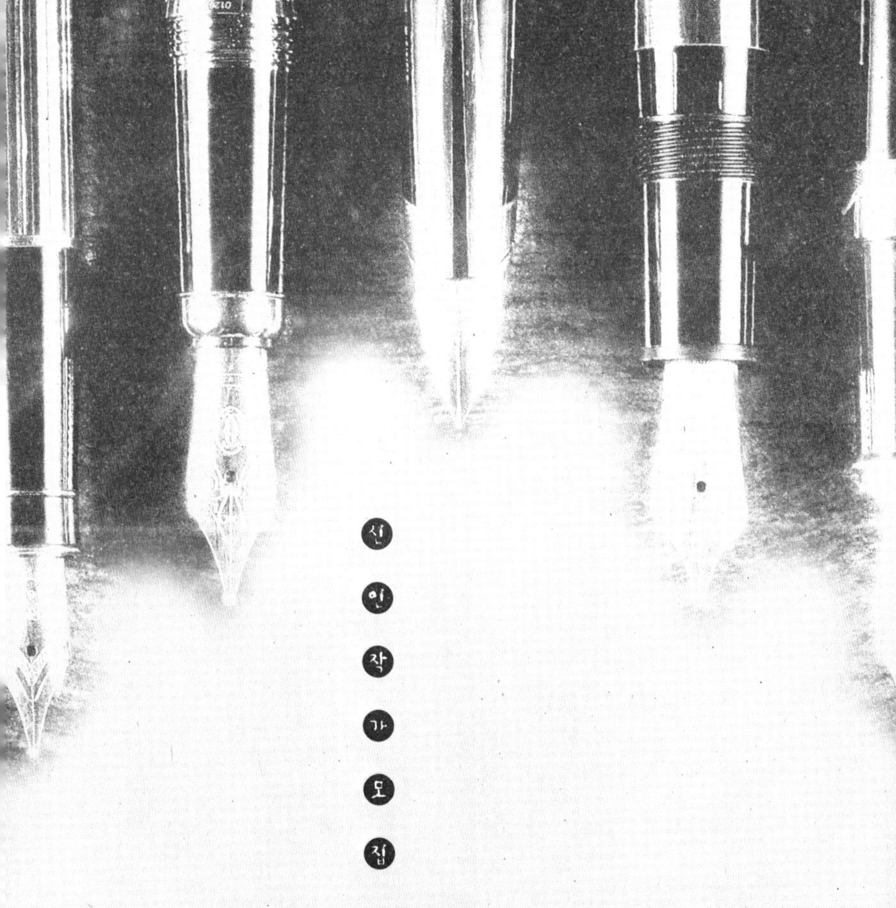

SWORD SLAYER
소드 슬레이어
류연 판타지 장편 소설
FANTASY FRONTIER SPIRIT

유행이 아닌 자유추구 -
WWW. chungeoram.com

2011년 대미를 장식할
준.비.된. 작가 정민교의 신무협이 온다!
『낭인무사(浪人武士)』

"죄수 번호 사천이백삼, 담운!"
"……!"
"출옥이다."

만두 하나.
고작 그 하나에 이십 년 옥살이를 한 소년, 담운.
그 답답하고 억울한 마음을 풀어낸다!

무림맹! 구대문파! 명문세가!
겉만 번지르르한 놈들은 다 사라져라!
겉과 속이 다른 너희들을 심판하러 내가 왔다!